KB081960

공주사대부고 19회 문집

가본길

공주사대부고 19회 문집

가본길

2022년 7월 25일 제1판 제1쇄 발행

발행인 최용규
편집위원 전종호, 오세호, 이은택, 이경호, 최복주

펴낸곳 북만손출판사
등록번호 제406-2013-000081호
주소 413-120 경기도 파주시 신촌로 21-30(신촌동)
전화 070-4067-8560
팩스 0505-499-8560

홈페이지 http://www.bookmanson.co.kr
이메일 bookmanson@naver.com

ISBN 979-11-90535-10-6 03810
값은 뒤표지에 있습니다.

공 주 사 대 부 고 19회 문 집

가본길

공주사대부고 19회 동창회

전종호 엮음

차례

8 발간사/ 최용규
10 축사/ 전순동
12 축사/ 원범연
14 축사/ 김상희

1부 일과 인생

18 신중년, New Life / 최귀선
28 내 삶의 이야기 / 원치연
36 소중한 인연 그리고 사랑 / 오세호
49 땀으로 빚어낸 보석 / 차영환
52 출근길 / 최용규
56 이 아침에 / 조규영
64 그리운 아버지/ 오세권
68 아버님의 유산 갤로퍼 밴 짚차를 멀리 보내며 / 이은모
74 겨우살이 준비 / 최현희
80 농부와 할미/ 신영순
83 내 인생에 또 하나의 반려자/ 조학선
92 45년 만에 하우스메이트를 만나다/ 허삼복

98 극야의 낮에 뭐 해?/ 서재원
103 나의 아메리카 표류기/ 김상희
107 자랑보다는 아픔의 세월/ 김종락
109 어쩌다, 히말라야 / 전종호
117 타클라마칸 사막에 핀 희망의 꽃 외 1/ 유원준
128 무언가 할 수 있음에 감사하는 날들 / 안병례
132 2년간의 코로나를 겪으면서 /윤명식
136 주공아파트학습센터 영어지도 자원봉사 체험기 / 진중길
143 교장쌤과 함께 하는 환경교육/이성숙
149 공부하는 자녀를 위한 부모의 역할/ 전병식
152 전교장의 금요 편지/ 전종호

2부 사랑과 노래

166 생명 외 1편 / 진중길
171 오수 외 2편/ 문상태
176 요람과 무덤 사이 외 1편 / 김신타
181 방패연 외 4편 / 이선우
188 채석강에서 외 4편 / 최복주
197 새봄 편지 외 4편/ 현자
204 이만하면 외 2편 / 이은택
209 산사의 풍운 /김종군
211 탄금대 외 4편 /라강하
220 오여사를 만난 날/ 정재훈
221 너를 만나서 반가웠다/ 최용규
223 제민천이 있어 내 청춘은 아름다웠노라/ 이은택
229 선생님! / 조규영
234 꿈의 세계 외 3편/ 김신타
242 거울아, 거울아 /이성숙
245 '다름'과 '틀림'/정환영

248 사진작품/ 정재훈

254 시로 낭독극 <이인삼각> 만들기/ 이인호

284 파장罷葬 / 김홍정

305 【초대작품】 광장의 풀꽃 / 조동길

부록

332 동기 저서 목록

발간사

최용규

공주사대부고 19회 동기들이 모여서 첫 동기 문집을 발간합니다. 지금부터 48년 전인 1974년 역사 깊은 도시 충남 공주의 봉황산 기슭에서 열여섯 열일곱의 소년 소녀로 만남이 인연이 되어서 3년을 같은 울타리 속에서 동고동락하다가 헤어져 그동안 사회 각 분야에서 열심히 살아온 다양하고 소중한 경험을 모아서 낸 책이라 매우 의미 있는 일이라 생각합니다.

시, 소설, 수필, 여행기, 자서전, 직업과 경영 이야기 등 다양한 장르의 글들은 단순한 글쓰기를 넘어 우리가 살아온 모습에 대한 기록입니다. 이번 첫 동기회 문집의 발간을 계기로 더욱더 활기찬 동기회가 운영되고 더 많은친구들이 참여하는 제2, 제3의 책이 발간되어서 우리 자신의 삶을 고양하는 데 도움이 되었으면 하는 바람입니다.

고등학교 국어 시간에 배운 로버트 프로스토의 '가지 않은 길'이라는 시가 생각납니다. "단풍 든 숲속에 두 갈래 길이 있었습니다. 몸이 하나니 두 길을 가지 못하는 것을 안타까워하며, 한참을 서서 낮은 수풀로

꺾여 내려가는 한쪽 길을 멀리 끝까지 바라다보았습니다." 그리고 사람이 적게 다니는 길을 선택했다는 고백을 듣습니다. 우리도 고민 끝에 우리 앞에 난 길의 하나를 선택해서 살았습니다. 가보지 않은 길에 대한 미련과 아쉬움도 남아있지만, 이제 우리는 우리가 '가본 길'에 대한 정리를 해보기로 했습니다. 그리고 우리 가본 길이 충분히 아름다웠다고 말하고 싶습니다.

이제 인생 1막을 마치고 인생 2막의 출발선상에 선 우리 앞에 펼쳐질 시간이 더욱더 알차고 의미 있는 길이었으면 좋겠다는 바람을 갖습니다.

마지막으로 책의 발간에 앞장서 수고해 주신 편집위원과 기꺼이 글을 보내준 친구들, 그리고 모든 동기 여러분께 참으로 고맙다는 인사를 전합니다. 모두 건강하고 행복하십시오.

(19회 회장)

축사

전순동

공주사대부고 19회 친구들이 손수 정성으로 제작한 동기회 문집 <가본 길>의 발간을 진심으로 축하합니다.

역사 문화의 도시 공주 봉황산 아래에서 공주사대부고 19회 동문이라는 소중한 이름으로 만난 여러분은 오늘의 명문 사대부고의 버팀목이요, 영원한 자랑입니다. 거기에 더욱 글을 좋아하는 사람들이 부가가치 높은 문학 작품을 통해 따스하고 뭉클한 삶의 이야기를 한 권의 책으로 담아내었으니, 함께 생활하였던 담임교사의 한 사람으로서 마음 뿌듯하며 자랑스럽습니다.

1970년대 중엽, 까까머리에 교련복을 입고 미래를 꿈꾸며 공부하던 건아들이 졸업하고 사회에 진출한 지 어언 50여 년, 그간의 삶 가운데에서 직접 체험하고 느낀 것을 시, 수필, 생활 수기, 여행담, 현장 체험 등 다양한 문학 장르를 동원하여 엮어낸 진솔한 삶의 이야기는 문학과 인생을 사랑하는 열정이 있었기에 가능한 일이라고 생각하며, 그간의 수고와 성과와 보람을 치하합니다. 여기 <가본 길>에 담긴 여러 편의 인생

이야기들은 그간 수많은 경험 세계와 삶의 과정을 성찰하고, 제2의 인생 행복의 꿈을 현실로 이루어나갈 용기와 희망을 한층 솟구치게 합니다.

이 책에는 인간사의 희로애락, 그리고 삶에 대한 용기와 열정이 고스란히 담겨 있습니다. 위선도 가식도 없는 청순한 진실을 담고 있기에 감동적입니다. 학창 시절의 원대한 포부와 알알이 영근 소중한 꿈들이 스며있고, 불확실한 미래에 대한 갈등과 좌절 가운데서도 굴하지 않고 도전과 열정으로 꿋꿋이 살아온 삶의 예지의 흔적들이 섬세한 감성의 붓끝에서 물씬물씬 풍겨 나옵니다. 이는 장구한 사대부고 역사 속에 이룩한 또 하나의 쾌거요, 학교의 중요한 자산으로 간직될 것이며, 사대부고 19회만이 가지는 차별성과 무한한 잠재력을 확인해 주고 있어 자부심을 갖게 됩니다.

19회 동기회 여러분의 노력의 결실로 세상에 빛을 본 <가본 길>은 사대부고인들에게 뿐만 아니라 삶의 지혜와 행복을 추구하는 모든 사람들에게 큰 울림을 주리라 확신합니다. 함께 손잡고 우정을 다지면서 지내던 그간의 인생철학, 곧 '삶'과 '사랑'과 '노래'의 훌륭한 가치를 한 권의 책으로 남긴 사대부고 19회 동기생 여러분의 앞날에 무궁한 발전이 있기를 기원하며, 다시 한번 동기회 문집 <가본 길>의 발간을 축하합니다.

(당시 3학년 2반 담임교사, 충북대학교 명예교수)

축사

원범연

존경하는 19회 선배님들 안녕하십니까? 이번에 19회 선배님 동기들의 여러 좋은 글과 시, 사진 등을 모아 동기 문집을 발간하시게 된 데 대해 같은 공주사대부고 동문의 한 사람으로서 진심으로 축하드리고 정말 자랑스러운 일이라고 생각합니다.

제가 아는 19회 선배님들은 저에게는 햇수로 4년 앞서신 선배님들이기도 하지만, 현재의 공주사대부고 총동창회의 체계를 새로이 만들고 기틀을 다지신 훌륭하신 선배님들로 기억하고 있습니다. 예전의 공주사대부고 총동창회는 특정의 뛰어난 개인 중심으로 총동창회장이 선임되어 운영되던 동창회였는데, 19회 선배님들께서는 매년 한 기수씩 책임을 지고 총동창회를 운영하도록 체계를 세우심으로써 23회인 저희 기수까지 그와 같은 체계하에 총동창회가 안정적으로 잘 운영되고 있고, 저희 기수 이후로도 19회 선배님들께서 세우신 동창회의 전통이 잘 이어질 것으로 기대하고 있습니다.

이번에 발간되는 19회 선배님들의 소중한 글의 내용을 일별해 보면서, 세상에 고등학교 한 기수의 동기들이 이런 주옥같은 책을 낼 수 있는지 놀랄 지경이었습니다. 선배님들의 고교 생활과 고교 졸업 후의 여러 인생 역정들, 삶에 대한 여러 단상 등 참으로 많은 글들이 흡입력 있게 저에게 다가왔고 많은 감동과 좋은 인상을 받았습니다. 더욱이 평소 동문회 밴드 등에서 타의 추종을 불허할 정도로 훌륭한 필력을 보여주시다가 최근 너무도 아깝게 세상을 등지신 고 진중길 선배님의 글들도 접할 수 있어 마음이 먹먹하기도 하였습니다.

공주사대부고의 동문회 역사에서 동기들이 문집을 발간하게 된 것은 참으로 드문 일이고 귀한 일이 아닐 수가 없습니다. 19회 선배님들의 동기 문집 발간을 다시 한번 진심으로 축하드리고, 문집 발간을 위하여 애써주신 여러 선배님들께 깊은 감사 인사를 드립니다. 모쪼록 19회 선배님들께서 이번에 발간하시는 동기 문집이 동기들 간의 우정과 친목을 강하게 함은 물론 공주사대부고의 위상을 더욱더 높이고 다른 동문 기수에서도 기수 문집 발간이 촉발되는 좋은 계기가 되길 바라면서, 19회 선배님들의 건승과 행복을 기원하겠습니다.

(총동창회장, 23회, 변호사)

축사

김상희

<가본 길>이 세상과 만나게 됨을 진심으로 축하드립니다! 우리 공주사대부고 19회 후배들이 의기투합하여 동기회 문집을 발간한다는 소식을 듣고 무척 기뻤습니다. 6년 전 개교 60주년을 기념하여 공식 발간했던 <봉황이 나르샤>를 다시 한번 기억해 봅니다. "그때 그 시절 우리가 만났던 문학소녀와 예술 청년들을 다시 만나는 시간여행. 유일하게 변한 것은, 60년의 역사를 오롯이 지나온 동문들의 여적을 통해 그때의 설익음이 완숙함으로 다가온다는 것뿐이다." 당시 제가 책에 실었던 추천사입니다. 봉황산 기슭의 문학소녀, 예술 청년들이 또 한 번 큰일을 해내는 모습에 너무나 대견하고 뿌듯합니다.

공주사대부고 후배들은 문학적 감수성이 참 풍부한 친구들입니다. 각자의 다양한 삶의 궤적 속에서도 문학이라는 공통된 관심사를 놓치지 않고 50여 년 만에 다시 뭉쳐 함께 문집을 발간할 수 있다는 사실 그 자체만으로도 그저 놀라울 따름입니다. 그런데 놀라움은 여기서 그치지 않습니다. 문집을 보니, 그 형식도 매우 다양합니다. 수필, 기행문은 기

본이고, 시, 소설에 사진 작품까지... 그야말로 장르 초월입니다. 19회 동기회 여러분들의 다재다능함에 감탄을 금치 못했습니다.

자랑스러운 공주사대부고 19회 여러분, 고맙습니다. 우리 동문들에게도 좋은 사례가 될 것입니다. 이번 <가본 길> 발간을 통해 19회 동기회뿐만 아니라 선배 후배들 간에 더 많은 교류와 협력이 있기를 기대합니다.

감사합니다.

(전 국회부의장, 14회)

1부

일과 인생

신중년, New Life

최귀선

1. 가지 않은 길

2020년 초부터 우리 인류는 전대미문의 가지 않은 길을 지나가고 있다. 코로나19로 인하여 그동안의 익숙했던 길이 아닌 전혀 새로운 환경을 접하면서 이제 어느 정도 익숙해졌다고는 하나 사실 불편하기 그지없다.

우리 동창들은 그동안 사회 곳곳에서 정말 최선을 다해 자신의 시대적 책무를 다해왔고 지금도 그러하다. 그럼에도 불구하고 마음과는 다른 숫자 60대 중반을 넘어서면서 각자 자신은 앞으로 어디로 갈 것인가를 고민하지 않을 수 없다. 58년생(상징성) 신중년 우리 동창들의 길은 어디로 어떻게 가면 좋을까? 학창 시절 교과서에 실렸던 프로스트의 '가지 않은 길'이 떠오른다. 당시를 생각하면 지금 우리는 가던 길의 끝자락이 보여야 할 텐데 오늘날 우리는 아직도 끝이 보이지 않는 또 다른 새로운 많은 길들이 우리 앞에 놓여 있다. 다시 선택하고 다시 경험하며 살아가야 할... 기대되지 않는가? 흥분되지 않는가? 힘이 되살아나지 않는가? 새 희망, 새 보람, New Life 말이다.

백제문화제 가장행렬 중 (1974년, 공주시내)

2. 학창 시절, 친구들도 몰랐던 이야기

에피소드 #1 (1학년, 백제문화제 가장행렬)

당시 내 고향 공주에서는 매년 백제 문화제 행사가 열렸고 그중에는 가장행렬도 있었다. 학생들을 동원하여 백제 시대의 여러 모습들을 각종 도구와 의복으로 꾸미고 시내 한 바퀴를 행진하는 것이었다.

사진의 백제 여인은 당시 우리 학교 1학년 여학생들이다. 매년 1학년생이 행사에 참여했고 위 사진은 필자가 수업을 땡땡이치고 직접 찍은 사진이다. 당시(고 1) 나는 학교의 방침을 이해할 수 없었다. 행사에 동원(?)되는 학생들은 백제인 의복을 입고 행사에 참여하는 동안에 나머지 학생들은 정상수업을 하였다. 백제 문화제 야외행사가 열리고 있는

충열사 단체 행군 중 휴식 시간에, 1975년

줄도 모르고 말이다. 지역사회의 가장 큰 문화행사이자 역사적 고찰이라는 더없는 현장학습의 기회인데, 나아가, 행사 준비에 수고한 분, 행사에 참여한 친구들을 향해 박수로 응원을 보낼 수도 있는데 말이다.

나는 행사 당일 가장행렬 시간대에 수업을 도망쳐 나와 집에 있는 외산 카메라를 메고 가장행렬을 즐기고 사진도 찍었다. 그 순간만큼은 수업을 빠졌다는 생각은 어디론지 사라졌고 나도 그만 백제인이 되어 있었다. 비록 사진에 담고 싶은 여학생도 있긴 하였지만.

문제는 몇 시간 수업을 빠지고 교실로 되돌아와서였다. 담임(1반)선생님으로부터 당시 검정색 딱딱한 출석부로 머리를 몇 차례나 세차게 얻어맞았는지 모른다. 손을 들고 반성하라는 정도는 예상했었으나 그렇게까지 체벌이 있을 것으로는 생각하지 못했었다. 선생님의 내게 대한 기

춘계 체육대회 입장식, 1975년

대가 컸기 때문에 그러셨겠구나 하는 생각과 함께 그 당시는 교사의 체벌이 당연시되었던 때라 나 역시 자연스럽게 심한 체벌을 받았다. 살아 계셨으면 찾아가 그때 선생님을 원망하진 않았었다고 오히려 그만큼 큰 기대와 사랑의 체벌에 감사 말씀을 드렸을 것이다. 당시 나는 몇 시간 수업보다는 고 1년생으로서 한 번밖에 체험할 수 없는 내 고장 역사문화 행사 참관이 더 가치 있다고 생각했었다.

에피소드 #2 (2학년, 마라톤 1등? 이야기)

당시에는 필수 교련수업과 함께 많은 행사를 교련복을 입고 했었다. 매년 행군 훈련도 있었다. 1학년 때에는 학교에서 출발하여 계룡산 갑사 저수지를 거쳐 갑사에서 1박 후 계룡산을 넘어 오뉘탑을 거쳐 동학사에 도착하여 버스로 귀교하는 1박 2일 단체행군이 있었다.

2학년 때에는 지금은 세종시에 편입된 장기면 충열사(김종서 장군 사당)를 도착지로 하는 왕복 행군을 하였다. 20쪽 상단 사진은 휴식 시간에 근처 행정기관 앞에서 김경진 친구와 찍은 것이다.

마라톤 행사도 있었다. 남학생이 목표 반환점을 돌아오는 같은 행선지에서 여학생은 단체구보 경기를 하는 것이었다. 남학생의 마라톤 모습(순위)을 자연스럽게 여학생들이 볼 수 있는 동일 노선이었다. 그날, 상대적으로 체격이 작았던 나는 예상을 깨고 선두그룹으로 결승선을 향하였다. 여학생들의 우뢰와 같은 박수와 함성을 받으며 말이다. 그때의 남은 힘으로는 충분히 1등도 노려볼 수 있었는데 나는 스스로 수상권에서 조금 떨어져서 도착 테이프를 끊었다. 내 손바닥에는 반환점을 돌 때 받아야 하는 도장 자국이 없었기 때문이다. 더 정확히 애기하면 내 체력으로는 중위권으로만 완주해도 대단한 것이어서 사춘기 반항아 기질이 발휘된 것이었다. 반환점을 훨씬 못 미쳐 뛰고 있는데 벌써 반환점을 돌아온 선두그룹과 교차하게 되면서 나는 주변 눈치를 보다가 적당히 '뒤로 돌아 앞으로 가'를 한 것이었다. 아직 체력을 많이 소모한 게 아니어서 금세 선두그룹에 합류되었고 그로 인해 단체도보 여학생들의 열렬한 응원을 맞게 된 것이었다. 비록 짧은 순간이었지만 반항아의 쾌감을 느끼며 말이다. 당시 내가 찍은 마라톤(선두권) 사진은 당연히 없고, 그때의 추억을 생각하며 필자가 찍은 1975년 춘계체육대회 입장식 사진을 올려본다.

22.3.26. 동창모임

3. 신중년, New Life

정말 오랜만에(22.3.26. 아래 사진) 동창 모임에 참석하였다. 평생 처음 수술실이라는 곳을 구경하며 허리 디스크 시술을 마친지 딱 1주일이 되어 관악산길 산책은 함께 못하고 점심 장소에 미리 도착하여 트레킹에서 도착한 친구들을 한 명 한 명 포옹하였다. 학창 시절을 그리며 정다운 인사를 나누니 금세 우리 모습은 10대 후반으로 되돌아갔다.

디스크 사후관리 조언이라도 들을 양으로 같은 테이블 친구들과 얘기를 하다 보니 저런, 8명 중 2명이나 암 수술을 했고 건너 테이블 친구도 큰 디스크 수술을 했다는 게 아닌가? 어쩔 수 없는 세월의 흔적들을 공감하며 그럼에도 오늘이 가장 멋진 청춘, 앞으로도 계속 활발할 우리 동창 모임, 신중년 New life를 위해 소소한 나의 생활 패턴을 나누려 한다. 모두의 건강한 육체와 건전한 정신을 위하여 말이다. 요즘은 어떤 일에 대하여 세 가지를 기억하기도 쉽지 않다. 그래서 보통 두 가지를 생각하고 두 가지만 행동한다.

아침 기상 - 감사와 스트레칭

자연 기상(알람은 No)과 함께 잠깐 감사기도를 한다. 몸이 깨어 새 하루를 맞음에 감사하고 잠자리에서 제멋대로 스트레칭을 한다.(지금은 디스크 시술 회복 중이라 무릎을 굽혀 두 손으로 잡아당기면서 좌우 흔들기와 발가락을 당기며 뭉친 신경을 풀어주고 감사하며 기상한다.)

출근할 때 - 자동차 키와 핸드폰

나는 먹는 것에는 까다로움이 없다. 있는 반찬으로 약간의 밥을 혼자 차려 먹는다. 편한 복장에 백팩을 메고 집을 나설 땐 두 가지만 확인한다. 자동차 키와 핸드폰이다.(예전엔 지갑(카드, 현금), 손수건과 함께 열쇠만 해도 집, 차, 사무실, 라커, 서랍 등 한 꾸러미였으니 뭔가 하나라도 빠져 고생하지 않으려고 손가락을 꼽아가며 준비물을 챙겼었는데)

아침 회의 때 - 칭찬과 기대

감사하게도 아직도 작은 서울시 위탁기관 책임자로 출근하고 있다. 업무 회의를 할 때면 주요 업무 점검과 방향에 대한 논의와 결정, 프로젝트팀(책임자, 지원팀) 활동 확인, 우선순위와 기한 설정 등을 하면서 두 가지를 빠뜨리지 않고 얘기한다. 잘한 점(잘하고 있는 점)과 잘할 수 있다는 자신감 부여(격려)이다.

젊은이들과 일하는 자세 - 배우기 80%, 꼰대 20%

최근 7년여 청년창업 관련 일을 하면서 무엇보다도 청년, 그것도 창업 성공을 위해 도전하는 젊은 창업가와 함께하며 나의 생각과 마음 또한 젊음과 생기, 활력을 얻게 되어 참으로 감사하다. 그들의 사고, 참신성, 도전성을 자연스럽게 많이 배운다. 동시에 나의 경험과 지식, 시행착오를 줄이며 성공 가능성을 높이고 앞당기는 방안과 바람직한 리더로서의 자세, 태도, 지식, 네트워킹 등을 코칭하며 어쩔 수 없이 이전 사례를 얘기할 때가 있다. 자칫 꼰대가 되기 쉬운 상황임에도 비즈니스 성공을 위한 기본 원칙과 관련된 경험(내 경험, 주변 경험, 창업 선배 경험, 유명 성공인 사례)을 말하는데, 최대한 공감을 갖도록 하되 약간은 조심하면서 얘기하려고 노력한다. 그들 눈에는 현실 괴리와 함께 이해되지 않는 부분도 있을 것이기 때문이다.

그래서 가이드 라인을 정했다. 그들한테 듣고 배우기를 적어도 80% 이상, 나의 사례와 조언은 가능한 20% 이내로 말이다. 이러한 젊은이들과 함께하는 많은 시간과 연습은 나의 자녀(며느리, 사위 포함)들과의 관계에도 도움이 될 것이다. 향후 손자녀와도 그런 자세와 기준으로 그들에게 배우기를 8할 이상, 나의 경험과 조언은 2할 이내로 하려고 한다.

퇴근할 때 - 하루 감사(반성)와 지인 통화

편의상 자차 출퇴근을 많이 한다. 퇴근길 차 안에서는 하루 일과에 감사(반성 포함)하면서 더 나은 아이디어도 구상한다. 그리고 가족, 지인과 사업파트너, 선배와 제자, 친구와 친인척들을 생각하며 2명을 대상으로 이어폰 통화로 평소 소원했던 교류를 한다. 약간 먼 퇴근길이 지루하지 않을뿐더러 오히려 오붓하고 유익한 시간이 된다.

주차 후 필수 확인 - 주차 층수와 공간적 주차 위치

아침에 출근하려다 보면 어제 차를 어디에 주차했는지가 기억나지 않을 때가 많아진다. 지금은 퇴근 후 주차를 하고 나면 반드시 주차 층수

시화호 끝자락으로 물 자락과 갈대, 야경의 어울림이 좋음

와 주차 주위의 공간 상황을 확인하고 이를 몇 번 되뇌인다.

저녁 식사 원칙과 식사 후 새 습관 - 걷기와 온욕

저녁은 가볍게 하고 9시 이후에는 물 외에는 먹지 않는다. 작년 초에 1만 보 1천 일 결심을 하고 어느 정도 지켜왔는데 디스크 시술 이후는 저녁 식사를 마치면 바로 주변 수변 길(시화호 끝자락으로 물 자락과 갈대, 야경의 어울림이 좋음.) 걷기와 온욕을 거르지 않고 있다.

허리를 펴고 하늘을 보거나 저 앞자락 나무 꼭대기에 시선을 두고 걷는다. 석 달을 절뚝절뚝하다가 맞은 직립보행을 감사하면서 말이다.

가족(부부) 관계 - 아내 말을 잘 듣는 두 가지 원칙

아내 말을 잘 듣자, 동의가 안 되면 즉시 대응하지 말고 몇 번 더 생각해 본다. 대략 맞다 싶으면(남편을 위해, 가족을 위해) 바로 '예'하고 대답한다. 그래도 생각이 다르면 그냥 '다르구나'하고 속으로만 생각하고 조금 있다가 '그렇게 해요'라고 말한다. 나쁜 일을 꾸미거나 남에게 피해를 주는 일도 아니니 일단 동의를 표하고 그래도 내 생각이 다르면 나 혼자 조용히 알아서 하면 될 일이기 때문이다.

잠잘 때 - 밤 11시~새벽 1시, 무조건 눈감기

인간의 뇌는 밤 11시부터 새벽 4시 사이의 2시간만 깊이 자면 수면 효과가 최대로서 새벽 4시에 일어나도 다음날이 무난하다고 한다. 나는 그렇게까진(새벽 기상) 못해도 하루를 감사하며 가능한 12시를 넘기지 않고 취침(소등)하며 무조건 눈을 감는다.

4. 정리와 제언

소소한 생활 습관을 나열했지만 이미 많은 친구들이 현역에서 은퇴하였고 또 곧바로 모두 비슷한 상황일 터라 앞으로의 우리의 삶을 N 잡러(느낌상 수입 염두 측면이 강하니) 아니 N 워커로서 생각해 보면 어떨까? N Worker로서의 Work는 일부는 수입원이 될 수도, 재능기부가 될 수도, 동아리나 취미활동이 될 수도 있다. 우리 모두 N 워커로서 각자의 다양한 역할과 활동에 있어서 나름의 두 가지 기준을 제언해 본다. 두 가지 정도는 지킬 수 있지 않은가? '신중년, New life'를 기대하며 우리 동창들의 보람 있는 롱런을 응원한다.

(서울청년창업꿈터센터장)

내 삶의 이야기

원치연

집 나이 65세가 된 2022년도 어느새 4월을 넘어서고 있다. 며칠 전 동창회 카페에 글을 올리던 친구가 별세했다는 소식을 접하다 보니 삶이란 대체 무엇인지 생각해 보았다. 우리네 보통 사람들의 삶이란 가족·친지, 직업·하는 일, 동창·동문·친구, 배우자·연인, 직장·사회적인 친목 관계 등으로 반복되는 일상이 아닐까 생각해 본다. 그런 일상 속에서 40년 공직생활을 마치고 바로 이어 행정사를 개업하여 4년 차에 이르고 있다. 혼자 쓰기에 비교적 넓은 24평이다. 평일 10시를 전후하여 느긋이 출근하자마자 즐겨듣는 트로트를 들으며 커피 한잔을 마신다.

아득히 머나먼 길을 따라 뒤돌아보면은 외로운 길
비를 맞으며 험한 길 헤쳐서 지금 나 여기 있네.
끝없이 기나긴 길을 따라 꿈 찾아 걸어온 지난 세월
괴로운 일도 슬픔의 눈물도 가슴에 묻어 놓고
나와 함께 걸어가는 노래만이 나의 생명.
언제까지나 나의 노래 사랑하는 당신 있음에

언제까지나 나의 노래 아껴주는 당신 있음에
아득히 머나먼 길을 따라 뒤돌아보면은 외로운 길
비를 맞으며 험한 길 헤쳐서 지금 나 여기 있네.

이미자의 '노래는 나의 인생'이란 노래다. 유행가 노랫말이 대부분 그러하듯이 이 노래 역시 내 가슴에 와닿는 가사이기에 정년퇴직을 앞두고 직장 게시판에 인사말 대신 이 가사로 대신했다. 지금까지의 내 인생, 내 삶은 꽃길보다는 험하고 힘든 길이 많은 듯하다. 내면은 많이 힘들었지만, 굳이 그런 걸 노출하지 않으며 살아온 것이 내가 아니었나 생각해 본다.

고등학교 2학년 재학시절 당시 자취를 하고 있었는데, 주말이 되어 토요일 집에 다녀와 일요일 호서극장에서 상영하는 『쿼바디스』 영화를 보다 학교 단속에 걸려 유기정학을 받음과 동시에 반장도 물러났다. 정학기간에 부모님을 학교로 나오시라 했는데 무시하고 부여 낙화암을 찾았다. 고교의 성적이 별로라서 그런지 나쁜 추억 이외에는 별로 기억되는 것이 없다. 굳이 하나 더 생각나는 것은 야간수업을 마치고 하교하면 곧잘 내 자취방에서 고故 이운성과 장기를 두던 생각이 난다. 고란사의 향내가 울적하고 불편한 마음을 씻어주었다는 생각에 이후 내 삶에서 절을 찾는 계기가 되었다.

아빠 나이로 볼 때 쉰둥이로 태어난 나는 초등학교 1학년 때까지 엄마 젖을 찾았다 한다. 가난하였지만 부모님의 아낌없는 사랑을 받으며 건강하게 자랐다. 초등학교 입학 전에 한글을 터득하고 3학년 때부터 6학년 때까지 반장과 1등을 줄곧 해왔다. 운동하기 좋은 신체를 가진 덕에 축구를 좋아했고 달리기도 잘하여 그 시절은 맑고 명랑하였으며 행복하였다. 가세가 점점 더 기울어진 중학 시절엔 초등시절처럼 소위 '범생'이었다. 학업성적은 비록 1, 2등을 하진 못했지만 우등생이었다. 반면 전국적으로 치르는 모의고사 성적은 교내에서 TOP을 몇 번 한 것 같다. '합격생'이란 수험학습지를 정기적으로 보았던 것이 영향을 준 것 같다. 좋았던 기억으로는 과학, 수학 과목에서 100점을 자주 받다 보니 그 과목 선생님으로부터 귀여움을 많이 받은 것 하고, 100M 달리기 공주군 대표 선수로 선발될 때로 생각된다. 당시 정안중학교가 육상부를 육성하는 학교라서 몇몇 동급생들은 3학년임에도 오전수업을 마치면 오후에는 달리기 연습으로 운동장에서 땀을 흘리고 있었다.

고등학교 진학 때문에 번민이 많았다. 우리 때부터 처음으로 도입되는 서울지역의 고교 평준화 제도 시행으로 인하여 지방 학생이 서울로의 진학 길이 막혔다. 형편상 형제들이 나가 있는 서울로 진학하여야만 했는데 그 길이 막히다 보니 부득이 유일하게 갈 수 있는 실업계인 철도고등학교에 입학원서를 내게 되었다. 그 당시 11월 중에 실시하는 서울지역 연합고사 시험으로 대체한 철도고등학교 입학 성적이 190점을 넘겨 당당히 합격했다. 학교에서는 출석을 하지 않아도 출석 처리를 해준다고 하였기에, 상경하여 종로에 있는 피카디리, 단성사 극장을 자주 찾아 좋아하는 영화를 많이 보았다.

그렇게 중학교 졸업을 앞두고 있던 중에 학교로부터 사대부고에 입학원서를 넣었는데 내려와서 시험을 보라고 연락이 왔다. 시험 전날 내려와서 입학시험을 보게 된 것이 합격이 되다 보니 담임선생님의 지독한(?) 제자 사랑 덕분에 철도고등학교를 포기하고 여러분들과 함께하는 사대부고 제19회 동창이 되었다.

고교 졸업 후 그해 대학진학을 못하고 집에 있었는데 어찌어찌하여 지방공무원 9급 공채 시험에 응시하고 한 번에 합격하였다. 시험문제가 예비고사보다 쉽다고 생각하였는데 면접을 볼 때 만점을 받은 유일한 사람이란다. 그렇게 해서 사회 첫발을 고향인 정안면사무소에 1977년 10월 7일 자부터 하게 되었다. 1년 근무 뒤 군입대를 하여 배치된 곳이 인천 부평에 있는 제9공수여단. 고교 시절부터 삶이 평탄지 않았음을 느껴본다. 서울특별시 거여동에 있는 특전사령부에서 공수 훈련 중에 먼저 입대하여 제3공수여단에서 복무 중인 이선행을 만났다. 학교 친구를 만난다는 것이 흔한 일이 아니기에 매우 반가웠다. 공수 교육 기간이 4주, 특수전 교육이 6주였는데 대기가 길어져 모두 끝나고 자대 배치를 받다 보니 입대한 후부터 5개월이 지나 바로 일등병으로 진급했다. 공수부대 생활 동안 일주일에 천 리, 2주일에 이천 리 행군도 경험했다. 낙하 훈련보다 더 어려웠던 것이 행군이 아닌가 생각된다. 그러면서 5·18, 12·12를 겪었고, 같이 근무했던 하사관들이 삼청교육대 교관으로 차출되어 갔고... 이후 5·18, 삼청교육대의 무용담(?)을 전해 듣게 되었다.

1988년 8월에 6급으로 승진하였다. 군 복무 33개월을 포함하여 2개월 빠지는 10년 만에 6급 승진은 전무후무한 기록이다. 만 30의 나이에 계장으로 승진하다 보니 차석, 3석이 나보다 나이가 많았다. 한차례 보직을 옮겼을 무렵 1990년 3월 뜻하지 않게 퇴근을 앞두고 사무실에서 뇌지주막 출혈이 발병되었다. 지역병원에서 하룻밤 응급치료를 받고 다음 날 바로 서울대병원에 입원하여 뇌수술을 받고 40일 만에 퇴원하였다. 그곳에서 근무하던 안인환을 만났다. 그 친구 지금은 어떻게 지내는지 궁금하다.

공직생활 중 능력 발휘를 한 것이 몇 차례 된다. 그중 6급 초임 재무과 평가계장으로 있었을 때다. KBS 24시 보도본부에 소개된 사건인데, 그 사연은 공주 갑부 김갑순의 토지가 가등기가 된 줄 살피지 못하고 공주시가 취득하여 주민들에게 불하를 해주었는데, 가등기를 한 자가 등기를 하는 바람에 그 뒤의 소유권자들이 전부 소멸되었다. 공주군이 취득하였을 때 앞선 소유권자가 3명이 더 있었으니 취득 당시 공주군 관계 공무원도 살피지 못한 게 이해가 되었다. 하지만 법이 그렇게 되었으니 이를 어찌 해결하란 말인가? 당시 걱정 많은 재무과장이 끙끙거리고 있었고, 지방의 언론들이 난리였다. 그 어려움에 처해 있는 부서에 경험도 부족한 신삥 계장인 나를 발령내고 해결해보라고 한다. 법으로는 앞선 소유자에게 배상을 요구하도록 되었는데 최종 등기권리자인 주민들은 공주군에 배상 요구를 해본들 당시 취득에서 은행금리를 합한 금액으로 보상을 받을 수밖에 없었다. 그 보상금으로 토지를 재취득한다면 절반도 안 되는 금액이었다. 해당 주민들이 매일 같이 군청에 찾아와 빼앗긴 토지를 다시 사달라고 아우성이었다. 그걸 쉽게 해결하였다. 보상판결을 협의재판으로 유도한 때문이었다. 다시 되살 수 있는 금액으로 판결을 받았는데 당시 협의재판이란 용어를 관에서는 인용하지 않던 때였다. 땅을 되찾은 주민들은 지금도 나를 은인이라고 생각하고 있다.

내가 평가 계장으로 재직하던 부서는 요즈음 말 많은 공시지가를 조정하는 일을 하는 곳이었다. 공시지가 도입 초기에는 현실화율이 30%가 채 안 되었다. 이를 매년 초에 조금씩 인상 시키고 있었는데 지가가 상대적으로 높게 책정되었다고 이의를 제기한 민원인이 다수 있었다. 그중 한 분인 유성 거주 초등학교 교장 출신인 분이 그곳으로 발령난 지 며칠 안 되어 방문하셨다. 몇 번을 찾아와 이의를 하였는데도 콧방귀도 안 뀐다고 매우 억울해하고 흥분되어 있었던 상태였다. 차분히 이의 내용을 들어보고 차석을 대동하여 현장을 찾았다. 그리고 돌아오는 차 속에서 최선을 다해 검토해드리겠다고 하니, 민원인이 외려 감사하다고 한다. 자기주장이 관철되지 않아도 좋다고 하며, 공무원들이 처음부터 이런 자세였다면 자기는 한 번의 어필로 끝냈다고 한다. 앉아서 도면만 놓고 이상 없다고 해서 화가 났다고 한다. 그러면서 부스럭부스럭 안주머니에서 흰 봉투를 하나 꺼낸다. 처음 방문했을 때부터 준비해왔던 것이라면서 점심 식사할 정도의 아주 적은 빈 봉투라고 한다. 정중히 사양했다.

1995년에 자치단체장을 처음으로 선출하였다. 지금의 민선 자치 시대가 시작된 시점이다. 당시 초대 공주시장으로 선출된 분이 능력을 알아주셨다. 새롭게 발전기획단을 신설하여 경영 계장으로 발탁하였고, 그곳에서 장례문화를 선도하기 위한 일과, 공주시의 특색있는 음식을 개발하는 일을 하도록 하였다. 둘 다 시도는 열심히 하였지만, 장례문화는 시작 선에서 물러났고(몇 년 후에 김연희의 남편이 설립하여 꽃피웠음), 음식 개발은 직접 설립하여 3년여 운영하다 접고 말았는데 부분 성공이었다. 1일 5~6백 명이 찾았던 메밀문화회관의 메밀냉면 맛은 전국적으로 최고였다. 운영 당시 이대행과 같이 개발한 메밀 찐빵 역시 찾는 이들에게 큰 인기를 얻었다. 그러던 중에 시장이 비리로 인하여 임기를 채우지 못하고 물러나게 되는 바람에 발전기획단 부서도 사라지고 사업 또한 관심 밖으로 밀려나 조기 종료되고 말았다.

2004년도 일이다. 당시 예산계장으로 3년 차 근무하던 시절에 공주군 재정에 크게 기여한 일이 있다. 지방재정은 중앙의 보통(지방)교부세를 매년 지원받고 있는데, 이 교부세는 내국세가 증가함에 따라 일정 비율로 증액되는 중요 재원이다. 특히 자립도가 약한 지자체일수록 이 교부세가 차지하는 비중은 매우 크다 할 것이다. 공주시의 경우 교부세의 매년 증가 폭은 30억 원 내외였다. 그런데 2004년도 말 결정된 교부세가 320억 원 증액되었다. 먼저 부시장에게 보고를 드리니, 충남도에서 예산담당관을 지냈던 부시장이 내 손을 잡은 채로 시장실까지 가서 이런 유능한 공무원은 전국 어디 가도 없다고 극찬을 아끼지 않았고, 시장은 원하는 것이 없는가 하고 물어 주시길래 예산계 직원들이 노력한 결과인 만큼 직원들의 승진을 시켜주시길 요청하였다. 그래서인지 차석, 3석이 동시에 6급으로 승진하였다. 물론 나 역시 16년 8개월 만에 사무관으로 승진되었다. 나이로 봐서는 늦지 않았지만 한 계급에서 너무 오랜 시간 머물렀었다. 그 기간중에 야간으로 대학(1995)과 대학원(2002)을 졸업하였고, 공직 신분으로는 쉽지 않은 JCI(청년회의소, 1995) 회장도 역임하는 등 외도를 하였으니 스스로는 위안 삼았지만, 직장에서 볼 때 소홀함이 있었다.

사무관으로의 첫 부임지는 고향인 정안면장이었다. 제일 먼저 한 일은 공주에서 처음으로 골프장을 세우려고 하는 곳이 마침 정안면 관내 지역인데 민원에 걸려 더 이상 진행을 못하고 있었다. 설립자의 요청으로 개입하게 되어 그 민원을 한 달 내에 해결하였다. 그 골프장이 지금의 프린세스GC다. 두 번째로는 지역민의 복지정책으로 예산 지원 없이 성금을 모아 경로잔치를 성대하게 하였고, 세 번째로는 지역민과 함께 공주 정안의 밤을 널리 홍보하고 판매하기 위한 '밤(chestnut)의 날' 선포식을 추진한 것이었다. 그리고 소하천 정비사업으로 잘 발달된 정안천 제방을 주민들이 애용하는 둘레길로 조성해보려고 추진하던 차에 새롭게 공주시장으로 당선된 이준원(부고 25기) 시장의 부름으로 본청 공보실장으로 발령을 받았다. 1년 6개월의 고향 면장 재임 기간이었지만, 후임자가 혀를 내두를 정도로 최선을 다한 시간이었다.

군청 간부로 재직하면서 공산성을 가꾼 일, 공주 나래원(화장장) 건립 과정의 일, 환경과장 시의 에피소드, 문화시설 관리 소장 때의 유명 오페라 공연유치 등 소개할 것들이 많이 있는데 그러려면 자서전을 다 옮겨야 할 것 같다.

지면 관계상 이 정도의 삶만 소개하려고 한다. 누구나 삶의 이야기가 많이 있으리라 본다. 직장 이야기는 비교적 나의 꽃길이라 볼 수 있겠지만, 그렇지 않은, 하고 싶지 않은 이야기도 여럿 있다. 『노래는 나의 인생』 가사가 내 인생처럼 느껴짐은 나의 삶이 평탄치 않다는 의미다.

50살에 배운 골프로 인하여 그동안 소원했던 고교 동창들을 많이 만났고, 그 운동으로 인하여 지금도 정례적으로 몇 명은 만나고 있음에 감사하고 있다. 동창회 카페에서 활동 중인 여러 동창들의 이름을 보며 허접했던 고교 시절 추억을 떠올려보곤 한다. 한 가지 아쉬운 것은 공지되고 있는 여러 동창들의 대소사에 일일이 참여하지 못하는 죄송함이 있다. 행정사의 일을 하면서 김연희, 최복주 동창과 몇 번 만나 음식과 차를 나눴다. 적당히 수입도 있고 해서 남은 인생 지내는 것이 심심치 않다. 개인 사무실이 있다 보니 심심치 않고 할 수 있는 일이 있기에 삶의 재미가 쏠쏠하다. 그동안 동창회장을 역임했던 여러 친구들의 노고도 대단하였지만, 올해 최용규 회장의 열정에, 스멀스멀 뒷전에만 있던 것을 내 마음의 문을 열어 참여를 통하여 동창회의 활성화에 작은 힘이나마 보태고 싶다. 태어나면 언젠가 가야 하는 길이지만 그 길로 가기 전까지 깊게 고민하지 않고, 김탁경의 '빠삐따'의 자세를 견지하면서 각본 없이 살아가는 '애드리브(Ad-Lib)' 인생으로 살고 싶다.

(전 공주시청 공보실장)

소중한 인연 그리고 사랑

오세호

해프닝

공주사대부고 수석합격 오세호! 1974년 1월 어느 날 한국일보 맨 뒷면에 조그마한 기사로 보도가 되었다. 내가 수석합격이라니! 너무나 놀라웠고 믿기지 않았다. 우리 동네에 온통 난리가 났다. 길을 가다가 만나는 사람마다 축하한다며 격려했다. 집에 조그마한 잔칫상이 마련되었고 동네 어른들이 오셔서 칭찬을 해주셨다. 유구중학교에서 제법 공부를 한다고 인정받아 공주사대부고에 응시하긴 했는데 이런 놀라운 결과가 나올 줄은 미처 상상하지 못했다. 그저 합격하기만을 초조하게 바랐을 뿐.

3월 2일 입학식 날이 밝았다. 학교 왼쪽 언덕에 위치한 대강당에 신입생 및 학부모와 선생님들이 모두 참석한 가운데 입학식이 시작되었다. 사회를 보시는 선생님의 "수석합격자 오세호 앞으로 나오세요"라는 말씀이 들렸다. 그 순간 작은 가슴이 콩당거리기 시작했다. 한편으로는 자랑스러운 생각도 들어 벌떡 일어나 단상을 향해 걸어 나가고 있었는데 갑자기 주변이 웅성거리기 시작했다. 반대쪽에서 또 한 학생이 걸어 나오고 있던 것이다. "아니 어찌 된 일이야. 왜 두 명이 나오지? 누가 잘못하고 있는 거야?" 등의 소리가 들려 잠시 그 학생을 바라보았다. "저 친구는 왜 나오는 걸까? 자기를 부르는 줄 잘못 알았나 보네."라는 생각을 하며 단상 앞으로 걸어 나갔다.

그때 사회를 보는 선생님께서 나에게 "네 이름이 오세호 맞니?" 물으셨다. "예", "어느 중학교를 졸업했니?", "유구중학교 졸업했어요."라고 대답을 하자 "그럼 너는 네 자리로 돌아가라."고 하셨다. 강당 안에 한동안 웃음이 터졌다. 나는 순간 바보가 된 것 같았고 쑥스러움과 창피함이 한꺼번에 몰려와 제자리를 찾지 못하고 우왕좌왕하고 있었다. 부끄러웠다. '입학식부터 이게 무슨 창피냐'라는 생각에 머리를 들 수가 없었다. 눈물이 핑 돌았고 쥐구멍이라도 찾고 싶었던 그때, 사회를 보시는 선생님께서 "이번 신입생 중에는 오세호가 두 명이다. 한 명은 수석합격을 했고 또 한 명도 성적이 괜찮으니 너무 섭섭해하지 말아라"라고 말씀해 주셔서 비로소 고개를 들 수 있었다.

경부선 열차 안에서

육군사관학교 2학년 때 발생한 일이다. 1978년 12월 25일 서울역에서 부산행 특급열차를 탔다. 모처럼 겨울방학을 맞이하여 부산기계공고에 다니고 있던 동생을 만나기 위해 부산에 내려가게 된 것이었다. 좌석표를 받고 열차에 올라 내 자리를 찾아갔는데 고운 한복을 입으신 백발의 할머니께서 내 자리에 앉아 계셨다. 순간 내가 자리를 잘못 찾아왔나 싶어 좌석표를 확인해 보았는데 분명 내 자리가 맞았다. '할머니 여기는 제 자리인데요'라고 말씀을 드리려다가 '할머니가 자리를 찾지 못하셨거나 아니면 입석 표를 끊으시고 잠시 앉으셨나 보다.'라는 생각이 들어 그대로 서서 기다렸다.

기차가 출발했고 대전역을 지나는데도 할머니께서는 내리지 않으셨다. 나는 그저 통로에 서서 전방을 주시하며 내리시기를 기다리고 있었는데 할머니께서는 무언가 분위기가 이상하다고 느끼셨는지 나에게 물으셨다. "혹시 이 자리 주인이세요?" "아, 네 괜찮습니다. 할머니, 계속 앉아서 가세요."라고 말씀을 드리자 할머니는 "갑자기 딸 집에 가게 되어 좌석표를 구하지 못했어요. 어쩔 수 없이 입석을 끊었는데 젊은이에게 미안해서 어쩌나"라며 자꾸 일어서시려 하였다. 나는 "괜찮습니다."를 반복하고.

할머니는 부산에서 내리셨다. 부산역까지 5시간 40분을 꼼짝없이 서서 동행하게 된 것이다. 짐도 제법 많으셔서 짐을 양손에 들고 할머니를 모시고 나왔는데 출구에 제법 많은 사람들이 마중 나와 있었다. 사람들이 빠져나오고 있었는데 머리가 허리까지 내려간 한 여대생이 할머니께 다가와 굽신 인사를 했다. 할머니께서는 손녀라고 소개하시며 집이 가까우니 저녁 식사를 모시고 싶다고 하셨다. 영주 터널을 지나 동대신동의 어느 주택으로 안내되어갔고 할머니의 큰 딸 부부가 할머니를 반갑게 맞이하였다.

방 안에는 푸짐한 저녁상이 차려져 있었고 나는 갑작스러운 상황에 다소 불편하였지만, 식사를 하고 있었는데 교장 선생님이셨던 할머니의 사위분이 나에게 "고맙습니다. 오늘 큰 신세를 졌네요."라고 하시며 "부산에 처음 오신 것 같은데 내 딸과 같은 학년이니 부산 여행을 하시는 동안 이 아이에게 안내해드리게 해도 되겠소?"라고 하셨다. 그리하여 계획에 없던 동갑내기 여대생과 부산 시내를 관광하고 해운대에 있는 동생을 만나는 2박 3일의 여행을 하게 되었다. 그 우연의 만남이 인연이 되어 오늘날까지 45년의 동행을 이어오게 되었다. 안타깝게도 그 할머니는 결혼식을 보시지 못하고 1980년 하나님 나라로 떠나시고 말았다.

악몽 같은 신혼

1982년 6월 29일 결혼식을 올리기로 했다. 나는 당시 강원도 철원에서 소대장으로 근무하고 있어 대대장에게 결혼을 위한 휴가 신청을 했는데 대대장의 지시를 듣고 하늘이 캄캄해지는 것을 느꼈다. '최전방 소대장에게 장기간의 휴가를 줄 수는 없다. 3박 4일 다녀오라.'고 하는 것이 아닌가! 할 수 없이 결혼식 당일 휴가를 출발하기로 했다. 짧은 휴가 기간을 고려하면 시간을 최대한 아껴야 했기 때문이다. 아직 캄캄한 새벽길 8km를 걸어 동송 터미널에서 버스를 타고 육군회관까지 이동을 했다. 버스를 몇 번이나 갈아타야 해서 결혼식에 늦지 않을까 내내 초조했는데 다행히 결혼식 30분 전에 도착했다. 신부와 주례는 이미 도착하여 초조하게 신랑을 기다리고 있었다. 한여름 무더위에 땀이 비 오듯 내렸다. 결혼식 내내 사회자가 땀을 닦아 주곤 했다. 결혼식을 마치고 곧바로 공주에 내려가 우리 집에서 첫날 밤을 보냈고 다음 날 부산 처가에서 하룻밤을 보낸 후 간단한 살림살이를 챙겨서 장모님과 함께 부대가 있는 철원으로 올라왔다. 짧은 휴가에 신혼여행은 다음으로 미루고. 50여 가구가 모여 사는 시골의 단칸방은 비좁았다. 비키니 옷장과 조그마한 냉장고, 13인치 TV 한 대가 살림의 전부였다. 따라오신 장모님은 밤새 울고 계셨다.

사흘 만에 부대에 복귀했는데 분위기가 이상했다. 내가 휴가를 떠난 사이에 소대장들과 분대장들 간 집단싸움이 벌어져 한바탕 난리가 났고, 이에 화가 난 대대장은 전 간부 영내 대기를 지시했다고 한다. 대대장에게 휴가 복귀 신고를 하면서 조심스럽게 '대대장님, 저는 신혼인데 퇴근하면 안 될까요?'라고 건의를 했다가 정신 나간 놈이라는 호통을 듣고 나왔고 꼼짝없이 일주일간 집에 가지 못했다. 길었던 대기기간이 끝나 모처럼 집에 왔는데 잠시 후 손님들이 들이닥쳤다. 대대장이 중대장들을 데리고 우리 집에 찾아온 것이다. 갑작스러운 상황에 비상이 걸린 아내는 인근의 상점에 가서 시장을 보았고 주인아주머니께서 도와주셔서 약소하나마 식사를 모실 수 있었다. 대대장은 이후에도 여러 차례 불시에 방문하여 우리를 곤혹스럽게 했다. 하루는 참다못해 대대장에게 "이제 그만 오시지요. 좁은 방에서 손님들을 모시기가 매우 불편합니다."라고 했더니 대대장은 "이 녀석아. 손님이 자주 와야 네 집사람 음식 솜씨가 금방 늘어"라로 말씀하셨는데 무척 얄미웠다. 이 대대장은 훗날 합참의장이 되었다.

얼마 후 부대는 야외 전술훈련을 나가게 되어 한 달 동안 집에 가지 못했고 훈련을 마치자마자 수도경비사령부로 전속 명령이 내려와 쉴 틈도 없이 서울로 이동해야 했다. 혹시 전입신고 후 휴가를 받을 수 있을까 싶어 필동 수경사 정문 앞 다방에 아내를 잠시 기다리도록 하고 전입신고를 하러 부대에 들어갔는데 신고를 마치자마자 곧바로 1개월간 전입 교육이 시작되었고 이 사실을 모른 채 다방에서 남편을 기다리고 있던 아내는 밤늦게까지 하염없이 기다리다가 퇴근하는 간부로부터 "아마 한 달 동안은 만날 수 없을 것"이라는 이야기를 듣고 서울의 외할머니 집에서 하룻밤을 보낸 후 철원으로 혼자 올라와 이사를 준비하였다.

교육을 마치고 수경사 30경비단 영빈관 소대장으로 보직된 나는 그 후 1년간 퇴근을 하지 못했다. 부산 처가에 전화하여 아내가 삼선교 일대로 이사를 했고 임신을 했다는 사실을 알게 되었다. 몇 달이 지나 '칠궁 초소'로 아내가 면회를 왔다. 철조망을 사이에 두고 아내를 만났다.

오랜만에 만난 반가움과 안타까움에 우리 둘은 한참 울었다. 아내의 배가 유난히 불러 있었다.

딸에게 쓴 편지

딸 윤경이가 1990년 명지초등학교에 입학했다. 사립학교여서 치열한 경쟁을 뚫고 운 좋게 입학하게 된 것이었다. 입학식을 다녀온 아내가 옆 반 담임선생님이 마음에 든다고 했다. 예쁘시고 왠지 잘 가르치실 것 같다는 것이다. 그런데 훗날 윤석규 친구로부터 아내가 명지초등학교에 근무한다는 이야기를 들었고 그분이 바로 옆 반 담임선생님임을 알게 되었다. 당시 나는 새벽에 출근하고 밤늦게 퇴근하기가 일쑤였다. 아예 집에 오지 못하는 경우도 비일비재했다. 모처럼 집에 오면 아이들이 잠들어 있었고, 다음날 잠자고 있는 모습을 보며 출근했다. 아이들과 눈맞춤은커녕, 제대로 불러 보지도 못했고 이러다가는 자칫 아이들이 아빠를 느끼지 못할 것 같다는 안타까운 마음이 들었다. 그래서 묘안을 낸 것이 딸에게 편지를 쓰는 것이었다. 퇴근 직전 몇 줄 편지를 써서 자고 있는 딸의 머리맡에 놓고, 다음날 출근했다 집에 가면 딸의 답장이 쓰여 있었다. 이와 같은 편지 주고받기를 3년 동안 했다. 엄마 이야기, 장난감 이야기로부터 친구와 동물 이야기, 교통안전 이야기 등 다양한 화제로 이어졌고 특정 상황에 대한 생각을 묻는 편지도 있었다. 편지에 대한 평가는 엄마가 하는 식으로 진행했는데 점점 양이 많아져 몇 박스를 채우게 되었다.

딸은 편지를 쓰면서 글쓰기 능력이 몰라 보게 좋아지고 있었다. 글짓기 대회에 나가면 꼭 입상을 했다. 자신감이 붙으면서 웅변대회, 사생대회에도 나갔고 서울시립합창단에도 선발되었다. 대학을 졸업하고 직장에 다니다가 결혼을 하게 된 딸이 박스 3개를 예쁘게 포장하고 있었다. "그게 뭐니?"라고 물었더니 "소중한 보물"이란다. "아빠와 주고받은 편지인데 지금 읽어보니 너무 재미있고 때로는 유치하기도 하네. 언젠가 내 자식들에게도 보여주고 싶고 잘하면 책으로도 낼 수 있을 것 같아서 가지고 가려고." 그랬던 딸이 다둥이 엄마가 되었다. 초등학교 6학년이 된 첫 딸 혜리가 꼭 엄마를 닮았다. 생긴 것도 그렇고 열심히 쓰고 읽고 그리는 것도. 요즘은 손녀에게 위인전 한 권 읽고 독후감 쓸 때마다 5천원씩 용돈을 주고 있다.

특별한 인연

인연 1

육사 졸업 후 철원의 6사단 소대장으로 부임했다. 최전방을 지키는 소대장으로서 이틀에 한 번은 DMZ(비무장지대) 매복 임무를 수행해야 했다. 소대원을 이끌고 초저녁에 비무장지대로 들어갔다가 새벽에 철수하는 임무였는데 늘 불안감과 긴장감 속에 밤을 지새워야 했다. 노루와 멧돼지를 만나 놀라기도 했고 가끔은 북한 병사들의 기침 소리, 이야기 소리가 들리기도 했다. 그런데 임무를 마치고 돌아오면 이상한 일이 기다리고 있었다. 소대장실에 방금 찐 듯 김이 모락모락 나는 고구마와 옥수수 때로는 통닭이 준비되어 있었다. 처음에는 내 전령이 소대장을 위해 준비한 줄 알았는데 몇 달 동안 계속되어 이상한 생각이 들었다. 확인해 보니 대대 식당의 고참 취사병이 초등학교 동창이었고 이 친구가 몰래 챙겨 주고 있었던 것이었다. 그 친구는 동창 소대장이 너무나 반가웠으나 혹시 사병이 소대장에게 결례할까 싶어 일체 아는 체하지 않았다고 했다. 전역하는 날까지 자신이 동창임을 내색하지 않은 속 깊은 친구였다. 몇 년 후 유구로 내려가는 버스 안에서 그 친구 부부를 우연히 만났다. 보자마자 큰 소리로 "필승! 소대장님" 거수경례를 하는 친구. 우리 두 부부는 반가움에 밤새도록 술을 마셨다.

인연 2

아들 윤석이가 2007년 중앙대학교 경영학과에 입학했다. 초등학교부터 고교까지 전주, 원주, 양구, 대구 등 여러 차례 전학을 시켰던 아들이어서 혹시 공부에 영향을 주지 않으려나 무척 염려를 많이 했었는데 다행히도 무난히 진학을 했고, 그것도 수시로 합격을 해줘서 너무나 고마웠고 자랑스러웠다. 그런데 입학식 때 반갑고도 놀라운 사실을 하나 더 알게 되었다. 동기인 전인해 친구의 아들 병주와 최복주 친구의 딸 혜림이가 같은 학부에 입학했다는 것이었다. 특히 전인해 친구의 아들은 같은 경영학과 신입생이었다. 부모들도 동기동창인데 자식들까지 동기동창을 이루게 되어 남다른 인연이라는 생각이 들었고 곧바로 두 친구들에게 전화를 하여 소식을 공유하고 식사 약속을 했다. 며칠 후 고교 동기 세 명과 자녀 동기 세 명 등 여섯 명이 화기애애한 분위기에서 식사하면서 특별한 인연에 대해 이야기를 나누었다. 이 자식들도 부모들처럼 따뜻하고 다정한 관계를 유지하며 보람있게 대학 생활을 하고 훌륭하게 성장해주기를 바라면서 기회만 되면 자주 만나야겠다는 생각을 했다. 인해 친구의 아들과 복주 친구의 딸은 변호사가 되어 현재 활발한 활동을 하고 있고 우리 아들은 기업에 취업하여 열심히 근무하고 있다.

인연 3

2007년 10월 공주사대부고 19회의 고교 졸업 30주년을 기념하는 '홈커밍데이 행사'가 모교 강당에서 거행되었다. 당시 동기회는 준비위원회를 구성하고 은사님 초청 감사선물 전달, 백제체육관 기념공연, 모교 및 총동창회 발전기금 전달, 불우시설 돕기 등 다채로운 행사를 계획하였고, 190여 동기들과 30여 분의 은사님, 많은 선후배 동문이 참석한 가운데 성황리에 기념식 행사가 시작되었다. 특히 특별 이벤트로 30년 후배인 3학년 재학생들과 '멘토링 협약식'을 가졌는데 이때 여학생 대표로 선서를 하고 최복주 친구와 사인을 교환했던 50회 김지선 후배가 2019년 행정고시에 합격하였고 국방부 인사복지실로 발령이 났다고 연락이 왔다. 훌륭하게 성장해 준 후배가 너무나 반가웠고 고마웠다. 더욱이 후배가 근무하게 된 국방부의 과장은 내가 21사단에 근무할 때 인연이 있던 후배여서 그 과장에게 전화하여 지선이를 잘 돌봐주고 발전할 수 있도록 각별한 지도를 해달라고 부탁하였다. 당시 우리가 시작했던 멘토링 행사는 현재 총동창회의 주요 사업으로 추진되고 있다.

시어머니와 며느리

오늘은 일찍 퇴근했다. 부지런히 집에 와보니 아내가 동지죽을 비롯해 시장을 잔뜩 봐놓고 기다리고 있었다. 시골 어머님께 내려가야 한다. 내일이 어머님 생신이기 때문이다. "셀 수 없이 생일 밥을 먹었으니 그저 몸만 내려오라"고 하신다.

95회 생신! 길다면 긴 세월 동안 건강을 잘 유지하시고 시골집을 든든히 지키고 계신 어머님이 너무나 감사하다. 해방 후 북한에서 피난 나와 전쟁의 아픔을 겪으셨고 대가족의 맏며느리임에도 5남매를 억척스레 기르신 장한 여성이시다. 올해도 여지없이 들깨를 심으시고 정성껏 재배하여 기름을 짜서 자식들에게 두 병씩 나누어 주셨다. 내년에는 메주를 쑤고 된장을 담아 놓겠다고 호기를 부리신다. 지팡이를 짚으면 '저 늙은이 갈 때가 다 되었다.'고 한다며 애써 지팡이를 멀리하시는 정신이 대단하시다. 매일 물을 데워 목욕하며 단정한 모습을 유지하려 애쓰시는 천상 여성다움이 놀랍고 자랑스럽다.

어둑어둑해진 저녁 무렵, 유구천변을 따라 남쪽으로 내려가는 둑방길을 지나 동네 어귀에 들어서는데 이쪽을 바라보고 계신 할머니가 보인다. 영락없는 어머님의 모습이다. 너희들이 도착할 때가 다 되어서 나와 보았다고 하시며 반갑게 웃으신다. 차에서 내려 뛰어가 시어머니를 반갑게 껴안는 며느리의 뒷모습이 유난히 아름답다.

손주 사랑

어느새 손주가 넷이다. 외손주 3명, 손녀 1명. 가족이 모이면 모두 11명이나 된다. 올가을쯤이면 식구 하나가 더 늘어날 것 같다. 엊그제 손녀의 어린이집 하원을 돕기 위해 아내와 경기도 교육청의 어린이집을 방문했다. 잠시 후 가방을 짊어지고 정문에 나타난 손녀가 할머니를 반갑게 껴안더니 창밖에 서 있는 나를 보고 뛰어나와 "할아버지!"를 외치며 와락 품에 안긴다. 너무 행복하다.

몇 년 전 큰 손녀가 네 살 때 가족들의 인기를 측정한 적이 있다. 아빠, 엄마, 할아버지와 할머니 등 4명에 대해 좋아하는 순서대로 사진을 붙이라고 했다. 할머니 1등, 엄마 2등, 아빠 3등, 할아버지 4등. 방에서 침을 뱉는 손녀에게 "이놈" 한마디 한 것이 오랫동안 혼을 내키는 할아버지가 되어 꼴찌를 면치 못했다. 이후 손주들에게 절대로 나무라지 않는다. 대화를 통해, 이야기하며 이해시키려 애쓰고 있다. 그래서인지 막내 손녀는 할아버지에게 가장 먼저 달려온다. 사람들이 많으면 두리번거리며 할아버지부터 찾는다. 너무 고맙고 사랑스럽다. 손주들을 바라보고 있노라면 무릎에 앉히고 고사리 같은 보드라운 손을 잡고 있노라면 이보다 더 행복할 수가 없음을 느낀다. 그리고 이렇게 다짐한다. "너희들은 나의 전부야. 모든 것을 너희들에게 줄게. 그저 건강하게만 자라다오. 사랑한다!"

1회 선배님 팔순 잔치

우리 19회가 공주사대부고 총동창회 회장 기수가 되었다. 5개 기수가 책임 운영을 하는 집단지도체제 형태로 조직이 변경되고 첫 번째 회장 기수로, 새로운 동창회 운영의 성패가 우리에게 달려있는 셈이어서 매우 부담이 컸다. 동문들에게 상징적이고 동창회 이미지를 제고시킬 수 있는 대표적인 행사가 필요하다고 판단을 했다. 특히, 1만 5천여 명에 달하는 동문들이 남녀노소를 불문하고 오랫동안 동창회를 주목할 수 있게 만드는 행사로 어떤 것이 좋을까 고민하다가 마침 다음 해 80세를 맞으시는 1회 선배님들을 초청하여 후배들이 팔순 잔치를 해드리면 동문 상호 간은 물론 사회적으로도 커다란 화제가 될 것 같았다.

2018년 3월 22일 서울 강남구에 위치한 필경재 충효당必敬齋 忠孝堂에서 1회 선배님 40명을 모신 가운데 팔순 잔치가 거행되었다. 필경재必敬齋는 '반드시 웃어른을 공경하는 자세를 지니고 살라'는 의미로 세종대왕의 다섯째 아들 광평대군의 후손이 건축한 전통 한옥 중 하나이며 그 중 충효당忠孝堂은 후배들이 선배님을 공경하는 의미가 담겨 있어 행사 장소로 선정하였다. 개나리가 만발한 화창한 날씨에 총동창회장의 만수무강을 기원하는 술잔 올리기를 시작으로 후배들의 큰 절과 건배사가

이어졌다. 1회 장광순 회장님께서는 '전 세계 고교 중에서 후배가 선배 팔순 잔치를 해주는 동창회는 공주사대부고가 유일할 것이다. 정말 감개무량하다'라며 고마워하셨고 내년 잔치가 예정되어있는 2회 동기회장님의 축하 시 낭송, 찬조 선물 전달, 기념사진 촬영 등 화기애애한 분위기에서 행사가 진행되었다. 이 행사를 위해 20여 동문이 축하선물을 찬조해 주었고 30회 후배는 필경재 식사비용 전액을 찬조하는 등 선 후배 간 소중한 사랑이 담긴 울림 한가족 축제였다는 반응이 지배적이었다. 이 행사는 2019년 2회 선배 팔순 잔치로 이어졌고 코로나19로 인해 2년간 중단되었다가 2022년 봄에 3회, 가을에 4회 선배 팔순 잔치로 이어지는 등 공주사대부고 총동창회의 아름다운 전통으로 자리매김 되어 가고 있으며 80세를 넘기신 선배님들이 모교와 동창회를 잊지 않고 후배들에게 사랑을 베푸는 계기를 만들고 있다.

(S-Connect 고문, 예비역 육군 준장)

땀으로 빚어낸 보석

차영환

벌써 43년 전의 일이다. 1979년 5월 1일, 내가 초등학교 교사로 임용되어 충남 보령군 천북면 낙동리 소재의 낙동초등학교에 부임한 첫날이다. 40대 초반의 선배 선생님은 감히 내가 올려다볼 수조차 없는 하늘 같은 존재였다. "차 선생! 나랑 함께 할 일이 있는데 …" 하시며 스카우트 지도자가 되어보지 않겠냐고 권유하셨다. 갓 깨어난 햇병아리 교사의 잔뜩 긴장 속에 시작된 학교생활이었던지라 앞뒤 생각할 겨를도 없이 승낙할 수밖에 없었다. 이렇게 멋모르고 시작된 스카우트 지도자의 길은 오늘에까지 이어져 이제는 내 인생에서 스카우트 지도자란 말은 뗄래야 뗄 수 없는 내 삶의 분신이 되어버렸다. 당시 학교에서 스카우트 담당 업무는 지금도 그렇지만 가능하면 짧은 기간만 맡으려는 기피 업무 중의 하나였다. 나 역시 당시에 처음부터 마음에 쏙 들었던 업무는 아니었다. 대원들과 함께 자연을 무대 삼아 꿈의 날개를 펼치다 보니 그 매력 속으로 점점 푹 빠져들게 되었다.

30여 년간 각종 지도자 훈련의 강사로 열심히 봉사하며 생활을 하다 보니 어느새 한국스카우트 대전연맹의 치프 커미셔너라는 직함을 얻게 되었고 막중한 책임감을 갖고 8년 동안 봉사하고 나니 이제는 대전연맹 부연맹장 직과 한국스카우트연맹의 중앙이사를 맡아 활동하고 있다.

31년 전의 일이다. 1991년 여름 강원도 고성에서의 제17회 세계스카우트잼버리대회는 우리나라를 전 세계에 널리 알리는 매우 뜻깊은 행사였다. 사상 최대 규모의 88서울올림픽에 이어, 그와 버금가는 또 한 번의 매머드급 국제 청소년 행사가 3년 뒤에 대규모 잔치로 벌어진 것이다. 이 세계스카우트잼버리대회는 전 세계 133개국 2만여 명의 청소년들이 한자리에 모여 '세계는 하나'라는 주제로 8박 9일간 대자연 속의 야영생활을 통해 심신의 조화있는 발전을 도모하고 우의를 증진함으로써 세계평화에 기여하는 청소년 한마당 축제로 벌어진 국제 행사였다.

이 행사에서 내가 맡은 버켄헤드 분단 급식 반장의 역할은 그야말로 잠과의 전쟁이었다. 새벽 3시 기상! 4시에 중앙본부 급식 차량으로부터 1,000여 명분의 급식재료를 배급받아 분류한 뒤, 5시부터 각대별로 분배를 하고 나면 동이 트는 6시가 된다. 그야말로 하루하루가 긴장의 연속이었다. 이렇게 8박 9일간의 행사를 마치고 나서야 '참다운 봉사라는 것이 바로 이런 것이구나'라는 생각과 함께 큰 보람을 느끼게 되었다.

그해 여름방학의 시작과 함께 3박 4일간의 지도자 기본훈련 과정과 6박 7일간의 상급 훈련과정 강사로 봉사를 마치자마자 이틀 뒤 바로 이어진 것이 이 8박 9일간 세계스카우트잼버리 운영요원으로서의 봉사였다. 물론 수고비는 고사하고 오히려 참가비를 내고 하는 봉사였다. 이때 떠올랐던 것이 바로 '에드가 A. 게스트'가 지은 '스카우트 대장'이란 시였다.

'보수나 대가도 없이 거저 봉사하는 그대 함께 오솔길을 걷던 소년들은 그대에게 줄 것이 아무것도 없다. 그러나 누가 이 위대한 보수, 금을 캐내는 것보다 더 값비싸다는 걸 알랴? 소년들의 구릿빛 얼굴을 보라! 거기 그대에게 주어질 보수가 그려져 있다.'(이하 생략)

이제 와 생각해 보면 43년 전 그 선배 선생님의 스카우트 지도자로의 인도가 없었다면 나의 교직 생활은 얼마나 무기력했을까 하는 생각이 든다. 이제 금년 8월 말이면 그동안 43년 4개월간 몸담았던 교직을 마무리하고 정년퇴임을 하게 된다. 마침 1년 뒤인 내년 8월에는 지난 1991년 강원도 고성에서 개최되었던 제17회 세계스카우트잼버리대회에 이어 32년 만에 전라북도 부안군 새만금 일원에서 제25회 세계스카우트잼버리대회가 2023년 8월 1일부터 12일까지 12일간 개최되어 또 한 번 땀으로 빚어낸 값진 보석을 캐낼 기회를 갖게 되었다.

이제는 퇴임 후의 일이라 좀 더 시간적인 여유를 갖고 적극적으로 활동할 수 있게 되어 무척 기쁘게 생각한다. 사전에 은퇴를 앞두고 요즘에는 몇몇 스카우트 원로 지도자분들을 중심으로 사단법인 "대전시니어스카우트"클럽의 조직에 심혈을 기울이고 있다. 오늘 저녁에는 참다운 봉사의 기쁨을 마음껏 누리게 해주신 그분께 감사의 전화라도 드려야겠다. '최 * * 선생님! 고맙습니다.'

(대전태평초등학교 교장)

출근길

최용규

오늘도 아침 8시면 어김없이 출근한다. 나의 이 출근길은 3번째이다 벌써 20년째 같은 길을 왕래한다.

첫 번째 출근길은 여의도. 학교를 졸업하고 입사한 회사가 여의도에 있는 관계로 매일 아침 버스에 몸을 맡기고 짐짝처럼 안내양의 오라이 소리에 상도동에서 여의도까지 매일 아침 절인 김치가 되어 출근한다. 달리 운송 수단이 없는 관계로 매일 아침 긴 줄로 버스를 기다리다 재수 없으면 정원 초과로 다음 차를 타야 하는 불상사도 가끔은 발생한다. 전날 늦게까지 술이라도 먹으면 울렁거리는 속을 어찌하지 못해 앞사람의 옷에 실례할 때도 있다. 그래도 그때는 젊은 패기로 참 열심히 직장 생활을 한 것 같다. 당시 여의도는 직장생활하는 사람의 낙원이었다. 깔끔하게 정비된 도로에 식당과 적당한 술집은 일과가 끝나고 삼삼오오 모여서 삼겹살에 소주로 1차를 하면 약간의 취기로 으레 2차 맥주 한잔하러 간다. 여의도는 방송국이 많아서 재수가 좋으면 2차 간 집에서 연예인들과 만나서 어울려 놀 수 있는 행운을 잡기도 한다. 복잡한 출근길에, 사무실에서 고약한 상사를 만나 업무시간이 고달프지만, 업무가 끝나고 나면 이런 낭만이 있어 좋았다. 또한 주변에 증권 회사가 있어 당시 3저로 주식시장이 활황이라 주식투자로 공돈이 생긴 동료들이 기분날 때면 거하니 한턱을 내는 일이 많아서 항상 회식 스케줄이 잡혀 있었다. 호황기였다.

두 번째 출근길. 회사가 합병되어 출근길이 충무로로 바뀐다. 1991년도다. 그사이 나는 결혼하여 평촌으로 삶의 보금자리를 옮겼다. 지하철이 1992년도 3월에야 개통되었으니 평촌에서 충무로는 고난의 행군이었다. 평촌에서 사당가는 버스를 타고 사당에서 지하철을 타고 충무로까지 가야 하는 출근길은 마치 아침마다 전쟁터다. 당시 길이 변변치 않고 신도시가 들어선 관계로 아침마다 인덕원에서 과천을 지나 남태령 넘어가는 길은 차들이 나래비를 섰다. 관문 사거리에서는 차들이 서로 엉켜 언제 차가 갈지 몰라 회사에 늦을까 봐 조마조마하기를 다반사. 매일 사당역 인근에 버스가 도착할 즈음에는 쏜살같이 지하철을 타기 위하여 넥타이에 신사복차림으로 100m 달리기 선수처럼 달려가 겨우 전철을 타고 충무로 직장에 도착하였다.

다행히도 이러한 새벽 별 보기 운동은 그다음 해 4월경 4호선이 안산까지 연결되는 바람에 전철로 출근하게 되어 그나마 출근길이 수월해졌다. 4호선이 처음 생겨서는 사람들이 많지 않아 널널하게 앉아서 출근하였다. 단점은 지하로 1시간을 다녀야 하니 처음에는 갑갑하였다. 충무로 극동빌딩에 회사가 있다 보니 주변에 극장과 오래된 음식점들이 많이 있는 낭만의 거리로 분위기가 좋았다. 입사 후 영업부에서 업무를 보다가 순환보직으로 구매 부서에 있다 보니 외출할 기회가 많지 않아 주로 내근이 많았다. 점심시간 동료들과 혹은 거래처 사람들과 호기롭게 명동에 가서 점심 먹고 주변 쇼핑도 했다. 명동 성당에서 들려오는 시위대의 확성기 소리는 날이면 날마다 들려온다. 또한 주변에 인쇄 골목이 있고 회사 사무실이 많이 있다 보니 사람들의 왕래가 많고, 오랫동안 이어져 온 구도심으로 먹거리가 풍부하다. 오장동 냉면집, 진고개 식당 등 이름을 대면 알만한 음식점과 술집이 많이 있고 당시 신성일, 엄앵란이 영화를 찍은 술집 또 주변에 명보극장, 대한극장, 중앙극장 등 대한민국의 유명한 극장들은 걸어서 5분이면 갈 수 있는 곳에 있다. 그런데 실은 극장에 가본 것은 손꼽을 정도다. 퇴근 무렵이면 한잔하기가 딱 좋은 곳이 이곳 충무로다. 골뱅이무침에 맥주 당시 이곳은 소위 골뱅이무침 거리로 유명하다. 그때는 체력도 좋았던지 1차 2차 하면서 먹은 술이 밤 12시 넘어 1시 2시 택시를 잡아 평촌 가는 길은 다반사였고 종종 택시비를 아끼려 사당까지 와서 평촌 가는 택시로 갈아타는 절약 정신도 갖고 있었다. 하여튼 충무로의 밤거리는 낭만이 서려 있었다. 여의도의 밤거리와는 좀 다른 낭만이 있었다.

IMF 시대도 지나고 직장 생활도 중고참으로 약간의 무료함과 진급 때만 되면 아슬아슬하게 진급 명단에 오르고 또 열심히 일해도 구매부 특성상 대우도 못 받고 하니 슬금슬금 머릿속에는 회사를 그만두고픈 생각이 스며들고 또 한편으로는 자녀들이 이제 초등학교 중학교 다니는 상태에서 아무 대책 없이 독립한다는 것이 좀 두렵기도 하고 하여 갈등의 시간이 일이 년 지속되었다. 그때 마침 함께 진급에서 누락 된 선배가 이참에 나가서 사업을 한번 해보자고 하여 갈등의 시간을 마무리하고 회사에 사표를 내고 지금의 길로 나서게 되었다.

말이 사업이지 영업부에 8년 구매부 7년 도합 15년의 직장 생활이지만 영업부에서 있을 때 회사를 그만두었으면 자연스럽게 거래처가 연결되었을 텐데 구매부에서 그만두고 사업을 시작하니 걱정이 이만저만이 아니다. 거래처가 하나도 없으니 당연히 처음 몇 개월간은 매출이 없다. 다행히 같이 그만둔 동료와 함께 시작하니 의지는 되나 그도 마찬가지로 거래처가 없이 나와 아는 사람이 밀어준다고 하여 그 말을 믿고 사업을 시작하였다. 참으로 어처구니없는 일이었다.

사업을 시작하고 첫해는 참으로 고통스러웠다. 밤이면 잠이 안 와 양주를 마시고 잔다는 먼저 회사를 그만두고 사업을 시작한 선배들 이야기를 들었는데 그것이 나에게도 현실이 되었다. 나도 처음 6개월 정도는 밤에 술 마시고 자야 할 만큼 미래가 불안하고 참으로 어려운 시기였다. 거래처를 개척한답시고 전국 각지를 돌아다니고 노력한 결과 거래처가 하나둘 생기고 이제는 매출도 늘어나고 안정이 될라치면 여기저기서 부도에 야반도주로 또 나를 괴롭히기 다반사이지만 그런 시간을 통하여 삶의 깊이와 사업의 방향이 잡혀지고 다져져 온 것 같다.

그렇게 세 번째 출근길은 시작되었고 어느덧 20여 년을 흘러온다. 뒤돌아보면 참으로 아득하고 고통스러운 시간이 더 많은 것 같다 하지만 하나님께서 나에게 주신 소명이라 생각하고 아침마다 출근하기 전 새벽에 교회에 나가 하나님께 기도한다. 오늘도 이 사업장을 지켜주시고 번성케 하여 달라고. 그러기를 벌써 20년째다.

오늘도 아침 여느 때와 마찬가지로 사무실로 출발한다. 그 종착역이 어디인지는 몰라도 늘 설렘, 두려움, 감사함이 교차 되는 출근길. 회사가 잘 되고 계속 발전하여 더 큰 모습으로 성장하여 이 사회에 꼭 필요한 사업체가 되고 또 누구일지 모르지만, 후계자에게 바톤 터치하고 나의 삶을 정리하면서 한가한 시간을 즐기고 싶다. 그리고 나에게 그동안 수고했노라고 말해주고 싶다.

(양지금속 대표)

이 아침에

조규영

토요일 새벽이다. 엊저녁 몹시 피곤하여 컴퓨터에서 학교 동기의 부탁을 처리하다가 그냥 쓰러져 잠이 들었었는데, 새벽에 일어나 보니 그 친구의 전화번호가 휴대폰에 여러 번 찍혀 있는 것으로 보아 아마 술자리에서 나를 많이 찾은 듯하다. 일주일, 어려운 상황이 발생할 때면 몹시 지루하지만, 지나고 보면 금방인 것을. 벌써 토요일 아침이라니. 엄청나게 빠른 시간의 흐름이 새삼 두려워지기까지 한다. 내달리는 시간의 흐름 속에서 결국 유한한 생生. 어렸을 때부터 죽음에 대해 막연하지만 계속 생각하여 왔고, 그리고 이렇게 나이를 먹어 가면서는 '어떻게 하면 자연스럽게 죽음을 받아들일 수 있을까?'라는 생각에 골똘히 잠기게 된다. 재작년엔가 아이가 하고 있던 컴퓨터 게임 비슷한 것을 본 적이 있었다. 약 50문항 정도의 설문에 대하여 본인에게 맞는 답(1~5중에서)에 체크하고, 완료하면 응답자의 예상 수명이 산출되는 방식으로 기억이 되는데 그 내용은 아마 건강, 식사 습관 그리고 가족 관계 등으로 생각된다. 아빠도 한번 해보자고 사정하여 실행한 결과 예상 수명이 74세로 나오길래 '아이쿠, 큰일이군'하고 다시 좀 더 세심히 하니 59세로 나와 안심(?) 하였던 적이 있었다. 연세가 더 드신 분들이 보시면 맘이 언짢아지실 수도 있겠지만 생각해 보면 생, 살아간다는 사실이 무척 지루할 때가 가끔은 있다.

12년 전쯤에 아버지께서 돌아가셨는데 병원에서 한 3개월 정도 고생하시다 가셨다. 그해 이른 봄 두 분이 사시던 시골집에 갔을 때 기력은 괜찮으신데 기침을 약간 심하게 하시는 것 보고 왔는데 몇 달 후 입원하시게 된 것이다. 그동안은 막내가 의료인이고 또 시골 고향 집과 가까이에 있어 다른 형제들은 신경을 덜 쓰던 편이었지만, 대전에 있는 을지병원에 입원하시게 되면서 내가 병원에서 가까운 오류동 지점에 근무하였던 때문에 나는 매일 업무를 조금 일찍 끝내고 병원에 가서 간병을 하고 아침에 곧바로 사무실로 출근을 하곤 하였었고. 다행히 병원에 막내동생의 후배들이 여럿 있어 여러 가지 편의를 받을 수가 있었다. 평소에 줄담배를 태우셨던 것으로 미루어 병명은 폐암으로 추정만 할 뿐 많이 노쇠하시어 검사 및 수술은 못 하고 그냥 방사선 치료만을 받으시는 형편이었고, 또한 상태가 많이 나빠져 내내 중환자실에서 계셨는데, 병원 측의 배려로 중환자실에서도 간병을 계속할 수 있었는 바, 중환자실이라는 게 거의 생사의 기로에 서 있는 환자들이 모여 있는 곳인지라 다급한 신음소리 등 엄청난 살풍경 그 자체였다. 심지어 어떤 환자는 밤새 끊임없이 고래고래 소리를 질러 대어 나중에 알아보니 제초제를 마시고 자살을 기도하다가 위와 연결되는 식도가 대부분 다 손상이 되어 아마 그 통증 때문에 그랬던 모양이었다. 그러는 와중에서도 넓은 중환자실의 한복판에 간호사실이 있는데 새벽이 되었을 때 간호사들이 그곳에서 라면을 끓여 먹고 있는 것을 발견하고는 어쩔 수 없는 생의 본능적 의지 그리고 그런 삶의 처절함을 절감하였던 적도 있었다.

을지병원에서 1개월 정도가 지나 이제 정리할 준비를 하기 위하여 당시 동생이 근무하던 홍성의료원 –시골집에서 가까운– 으로 모시기로 결정하고 홍성에서 온 앰블런스로 동생과 둘이 아버지를 옮기던 중 산소가 부족하여 급하게 중간의 단국대학교 천안병원에 들러 산소통을 빌리는 소동도 있었다. 홍성의료원에 가서 보니 시골 지역이고 서민 공공의료기관이라 대개의 병실이 가난과 곤비困憊에 절어 있는 절망적인 노인네들로 가득 차 있는 상태로 아버지께서 머무신 곳은 약 10명 정도 누워있는 병실이었는데 모두 죽음을 바로 앞에 둔, 대부분 아버지처럼 목에 구멍을 뚫고 호스를 연결하여 가래를 제거하는 등 한시도 눈을 뗄 수가 없는, 중환자들이었으나 보호자가 아무도 없이 병원 직원들에게만 의지하던 환자도 있었다.

그래도 다행히 우리는 동생이 그곳에 근무하고 있었기 때문에 사정이 좀 나아 나머지 3형제가 1주일에 하루나 이틀 저녁 정도만 - 물론 서울, 수원, 대전에서 평일에 근무를 끝내고 달려오는 것이 쉽지 않았겠지만 - 아버지 곁에서 밤을 새우게 되었으며 그리고 또한 전혀 운신을 못 하시기에 대·소변 등의 수발은 순전히 우리 남자들만의 몫이었다. 그때만 해도 지금의 CRM(전문적 고객관리 활동)같은 퇴근 전 꼭 마무리해야 할 업무가 없어 좀 일찍 마치고 마구 달려 홍성에 도착하면 저녁 7시 정도. 아버지 곁에서 밤을 거의 졸면서 새우다가 다시 이른 아침에 출발하여 사무실에 도착하면 9시 남짓. 좀 빡빡하기는 했지만, 아직 젊을 때라서 그런지 1주일에 1~2일 정도는 그다지 어렵다는 생각이 들지 않았다.

하지만 병실 전체에 마치 웅덩이의 물처럼 고여 있던 죽음의 그림자를 느끼면서 초라한 생명과 육체를 타고난 인간으로서의 한계와 운명을 절실히 깨닫게 되었던 나날들이었고. 특히 아직도 잊지 못하는 일은 아마 아버지 생명의 불꽃이 거의 다 되었을 무렵 누나와 나 그리고 동생 등 셋이 함께 있을 때 동생이 일종의 마약(?)을 써서 아버지의 생을 좀 더 연장할 의사를 표하였을 때 난 그러자고 금방 동의를 하였는데 누나 - 나보다 15살 위인 - 가 "절대로 하지 말라."는 말을 하였으며 그리고 지금은 누나가 그때 그렇게 말할 수밖에 없었던 심정을 가슴이 미어지도록 아프게 느끼고 있으며. 아버지께서 운명하신 후 누나가 그 이야기를 하면서 가슴을 치며 울었던 기억이 난다.

생生. 대개는 피할 수 없는 삶의 고통에 시달리다가 죽음을 맞이해야만 하는, 무릇 생명을 지닌 모든 것들의 공통된 운명. 가끔 우리 애(중2 막내 여자아이)를 보면서 귀엽기는 하지만 후회의 감정과 가슴이 아리는 미안함을 갖는 것. '이렇게 어려운 생을 단지 나의 천박한 욕망 때문에 본인의 의지와는 상관없이 세상에 태어나 앞으로 살아가면서 어떠한 고생을 겪을지도 모른다'는 생각에 몹시 서글퍼질 때가 있다.

그리고 또한 세상을 지금까지 살아오면서 어쩌면 영세 서민들의 삶의 최전선이라 할 수도 있는 도시의 서민금융창구. 80년대를 시작으로 지금껏 수많은 영세 자영업자들, 서민들과 부대끼면서 부도처리 그리고 엄격하다고도 할 수 있는 채권추심 등의 업무를 통하여 아직도 가슴에 생생하게 남아 있는 기억들, 이러한 것들이 앞으로 다가올 나의 생애 속에서 어떠한 모습으로 둥지를 틀게 될지 나 자신도 모를 일이다.

그러한 것들 중의 하나, 아마 90년대 초의 일일 것이다. 나는 당시에 채권관리계였는데 한 당좌거래자가 완전히 망하여 수표를 부도내고 잠적하여 버려 그의 대출에 담보로 제공되었던 집을 경매에 넣었던 적이 있었다. 지금은 대출이 부실이 되면 전문 부서인 여신관리단을 통하여 매각 처리되기 때문에 지점에서는 직접 신경을 쓰지 않지만, 그때는 채

권의 최종 처리까지를 모두 다 지점에서 마무리를 하였는 바, 경매에 넘긴 담보물이 계속 3회까지 경락자가 없어 유찰이 되면 직접 지점에서 응찰해서 낙찰을 받아 수리 등을 하여 매매 그리고 채권의 회수로 완료를 하는 시스템이었다. 따라서 부도를 내고 잠적해 버린 그의 담보물이 법원경매에서 3회의 유찰이 계속될 때까지도 경락이 되지를 않아 담당자인 내가 법원에 출석하여 경락을 받고 대금납부 및 당점으로의 소유권 이전등기를 한 후 그 집을 찾아갔다. 아직 살고 있을 담보제공자에게 집을 비워 줄 것을 통보하고 만약 순순히 나가지 않을 경우, 인도명령, 명도소송 등 강력한 법적조치를 통하여 그 집의 소유권을 명실상부하게 취득, 시간을 두고 수리와 광고를 하여 매각, 채권을 회수하며 더 나아가 채권을 회수하는 것 외에도 이익을 더 남겨 영업외수익까지도 얻을 수 있도록 하는 것이 나의 임무였다. 그 채무자의 담보제공인(집의 소유자)은 그의 매형이었고. 물론 이 정도는 파악을 하고 갔다. 하지만 가 보고서야 매형인 담보제공자가 갑자기 사망하여 3일 전에 장례를 치렀다는 사실을 알게 되었는데 그 사망의 원인은 충격에 의한 뇌일혈이었다. 배운 것 없이 그냥 인근의 아파트에서 경비원을 하며 한편으로는 집에 방을 많이 만들어 하숙을 쳐 생계를 유지하고 아이들 학비를 대던, 어찌 보면 어리석지만, 선량하기만 하였을 그 매형과 누님. 형제애가 말라 가는 세태에서 자주 찾아뵙고 또한 용돈도 주는 등 누님 부부의 환심을 사던 그 처남을 믿고 전 재산일 수도 있었던 집을 대출의 담보로 제공하여 주었던 것. 그날 당황한 심정으로 그 집을 나오면서 나는 말로는 도저히 표현할 수 없는 황망함을 느끼며 그때까지는 별다른 생각 없이 종사하여 오던 나의 직업 – 내 생계 수단 – 에 대하여 많은 회의를 느꼈었다.

또 하나는 아마 90년대 말쯤의 일이다. 당시에 우리 농협의 영업점에 전문적인 대출심사역 제도가 도입된 초기로서 중앙연수원에서 실시하던 1개월짜리 심사역 교육에 가기 위하여 간신히 양해 말씀을 드려 지원서를 내고 가게 되었다. 한 사무소에 3명 정도인 중간 책임자 중 1명이 약 한 달이 넘는 기간 동안, 그것도 한창 업무를 추진해야 되는 9월쯤에 현업에서 빠져 있으면 지장이 컸었기에 영업점에서 교육대상자의 선발에 약간 어려움이 있을 때였다. 지금의 금융연수원 여신 전문가 과정은 교육 대상 직원을 후선에 인사 배치를 하고 영업점에는 인력충원을 별도로 하여 주지만 당시에는 한 달여 자리를 그냥 비워 놓아야 했기 때문에 사무실 입장에서는 선뜻 보내주기가 어려웠던 점이 있었다. 그렇게 대출심사역의 자격을 취득, 귀임 후 (대)기업 여신의 확대를 위하여 나름대로 노력하던 중 이듬해 우리 지점의 점주권 내에서 병원을 운영하고 있던 모 복지법인으로부터 병원 운영 자금의 대출 요청을 받게 되었으며 당시 전국적으로 규모가 꽤 컷던 그 법인의 대출을 취급하면서 복지법인의 실체를 처음으로 직접 보게 되었다. 물론 매스컴 등에 가끔 오르내리던 복지사업 등을 생각하며 그때까지도 내 머릿속에 있었던 "복지단체는 매우 근검절약하고 좀 초라할 것이다."라는 등 내 나름대로의 짐작과는 다르게 일반 기업과 거의 다르지 않음을 곧 알아차릴 수 있었다. 그 후 그 복지법인에서 운영하는 병원에 대한 대출을 실행하면서 쌓은 법인의 경영진들과의 친분 등으로, 당시에 막 생기기 시작하던, 노인전문병원을 그 복지법인에서 시내의 다른 지역에 개설하면서 그 병원의 신규 개설자금의 대출을 추가로 요청을 해와 작업을 시작하게 되었다. 거의 한 달여가 걸린(복지법인 대출이라 시청 등 감독기관의 승인 절차가 있었음) 대출 심사 과정이 대강 마무리가 되어 신축 중인 병원을 방문하였던 날 지금은 그 복지법인을 떠난 김 과장(경리과장)이 병원 옆에 있던 법인의 복지시설을 한번 둘러보자는 제안을 하여 시설을 방문하게 되었다. 그 복지법인은 당시에 상당한 인지도가 있었고 지역의 대표적인 사회복지법인이었기 때문에 아주 규모가 큰 시설들을 운영하고 있었는 바, 그중에는 알콜 중독자, 장애인, 부랑아 시설 등이 있었다. 별다른 느낌 없이 여러 시설들 - 클라이언트(수용인, 사회복지의 수혜자)들의 일상생활 및 교육 등이 사회복지사 그리고 자원봉사자들의 도움을 받아 함께 이루어지는 -을 둘러보던 차 마지막으로 뇌성마비 아이들(성인들도 가끔 섞여 있는 것 같았음)의 생활시설에 들어가게 되었다. 그냥 아까와 같이 무심코 3층 정도 되는 건물에 시설의 근무직원과 김 과장의 안내에 따라 복도의 양옆으로 배치된 방안에 수용되어 있던 환자(뇌성마비)를 살펴보며 걸은 지 얼마 지나지 않아서부터 3층까지 돌아보는 내내 정신이 혼미하여지고 있다는 사실을 깨달은 것. 표현력이 부족하여 다 그리지는 못하지만 방마다 가득 차 있는 시체 같은 아기들. 그리고 눈만 껌뻑거리면서 아니면 그냥 내내 괴성만을 지르고 있는 괴물(?) 같은 어린아이들과 조금 큰 아이들. 3층까지 다 돌아보고 어느새인가 잽싸게 거기를 빠져나와 정말로 구름 한 점 없이 높고 맑기만 한 하늘을 그냥 멍하니 쳐다보며 말로 형언할 수 없는 감정을 느껴야 했으며 그런 후에도 상당히 오랫동안 그냥 멍한 상태로 있다가 퍼뜩 우리 아이들이 뇌리에 떠 오르면서 순간 들었던 안도감의 실체는? - 인간이란 결국 태생적 이기주의자임을.

지금 이 글을 쓰면서도 끊임없이 신에게 속죄하는 심정이며 또한 이 모든 것을 바로 엊그제의 일처럼 생생하게 기억하고 있다. 또한 그날 그 자리에 함께 있었던 김 과장이 놀란 모습으로 뒤따라 나왔던 것도. 그 후 나는 그 법인 관련 일을 하면서 애써 술자리 등을 피하려 하였다. 그

전에는 그 법인 관련 대출을 처리하면서 그들도 술을 좋아하고 나 또한 술을 피하는 성격이 아니기 때문에 술자리가 약간 길어지는 경우도 왕왕 있었는데 그걸 본 후부터는 차마 그들과 그럴 수가 없을 것 같은 생각이 들어 약속 등을 핑계로 술자리를 거의 하지 않았으며 지금도 당시의 담당자와 가끔 전화 통화는 하지만 언젠가 그와 같이 술자리를 하게 된다면 당시의 그러하였던 나의 심정을 아마 지금은 솔직하게 이야기를 하여 줄 수 있을 것 같은 기분이다.

일주일을 정말 어렵게 넘기고, 다시 새로운 현실이 기다리고 있을 다음 주 삶의 현장과 조우하기 전, 활력을 재충전하는 시간이 되어야 할 토요일 새벽이지만 어쩐 일인지 쓸데없는 잡념만 자꾸 늘어나는 듯하여 몹시 안타깝기도 하다. 하지만 위에서 더듬어 본 '내 생의 편린片鱗'들이 앞으로의 나의 삶에서 어떠한 방향을 제시하여 줄는지 그리고 또한 결코 회피할 수 없을 생을 살아가면서 변명에 지나지 않겠지만 '어찌할 수 없이 얽힐 수밖에 없었던 업장業障의 고리들을 어찌 풀어 갈 것인가?'를 고심해야만 하는 주말의 아침은 앞으로도 계속되리라는 생각이 든다.(2008)

(전 농협은행 오룡역지점 지점장)

그리운 아버지

오세권

한 인간이 세상에 태어나서 죽을 때까지의 과정은 자신의 의지대로 결정되는 것과 그렇지 않은 것이 있다. 이를테면, 인간이 태어날 때 부모를 선택할 수 없고, 매우 드물게 스스로 죽음을 선택하는 경우도 있지만, 죽을 때도 자신의 의지대로 죽음을 맞이하는 것은 매우 어려운 일이다. 또한 인간이 태어나는 시기를 선택하는 것도 불가능하다. 그러나, 주어진 환경에서 자신의 노력으로 자신의 삶을 꾸려가는 것은 결과가 어떠하든 그 노력을 높이 우러러볼 일이다.

나의 아버지는 1930년 12월 5일 황해도 벽성군 가좌면 대동마을에서 태어나 어린 시절을 보냈다. 당시의 시대 상황은 일제강점기가 끝나가는 시기인 2차 세계대전의 시대적 환경으로 아버지는 초등학교를 졸업하고 상급학교로 진학을 할 만한 상황이 아닌 상태에서 해방을 맞았다. 우리가 알고 있는 바와 같이, 해방 직후 북한에는 소련군이 진주하여 공산주의를 추구하는 정부를 수립하기 위하여 개인재산을 몰수하여 국유화하는 과정에서 할아버지는 가지고 있던 재산과 식량을 정리하여 삼팔선 부근의 남쪽으로 이주하였다. 그런데 얼마 지나지 않은 어느 날 밤 수

명의 강도들이 들어 사람들을 이불로 덮어 씌워놓고 곡식들을 강탈해 갔다. 이런 상황에서 할아버지와 할머니는 정감록에 피난처라고 나오는 마곡사 부근으로 다시 이사했는데 아버지가 17살인 1947년이었다.

가장으로서 가족의 생계를 책임진 할아버지의 심정이 어떠했을지, 그 당시 사람들이 겪은 어려움을 현재의 우리가 헤아릴 수나 있을까? 마곡사 부근으로 이주하여 할아버지는 홍성군 광천에 가서 소금을 구하여 판매한 이익금으로 생활했다. 아침 일찍 밀가루로 만든 간단한 먹거리를 가지고 할아버지와 아버지는 집을 출발하여 늦은 오후에 홍성군 광천에 도착하였다. 당시 광천은 서해 바다로부터 배들이 들어오는 항구 상업지역으로 그곳에서 소금을 구입하고 저녁 식사를 한 후 집으로 출발하였는데, 당시는 소금이 정부의 전매물품이라 정부의 단속을 피하기 위하여 지름길을 피하여 오서산 기슭의 작은 오솔길을 이용하였다. 새벽 무렵에 마곡사 부근까지 오면 등에 멜빵을 걸어 짊어진 소금이 마치 돌을 짊어진 것 같은 고통을 느끼며 집까지 운반하였는데, 그 고통스런 느낌을 아버지가 지난 과거를 회상할 때마다 가끔 말씀하셨다. 이 일은 아버지가 마곡초등학교에 소사로 취업할 때까지 1년 가까이 계속되었다.

아버지는 당시에 나이가 어려 형의 이름으로 마곡초등학교의 행정실에 취업하여 1950년 6·25가 발생할 때까지 학교의 허드렛일을 하면서 근무하였다. 그 해, 12월 아버지는 군 입대 영장을 받아 공주 시내의 중동초등학교에서 신체검사를 받고 해병대에 징집되었다. 진해와 포항에서 훈련을 받고 판문점 부근의 도라산 고지의 방어선에 투입되었는데, 도라산 고지에 투입되기 전날 전투 중 사망하면 가족에게 보낼 봉투에 손톱과 발톱을 깎아 담은 후 보급품을 받고 저녁 식사를 한 후 한밤중에 투입되었다. 그런데 다음날 낮에 북한방송에서 투입된 병사들의 고향,

군번 등 개인신상에 관한 내용을 말하면서 북으로 투항하라는 방송이 나왔으니 이미 군 내부의 정보들이 통째로 북으로 넘어가고 있었다. 그러던 어느 날 밤 중공군의 공격을 받았다. 중공군의 공격징후가 포착된 즉시 후방의 노무대로부터 전투 당일 저녁 방어에 필요한 총탄, 조명탄 등 보급품을 받아 기관총 사수로서 전투를 벌였다. 그 전투는 새벽이 되어 중공군이 물러나면서 끝났는데 방어진지 앞에 쳐놓은 철조망이 마치 칼로 자른 듯 기관총탄에 맞아 잘려져 있었으며 그날 밤 기관총 소리로 아버지는 한쪽 귀의 청력을 상실하였다. 그리고 바로 옆 소대는 진지까지 중공군이 침입하여 전투를 벌인 관계로 소대원의 대부분이 전사하였다. 진지에 투입되어 후임 부대와 교체될 때까지 40일간의 기간이 얼마나 불안하고 두려웠을까? 병사들의 전투력을 떨어뜨리기 위하여 밤마다 중공군이 구슬픈 가락의 피리를 불어댔고, 밤낮 척후병을 보내 아군의 상태를 살폈는데 아군의 연락을 받은 미군 전투기가 발견된 척후병을 향해 사격을 가하여 척후병의 배가 터져 창자가 나뭇가지에 걸쳐 죽는 끔찍한 일까지 목격하였다. 40일간의 고지 생활을 무사히 마치고 강화도로 이동하여 한강이 바다와 만나는 지역에서 경계근무를 하면서 휴전을 맞았다. 북한과의 휴전이 발표된 날 오후에는 강으로 물고기를 잡으러 나온 북한군 병사들과 멀리서 서로 손을 흔들며 휴전을 반겼다. 아버지가 군에서 복무하던 1956년 황해도에서 유구로 피난을 온 어머니와 결혼을 하고 1957년에 군에서 제대하였다.

아버지는 7년간의 군 생활을 마친 후 어머니와 유구에서 작은 직물공장을 운영하며 생활하다 1969년 서산시 운산으로 이사하여 농사를 지으면서 살았다. 그러던 중 아버지는 자식들의 교육을 위하여 1973년 공주 시내로 이사를 하여 내가 공주사대부고에 진학하는 동기가 되었다.

아버지가 10대 후반에 마곡초등학교에서 학교의 허드렛일을 하면서 선생님들의 도움을 받으면서 영어와 수학을 공부하는 과정에서 선생님에 대한 직업에 좋은 감정을 가졌던 것으로 생각된다. 내가 어렸을 때 공주교대나 공주사대에 진학하여 교사가 되라는 말씀을 자주 하셨는데, 이런 이유로 나는 미래에 대한 깊은 고민 없이 고등학교를 졸업하고 공주사대에 진학하였다. 내가 공주사대를 졸업하고 교사로서의 발령을 늦추고 대학원에 진학할 수 있었던 것은 기꺼이 그것을 허락해준 아버지와 어머니의 사랑과 희생이 있었기에 가능한 일이었다.

15년 전 아버지는 공주에서 대전으로 이사하여 어머니와 살던 중, 코로나 전염병으로 외출을 자주 하지 못하고 주로 아파트 안에서 생활하셨다. 거실에서 넘어진 것이 고관절 골절로 이어져 수술 후에 요양병원으로 보내드려야 했던 안타까움과 휴대폰 동영상에 비추어지는 체념한 듯한 안타까운 모습, 요양병원 침대에서 생활하다 2개월을 넘기지 못하고 돌아가신 아버지! 살아생전에 작은 것도 아끼며, 남에게 피해를 주지 않으려고 무던히도 애쓰던 모습, 군에 입대하여 훈련 중에 죽은 자식을 가슴에 묻고 사신 아버지, 황해도 고향에 계신 고모를 보고 싶어 이산가족 상봉 신청이 있을 때마다 신청하고 결과를 애타게 기다리던 모습, 금강에서 밤낚시를 하면서 아버지와 나누었던 정겨운 이야기, 아버지가 돌아가시고 5개월 뒤에 아버지를 따라가신 어머니. 모든 것이 그립다. 내가 아버지와 어머니의 자식으로 태어난 것은 커다란 복이었다.

(충남대학교 수학과 교수)

아버님의 유산 갤로퍼 밴 짚차를 멀리 보내며

이은모

2020년 11월 5일(목) 아침에 충남농업마이스터대학에서 가르쳤던 김대난 학생으로부터 전화가 왔다. "교수님! 하우스에서 일하고 있는데 방송에 교수님 이야기가 나오는 것 같아요. 빨리 들어보세요." 며칠 전 『MBC 양희은 서경석의 남성시대』에 투고를 하였는데 아마 그것이 방송에 나온 모양이다. 투고한 글이 선정될 줄도 몰랐고 방송이 나오면 미리 내게 알려 줄 것으로 생각했는데, 갑자기 방송을 한다고 하니 허둥지둥 대면서 방송국을 연결했지만 이미 방송이 끝난 상태였다. 그날 오후 아쉬운 마음에 MBC 홈페이지에 들어가 보니 다행히 '다시 듣기' 코너가 있어 청취하였다.

양희은 육성 : 2020년 10월 19일 이른 아침 독감 주사를 맞고 막내아들이 운전하고 있는 차량을 정기 검사를 받기 위해 아들이 있는 학교로 갔다. 얼마 전 차량 정기 검사 통지문을 받고 올해도 무사히 검사를 통과할까? 매년 이만때면 마음이 조마조마하다. 운행은 별로 많이 하지 않았지만 연식이 너무 오래되어 걱정이다. 막내한테 차량 상태를 물으니

요즘 기온이 떨어져서인지 팬벨트 소리도 심하고, 브레이크를 밟으면 망가지는 소리도 난다고 한다.

카센터에 가는 동안 내가 운전을 해 봐도 상태가 심각하다. 막내한테 공연히 미안한 마음이다. 카센터 사장님 말씀이 머플러가 터졌고 막내가 브레이크로 속도 조절을 했는지 디스크가 다 닳아 소리가 요란하고 난방 히터도 고장이라 올겨울 난방도 걱정된다며 이젠 그만 폐차하라고 권한다. 사실 25년 동안 운행했으니 차가 너무 늙어서 시내 주행도 겁나고, 미세먼지 저감을 위해 정부에서 하고 있는 노후 차량 감시 카메라를 볼 때마다 괜히 죄인인 것처럼 눈치 보며 운전하는 것도 마음이 영 편치 않았다. 그래서 이참에 "그래! 폐차하자" 망설임 없이 결심했다.

폐차 소식을 식구에게 알리니 오래전부터 폐차를 노래하던 식구들도 서운한가 보다. 큰애는 사진 잘 찍어 놓으라고 하고, 막내는 당장 출퇴근이 불편한지 '어휴' 하면서도 괜찮다 한다. 아내는 속으로 은근 기분이 좋은지 소지품과 나를 데리러 온다고 한다. 아내를 기다리는 동안 차량 소지품을 정리하는데 마음이 영 찹찹하다. 100원짜리 동전 16개, 낡은 카세트 테이프 20개 남짓, 그리고 아버님이 사용하시던 맥가이버 만능 칼과 성냥, 소형 계산기와 줄자가 나오고, 뒤에 짐칸에선 괭이, 톱, 전정가위, 장화, 작업용 모자를 정리하니 모든 것이 끝이다. 아내한테 기념사진을 찍어달라고 포즈를 잡는데 마음이 더욱 좋지 않다. 집으로 돌아오는 길 앞만 보고 아무 말 없이 운전만 했다. 그런 나에게 아내가 자꾸만 이것저것 물어보는데 괜히 심통이 난 나는 화난 사람처럼 목소리가 커져 갔다. 그런 내 마음을 아는지 아내가 저녁에 막걸리 한 병 사 와서 같이 마시자고 했다.

나에게 갤로퍼 밴은 그리움, 뿌듯함 그리고 반려동물 같은 존재였다. 대학교수를 역임하신 아버님은 체면과 허례허식을 멀리하시고 근검절약이 몸에 배어 있던 분이었다. 내가 대학생 시절부터 '포니' 픽업, 쌍용 '코란도', 그리고 1996년 현대 '갤로퍼 밴'을 마지막으로 평생 고급 세단 승용차보다는 농사일에 적합한 트럭용 차량을 몰고 다니셨다. 닭똥 냄새 솔솔 풍기는 밴을 몰며 아침 일찍 이 논에서 저 밭으로, 이 골짜기에서 저 날맹이로 온종일 다리품을 파시다가 어둠이 깃들고 나서야 집으로 돌아오시는 것이 매일 되풀이 하는 일과였다.

2007년 아버님께서 운명을 달리 하시고 나서, 이 차는 형제들의 동의로 내게 상속이 되었고, 내가 직장 다니는 동안 주말농장 운영에 일등 공신으로 나와 함께했다. 4륜구동 기어식이라 힘도 좋아 선친이 물려주신 밤나무 산에 퇴비, 농자재, 소소한 짐 등을 운반할 때도 요긴하게 쓰여졌다. 우리 애들은 시트에 아버지 땀내가 배여 냄새 난다고 투덜대기도 했지만, 한편으로는 할아버지에 대한 자부심도 많았다. 큰애는 대학 다니던 시절 고물차라고 하면서도 한 3년간 대학가를 폼나게 끌고 다녔고, 지난해에는 중고차를 사려는 막내가 학교 구내에서만 운행하는 조건으로 이 차를 넘겨받았다. 이렇게 아버님, 나 그리고 아들 둘까지 3대가 함께한 자동차라 우리 식구 모두가 더 아쉬워하는 것 같다.

언젠가 이 차에서 내리는 나를 보신 시골에 당숙부가 깜짝 놀라시며 우리 아버님이 다시 살아오신 줄 알았다고 반겨 주셨던 기억이 난다. 나의 얼굴 생김새나 걸음걸이가 아버지와 비슷하고 평소 아버지가 몰고 다니시던 차를 타고 왔으니 오해할 만도 하다. 예전 어른 나이 오십이지천명五十而知天命이라 하였는데 우리 차도 천명을 다한 것을 알 것이다. 지난 지금까지 25년간 아무 사고 없이 함께해준 갤로퍼 밴에게 감사드린다. 회자정리會者定離! 만남이 있으면 반드시 헤어짐을 알고 있으니 헤어짐에 아쉬움은 서로 훌훌 털고 좋은 점만 기억하고 부디 다음에 또 다시 자동차로 태어난다면 우리 손주 자동차로 되돌아와서 우리 가족에 무사 안전 운행을 한 번 더 맡아줄 것을 기원해 본다.

2020년 10월 22일 호농(好農) 이은모

양희은 : 와! 이렇게 사연을 주셨네. 세상에~~~ 25년?

서경석 : 예 정말 귀한 차네요. 그렇죠? 3대가 사용했던....

양희은 : 그러니까 식구들 마음이 다~~~ 뭔지~~~, 폐차 소식을 들으면서도 사진 좀 찍어 두셔라 뭐, 왠지 좀 석연치 않은 작별, 하여튼 섭섭함 이런 게 다 있는 거에요.

서경석 : 이 가정과 함께 정말 긴 세월 함께한 차라, 예~~~ 아이고!

양희은 : 마음이 왠지 그래서 괜히 목소리가 커지는 ㅎㅎㅎ, 이은모님의 그 마음도 그렇죠? 괜히 목소리가 화난 사람처럼 괜히 커지는 거야. 괜히 심통이 나는 거야. 알아요? 이 거.

2424님 : 저도 15년 된 차도 타는데 짐 정리하면서 눈물 나더라구요. 애들 태어나면서부터 타던 차라 정이 많이 들었거든요. 저도 사진을 찍어 보관 중입니다.

양희은 : 그렇다니까요. 이게 사람처럼 느껴져요.

6481님 : 내차도 15년 되어 바꿀 때도 되었다고 생각했는데 사연 듣고 보니 앞으로 10년은 너끈히 탈 수 있겠네요. ㅎㅎㅎ.

서경석 : 아이 참 정들죠. 저도 요런 사연 들어오면 가끔 저 첫차에 그~~~ 추억을 남겨놓지 않은 것 같아서 지금 아쉬워요. 나중에 찾아봐야겠어요. 여기는 남성시대입니다.

【댓글 모음】

이쁜슬기 : 떠나기 전에 저도 한 번 볼 수 있었으면 좋았을텐데, 아버님 글을 보니 더 아쉽게만 느껴져요. 3대를 거쳐 많이 사랑해주셔서 25년이나 잘 달릴 수 있었을 것 같아요. 글에 쓰신 것처럼 정말 환생해서 미래 저희 아이의 차가 되면 얼마나 좋을까요. ^^ 추억할 수 있게 기록해 주셔서 감사해요.

이은희 : 오빠의 글을 읽어 내려가는 동안 마음이 뭉클하면서 울컥했습니다. 왜 오빠가 지금까지 폐차를 하지 않고 고집했는지 이제야 오빠의 마음을 알 것 같아요. 이제부턴 실물은 볼 수 없지만 가끔씩 폰으로 사진을 보면서 아버지의 추억으로 기억하면 되니까 오빠 너무 서운해하지 마세요~

이은석 : 형님 글을 보니 가슴이 먹먹하고, 하나하나 별것 아닌 것들이 갈수록 소중하게 느껴지는 게 가슴이 아련합니다. 이렇게 기록으로 남겨지는 것이 더욱더 소중하기도 하네요.

윤홍석 : 잘 지내는구나. 네 글에서 이모부님을 그리는 정이 듬뿍 묻어나 짠하다. 나도 생전에 차 뒤에 거름을 싣고 오셔서 보여주시던 기억이 새롭다. 건강하고 모두 잘 지내는 것 같아 고맙다.

노수원 : 오랫동안 같이 해 온 차에 대한 무한사랑이 담긴 글 잘 읽었다. 난 글 잘 쓰는 사람이 부럽던데 잠자리 들기 전 은모가 부럽구나.

윤여원 : 갤로퍼 밴에 짙게 밴 부친의 체취와 친구의 부친에 대한 애틋하고 진실한 효심과 그리움이 절절이 느껴지네요. 나도 몇 달 전에 아버님을 보내드린 처지라 더 공감이 갑니다 그리움 아쉬움 애틋함~~ 잘 읽었네. 친구^^♡

임창수 : 관계없는 나도 폐차한다는 것이 안타깝네. 집안의 역사가 있

는 그 차를 말소하고라도 고이 보관해야겠네^^

김현표 : 갤로퍼 87누 3022 25년 간 정이 들었고 아버지에 이어 그와 꼭 닮은 아들에 손자까지 3대를 잘 모시고 다닌 자동차가 마지막으로 떠난다니 많이 서운하겠네. 회자정리라 했으니 훌훌 털고 정만 기억하시게. 언젠가 손자 차량으로 다시 돌아올 수도 있다고 하는 바람에 이미 고맙다는 인사는 충분했네.

노태홍 : 효자 호농 이은모 박사님 가슴이 찡합니다. 좋은 아들로 좋은 아버지로 조금도 손색이 없고 부족함이 없는 이은모 박사님 사모님에게도 최고의 남편으로 사랑받으며 행복한 삶을 누리는 모습 본받을 점이 많은 것 같네요. 그래도 호상인 것이 확실합니다.

박교선 : 가족의 사랑이 잔뜩 묻어있는 글이네요. 갤로퍼 밴에도 퇴비 냄새보다는 가족 간의 정이 더 많이 묻어있네요. 좋습니다. 형님의 이런 마음이 좋고, 오랜만에 읽어보는 잔잔한 사랑의 글도 좋네요. 더욱 행복하십시오.

김성주 : 교수님~ 아~ 이제야 읽었어요.. 유세 차로 시작해서 25년 3대가 함께한 갤로퍼를 보내는 축문... 갤로퍼가 엄청 고맙고 감사하면서 추억 속으로 가겠어요~.

(전 충남농업기술원 과채연구소장)

겨우살이 준비

최현희

코로나Covid-19 시대 삼 년째 여기저기 부음 소식이 들려오고, 2020년 봄 나의 어머니도 천상으로 소풍을 떠나셨다. 그해는 사상 처음으로 사망자 수가 출생자 수보다 많은 해였고, 앞으로 2025년 즈음 초고령사회로 접어들게 되면 그런 현상은 더욱 가속화될 것이다. "이 세상에 죽음만큼 확실한 것은 없다"라며 "겨우살이 준비하듯 죽음도 준비해야 한다"는 톨스토이의 말을 상기하며, 어머니의 마지막 여정을 함께 하면서 느낀 누구나 피할 수 없는 노후의 삶과 죽음에 대한 상념을 정리해 본다.

한 신문 기사에 의하면 수년 전 '일본 정부가 55세 이상 연령층을 대상으로 조사한 결과 익숙한 생활공간인 집에서 임종을 맞고 싶다고 응답한 사람이 55%였으나, 실제 2005년 일본인 82.4%가 병원이나 요양원에서 죽음을 맞았고, 한국도 급격하게 고령화되면서 2016년 사망자 28만여 명 중 75%가 병원에서 사망하고 집에서 임종하는 사람은 15% 정도밖에 되지 않았다'(2017.9.25. 매일경제)고 한다. 오늘날의 코로나 특수상황은 차치하더라도, 이렇듯 일반적인 상황에서도 대다수가 원하지 않는 방식으로 평생 삶을 함께한 가족 지인들과 마지막 작별 인사도 제대로 나누지 못하고 각종 병원의 기계 소리가 삑삑거리는 가운데 호스를 낀 채 낯선 환경과 사람들 사이에서 이 세상을 하직하는 것이다.

구순 노모를 전신마취로 고관절 고름 제거 수술을 두 번이나 적극적으로 권장하던 주치의가 세 번째 수술을 앞두고 '완치가 되리란 보장을 하지 못하겠다'고 고백했다. 병원은 임종하는 장소가 아니고 병을 고치는 곳이기에 병원에서 더 이상 할 수 있는 일이 없어진 것이다. 이 시점에서는 환자나 가족 모두 삶의 일부인 죽음을 겸허히 받아들이고 마지막 여정을 어디에서 차분하게 보낼 것인지를 선택해야 할 순간이다. 살던 집 호스피스병동 요양병원 등 어디서든, 그 결정이 마지막 여정을 보내는 환자의 관점에서 이루어진다면 가장 바람직하리라.

어머니의 경우 요양병원으로 가신다면 집에서보다 더 오래 사실지 모르지만, 그건 어머니가 바라시던 마지막 여정이 아니었다. 어머니는 평소 사시던 집에서 돌아가시길 원하셨다. '임종 시기에는 의사와 병원을 멀리 하라'는 진리를 알고 계신 듯 구순이 넘자 어머니는 병원에 가시자고 하면 고개를 절레절레 흔들며 손사래를 치시면서 자녀들을 애먹이셨다. 예전 조상들이 집에서 고통을 감수하면서 자연스럽게 임종하시던 모습을 지켜 보아오신 어머니는 '죽으려면 아픈 것'이라는 지론을 확고히 가지고 계셨다.

그러나 곁에서 지켜보는 자녀들은 통증 문제만은 어떻게 해결해드리고 싶었다. 국가에서 제공하는 요양보호와 건양대학교 가정간호 제도의 도움을 받으면서 동시에 통증 문제를 해결해보려고 각방으로 노력하였다. 문제는 가정 진료가 허용되지 않는 대한민국의 현 의료체계에서 가정에서의 임종이 거의 사실상 불가능하다는 것이다. 가정간호는 지역에 따라 가능한 곳이 있지만, 가정 진료는 제도적으로 합법화되지 않아 가정에서의 진통 주사 투여는 불법이었다. 진통 주사나 통증약을 처방받기 위해서는 반드시 병원에 내원해야 했다.

힘없고 거동 불가한 노모를 부축해서 기저귀와 외출복으로 갈아입히고 휠체어에 모셔 차로 병원까지 정기적으로 이동하는 일은 함께 살지 않는 가족들도 동원되어야 하는, 환자에게나 가족 모두에게 그리 만만한 일이 아니었다. 더구나 각종 처방 약이 떨어질 때뿐만 아니라, 영양제 링거 투여 한 가지 때문에도 여러 불편을 감수하고 병원에 내원하거나 심지어 입원까지 해야 하는 등 고령 환자들을 전혀 고려하지 않은 불친절한 현 의료시스템에 부딪힌다.

중증 환자와 응급환자를 제외하고 노후 질환에는 의료진이 항상 대기해야 하는 상황이 아니다. 병원에 입원한다 해도 주치의는 하루에 아침 저녁 두 차례 1~2분 정도 환자의 상태를 살피고, 영양제 링거나 진통 주사 투여 등 처방을 내리고 간다. 그에 따라 간호사가 링거나 진통 주사를 투여한다. 하루 24시간을 단 1~2분 의사의 처방을 받기 위해 환자와 보호자가 장기간 병원에서 스탠바이 해야 하고 그에 따른 막대한 병원비 간병비를 지불해야 하는 여러 가지로 불편하고 불합리한 구조다.

고령인의 죽음은 대부분 천천히 진행되고, 초읽기에 들어간 마지막 순간조차도 상당한 기간이 소요된다. 프랑스의 천재 작가로 알려진 베르나르 베르베르도 『개미』라는 책에서 태아와 초읽기에 들어간 노인을 다음과 같이 표현하고 있다.

> 태아가 밖에서 보내는 첫 아홉 달은 어머니 뱃속에서 보낸 아홉 달을 똑같이 되풀이하는 것에 지나지 않는다...아기가 공기 중에서 첫 아홉 달을 보내기 위해서는 태아 때처럼 아기를 보호해 줄 또 다른 배가 필요하다. 그것

은 심리적인 배이다...어머니와의 접촉, 어머니의 젖, 어머니의 촉감, 아버지의 입맞춤 등이 아기를 보호해주는 산소 텐트인 셈이다...생후 9개월 동안 아기가 자기를 감싸서 보호해 줄 견고한 고치를 필요로 하듯이, 노인도 임종을 맞기 전의 9개월 동안 자기를 감싸줄 심리적 고치를 필요로 한다. 그 9개월은 노인이 초읽기가 시작되었음을 본능적으로 깨닫는 아주 중요한 기간이다...인생의 막바지에 다다른 노인은 아기나 다름없다. 죽을 먹고 기저귀를 차는가 하면, 이가 빠지고 머리숱이 적어지며, 알아듣기 어려운 말을 중얼거리기도 한다. 다만, 사람들은 아기들을 생후 9개월 동안 보살펴 주는 것은 당연한 일로 여기면서도, 노인 생애의 마지막 9개월 동안을 돌보아야 한다는 생각은 별로 하지 않는다. 하지만, 아기들에게만 어머니가 필요한 것이 아니라, 노인들에게도 어머니와 같은 사람...이 필요하다.

- 베르나르 베르베르의 『개미 5』

원격진료와 가정 진료가 우리나라에서 합법화만 되어도 하루종일 병원 침대에 누워 가족 지인들과 떨어진 채 쓸쓸히 노후를 보내는 비율이 확연히 떨어질 것이다. 환자도 보호자도 원치 않는데 자주 병원에 왕래해야 하는 번거로움으로 자녀들에게 불편을 끼치고 싶지 않아 어쩔 수 없이 요양원이나 요양병원을 택하는 경우도 많기 때문에 선택의 다양성이 확보되었으면 좋겠다. 서서히 진행되는 노후 질환으로 하루종일 누워서 지내야 하는 경우라면 전문기관보다 익숙한 공간인 자신의 집에서 왕진, 가정간호와 간병인의 보호를 받으며 마지막 여정을 마무리하는 것이 훨씬 심리적으로 편안하고 행복할 것이며, 경제적으로도 절약이 될 것이기 때문이다. 회생 가능성이 없으면 연명치료를 하지 않은 미국은 병원에서 사망하는 경우는 9.3%이고 평소 지내던 곳에서 사망하는 비율이 58.9%이라고 한다.

1998년 세계적인 베스트 셀러였던 『모리와 함께한 화요일 (Tuesdays with Morrie)』의 작가 미치 앨봄(Mitch Albom)은 책에서 "죽어 간다는 것"이 "아무런 쓸모가 없다"는 의미는 아니다("dying" was not synonymous with "useless.")"라고 설파한다. 불치의 루게릭병이라고 알려진 근위축성측색경화증(amyotrophic lateral sclerosis)진단을 받은 주인공 모리 슈워츠(Morrie Schwartz)교수는 화요일마다 자신의 집에서 제자 미치(Mitch)와 바람 앞에 촛불 같은 생의 마지막 순간을 함께 하면서 삶과 죽음에 대한 성찰과 깨달음을 전하며 마지막 혼을 불사른다. 모리는 병원에서 불려지는 환자라는 호칭 대신 집에서 가족과 지인들에게 사랑과 삶의 지혜를 전하며 존엄한 인간의 삶을 마지막 순간까지 살아가는 것이다. 시간이 흐를수록 자신의 육체는 일상적 기능들을 하나씩 상실해가지만, 삶을 관통하는 곧은 정신은 모든 것을 인지하고 담담하게 마주하면서 어떻게 죽음을 받아들여야 하는지 가족과 지인들, 제자와의 만남, TV 방영을 통해 '죽을 때까지 죽지 않은 모범적인 삶'으로 보여준다.

일본의 사회학자 우에노 치즈코 교수는 『누구나 혼자인 시대의 죽음』에서 병원이나 호스피스병원에서의 생활을 '비일상(非日常)'이라고 규정하면서, 특수한 경우가 아니라면 시간과 공간이 단절되지 않고 일상생활이 지속될 수 있는 자신이 살던 집에서 죽음을 맞자고 주장한다. 나의 어머니도 당신 바람대로 병원에서 퇴원하시고 집으로 돌아오셔서 거의 대부분 하루종일 갓난아기처럼 주무셨지만, 어쩌다 기운이 나실 때면 기적처럼 일어나셔서 돌아가시기 한 달 전까지 김장도 도와주시고, 야채도 다듬어주시고, 따스하게 내리쬐는 햇볕을 등지고 화투 놀이도 함께 하시면서 병원에서는 도저히 불가능한 일상의 소소한 일들을 즐기다 가셨다.

중국은 2014년, 일본은 2015년부터 전면 '원격의료'를 허용했다. 동시에 일본은 동네 의원 2만 597곳(2012년 기준)이 참여하는 방문 진료도 활성화하면서, 의료비가 1/3 수준으로 절감되어 환자들의 만족도도 매우 높다고 한다. 요양원이나 요양병원이 노후생활의 최후안식처가 아니고, 치매 노인이라도 카페나 음식점 등 마음껏 활보할 수 있다는 일본의 스가모 거리나, 산책 목욕 음식 등 일상생활을 즐기며 치매 환자가 아닌 거주민으로 생활한다는 네덜란드의 호그벡Hogeweyk 마을들도 바람직한 노후생활의 대안으로 떠오른다.

우리나라에도 서울 성동구 마장동, 경남 함안군 대안마을, 제주도 서귀포 등 치매안심마을 시범 사업을 진행하고 있다니 참으로 다행이다. 어딜 가든 위험하지 않고 보호받을 수 있으며, 이래라저래라 지나치게 간섭받지 않고, 쾌적하고 넓은 울타리 안에서 자유롭게 산책하며 인간 삶의 진수인 사랑의 삶을 마지막 순간까지 누리다가 자연스러운 마무리로 이어질 수 있다면 가장 복된 삶과 존엄한 죽음이 되지 않을까.

(시인)

농부와 할미

신영순

이다음에 커서 뭐가 될래? "농부"라는 대답에 친정엄마는 실망한 눈빛으로 꿈을 크게 갖지 않는다고 말씀하셨다. 어릴 적 작은 꿈을 이룬 농부와 할미는 인생 가을 문턱에 선 나의 직업이다. 오늘도 온종일 분주하게 농장에 갈 준비와 손주들 보러 갈 배낭 두 개를 꾸린다.

4개월 동안 농한기를 보내고 지난 3월 말 밭두둑을 만들어 상추, 땅콩, 옥수수를 심었다. 심어 놓은 녀석들이 갑자기 영하로 내려간 날씨에 얼지는 않았을까? 새싹이 올라왔을까? 기대 반 걱정 반으로 농장으로 향한다. 서울에서는 몸에서 여기저기 아픈 신호를 보내지만 양평 양수대교를 건너는 순간 청량한 기운이 내 몸에 들어오는지 통증은 사라지고 힘이 솟아오른다. 삽질하기, 사다리 올라가서 나무 전정하기 등 슈퍼우먼으로 변하는 내 모습이 신기하다.

밤늦은 시각 농장에 도착하면 남편과 함께 전등을 켜고 밭고랑 사이를 거닐며 살펴본다. 추위에도 잘 견뎌내며 작은 씨앗에서 싹이 트는 모습을 보면 마음속 깊이 감탄사가 저절로 나온다. 지진이 나는 것처럼 땅이 갈라지면서 살포시 내민 새싹을 보면 생명체에 대한 기쁨이 전달되어 온몸이 식물과 동화되는 걸 느낀다.

양평의 영하 20도를 이겨내고 가장 먼저 봄소식 전해주는 달래, 냉이, 민들레, 쑥, 꽃다지, 망초 등 새싹들이 앞다투어 인사를 한다. 달래장을 만들고 달래 된장찌개 그리고 뜯어온 두릅, 잔대, 취나물, 더덕 순으로 나물을 무쳐 봄 밥상을 맞이한다. 완전한 봄 내음으로 겨우내 움추려들었던 몸과 마음마저 활기를 찾게 된다.

5월이 되면 고추, 고구마도 심고 소쩍새 우는 계절이 오면 콩을 심는다. 풀밭 사이로 밀려오는 더덕 향 내음을 맡으며 멍때리기에 코는 호강을 한다. 흠뻑 젖은 땀방울도 오이 한 개 따서 덥석 깨물면 갈증과 더위는 온데간데 없어진다. 농장에서 기른 일등품은 손주들 차지다. 힘든 농사일도 손주들 먹일 생각을 하면 힘든 줄 모르게 하곤 한다. 감자 심고 김장김치하고 마늘을 심으면 일 년 농사는 마무리된다.

도시에서 하기 힘든 나눔을 할 수 있는 것도 농부에겐 즐거운 일이다. 며느리, 아내, 엄마의 역할로 살아온 지도 40년이 되었다. 지금은 농부와 할미까지 플러스다. 봄부터 정성껏 가꾸어온 농작물이 가을엔 풍성한 수확물을 선물해준다. 지금의 나는 인생에서 가을쯤이 아닐까? 한낮의 쏟아지는 햇빛, 공기, 바람, 추위까지도 불평 없이 받아주는 넉넉한 흙, 언제든 나의 넋두리를 절친처럼 들어주는 농장, 아들은 물리학 박사로 미국 국립연구소에서 근무 중이고 딸은 항공사에서 스튜어디스로 일해서 농장 일을 도와줄 수 없다. 그래서 농장 일은 온전히 남편과 나의 땀으로 일군다. 몸과 마음을 친정에 온 것처럼 안식처로 만들어주는 농장에서 농부의 삶이 좋다. 항상 입가의 웃음꽃을 피게 해주는 손주들의 할미도 행복하다.

생명의 소중함과 신비함을 깨닫게 해주는 농장에서 17년 차 농부는 오늘도 밭고랑을 산책하며 인생의 휴게소가 되어준 농부의 삶에 감사기도 드리며 흙 놀이에 흠뻑 빠져들고 있다.

(도시농부)

내 인생에 또 하나의 반려자

조학선

나는 반려자가 둘이 있다. 하나는 같은 이불을 덮고 자는 아내이고, 다른 하나는 아내를 만나기 훨씬 전인 초등학교에 입학하기도 전에 만나 현재까지 50년간(고등학교부터 대학교 군 복무기간을 빼면 50년 정도 됨) 같이했고 앞으로도 건강이 허락하는 한 같이할 것이다. 그것은 다름 아닌 내가 가장 좋아하고 즐기는 낚시다.

내 고향이 당진의 바닷가와 가까운 곳이어서 자연스럽게 염전이나 갯골에 갈 수 있었고 망둥이(망둥어의 당진 방언) 낚시를 하면서 낚시를 시작하게 되었다. 그때는 갯골에 가서 갯지렁이를 잡아 소금에 절이거나 갯땅에 널어서 살짝 말려 미끼로 사용하였으며 그렇게 하면 하나의 미끼로 살아있는 갯지렁이보다 더 많은 망둥이를 잡을 수 있었다. 초등학교 때는 할아버지께 망태기를 만들어 달라고 졸라서 짚을 꼬아서 만들어주신 망태기에 잡은 망둥이를 넣어서 집으로 와 배를 따고 소금에 절여 말렸다가 식구들이 구워 먹기도 하고 쪄 먹기도 할 정도로 많이 잡아오곤 하였으며 항상 친구들이나 선배들보다 많이 잡아 나는 어깨를 으쓱이며 즐거워했고 그들은 나를 부러워하며 시샘하기도 했다. 낚시간 내가 깜깜할 때까지 집에 오지 않아 부모님께서 애를 태우시다가 늦게나마 무사히 집에 돌아온 나를 보고 잔뜩 화나신 아버지로부터 여러 번 맞기도 했지만 그래도 낚시는 즐거웠다.

그러다가 중학교에 들어가면서 붕어낚시를 접하게 되었는데 동네 앞 들판 가운데로 흐르는 냇가에서부터 시작하였다. 물론 그때는 돈이 없어 낚싯대를 사지 못하고 곧게 뻗은 대나무를 잘 다듬어서 낚싯대로 사용하였는데 그때도 역시 다른 사람들 보다 조과가 좋았고 또 초등학교 때 벌써 납을 녹여 망둥이 낚시용 봉돌을 만들어 사용하였던 것을 보면 약간은 낚시에 소질이 있었나 보다. 나는 공부하기를 아주 싫어했는데 어찌어찌하여 공주사대부고에 들어가 졸업까지 하게 되었지만, 공부는 안중에도 없었고 늘 방학이 되기만 기다렸다가 보충수업이 없을 때 고향에 가서 매일 망둥이낚시와 붕어낚시로 시간을 보내는 것이 그렇게 좋을 수가 없었다.

내가 본격적으로 낚시를 하게 된 것은 직장을 잡고 30살 무렵부터다. 그때는 바다낚시나 민물낚시를 가리지 않고 다녔지만, 지금은 민물 그 중에서도 특히 붕어낚시를 위주로 한다. 많은 사람들이 조우회에 가입하여 활동하지만 난 조우회에 가입하지 않고 소수의 직장 동료들과 시간이 나는 대로 주로 충남·북으로 출조하였다. 그들은 나로 인하여 낚시를 하게 되었지만 반은 미쳤다고 할 정도로 열정이 대단하였으며 지금은 상당한 수준이 되어 다른 동료들에게도 도움을 주고 있다.

우리는 유료 낚시터는 배제하고 자연지나 수로, 강으로 낚시를 다니고 있으며 퇴직한 지금도 자주 같이 출조하며 출조해서는 쓰레기 처리, 낚시터 주변 및 농작물 훼손 등에 관하여 철저히 낚시 예절을 지킨다.

낚시는 기다림의 미학이라고 한다. 아무것도 보이지 않는 물속에다 미끼를 던져 놓고 물고기를 유인하여 물고기가 미끼를 물고 수면 위로 서 있는 찌를 올리는 순간까지 계속 기다렸다가 챔질하여 끌어내기 때문이다. 성질 급한 사람은 그 기다림을 참지 못하고 차라리 투망질하여 더 많이 잡겠다고들 하지만 성질 급한 사람이 낚시에 빠져들면 평상시엔 몰라도 낚시할 때만큼은 누구보다도 침착해지고 조용해지는 것을 볼 수 있는 것을 보면 정신건강에도 도움이 된다고 보여진다.

내가 낚시에 열중한 젊었을 때는 낚시 관련 잡지나 이론서 등을 탐독하며 채비나 낚시기법 등에 관해 밤늦게까지 연구도 많이 하고 현장에 가서 실험도 많이 한 결과 이론과 실전에 나름대로 보통 이상의 수준이 되었다고 본다. 모든 것이 낚시에 꽂혀 있었으니 중독 상태였다고 할 수 있는데 긍정적인 중독이었다고 볼 수 있겠다.

그 당시에 등산과 조깅을 좋아하던 상사 한 분은 틈만 나면 나에게 맨날 찌만 바라보고 의자에 앉아 웅크리고 있으니 무슨 운동이 되겠냐고 건강을 생각해서 등산이나 조깅으로 취미를 바꾸라고 하곤 하였는데 이것은 낚시를 안 해본 사람들의 생각이다. 또한 자기들은 공격적이고 동적 낚시를 하고 민물낚시는 소극적이고 정적인 낚시를 한다고 얘기하는 바다 낚시인들의 생각일 뿐이다. 겉으로 보기에는 붕어낚시가 운동량이 적은 정적인 낚시 같지만 실제로 하루 낚시를 해보면 수백 번을 앉았다 일어났다 하게 되어 허벅지가 뻐근해진다. 그리고 원하는 포인트에 채비를 안착시키기 위해 팔과 손목을 써서 계속 캐스팅해야 하니 긴 대를 쓰는 낚시인에게는 어깨도 뻐근할 정도로 운동이 많이 된다. 또 입질이 없고 무료하면 저수지 둑이나 산에 올라가기도 하니 절대로 운동량이 부족하다고 할 수 없다.

낚시하면서 즐거운 것은 공짜로 주변 절경을 마음껏 볼 수 있으며 도시에서는 불가능한 밤하늘의 은하수를 밤새 볼 수 있고 쌀쌀한 새벽에 잔잔한 수면 위로 피어오르는 물안개의 황홀경에 마음을 빼앗기기도 한다. 낚시를 하러 오가는 도중에 유적지나 관광지를 들러보는 것과 맛집을 찾아서 맛있는 음식을 먹어 보는 것 또한 중요한 즐거움이다.

낚시에는 세 가지의 맛이 있다고 한다. 첫째는 눈맛이다. 붕어가 미끼를 물고 삼키려고 할 때 줄을 통하여 찌에 전달되고 찌는 서서히 솟구치게 되는 데 챔질하기 전까지 긴장하며 이를 지켜보는 즐거움이다. 적막한 밤에는 부챗살처럼 쫙 펼쳐 놓은 찌불(찌에 꽂은 야광 케미컬 라이트)이 입질을 받아 서서히 솟구치는 것을 보고 있노라면 숨이 멎고 손바닥에 땀이 날 지경이다. 이 찌 오름을 보면서 또 다른 오르가즘을 느낀다고 하는 사람도 있을 정도다. 둘째는 손맛이다. 이는 솟구치는 찌를 보고 챔질하고 붕어를 걸어 끌어낼 때 저항하는 붕어와 밀당하면서 느끼는 쾌감이다. 셋째는 입맛이다. 바다 낚시인들은 잡은 고기를 회나 매운탕으로 먹는 맛을 말하지만 나는 토종닭으로 옻닭백숙을 하여 낚시하면서 막걸리 한잔하는 즐거움을 말한다.

나는 당일치기 낚시는 거의 하지 않고, 1박이든, 2박이든, 3박이든 '박낚시'를 한다. 붕어 등 물고기들은 한낮에는 입질이 없고 새벽 동틀 무렵부터 아침까지, 해 질 무렵부터 초저녁까지 집중적으로 입질을 하기 때문이다. 또 다른 이유는 밤에 옻닭에 막걸리를 마시는 즐거움을 만끽하기 위해서다.

저수지에 가서는 먼저 지형이나 수초 분포 등을 보고 몇 대를 어떻게 편성할지를 결정하고 그에 따라 낚싯대를 편다. 그러고 나서 준비해 간 토종닭에 옻 등을 넣고 삶아 옻닭백숙을 한다. 백숙이 되는 동안에 파라솔 텐트를 치고 접이식 테이블을 펴 놓고 우선 막걸리 한잔으로 목을 축인다. 내가 워낙 술 특히 막걸리를 좋아하다 보니 친구들은 "너는 젖 떨어지자마자 막걸리부터 배웠냐?"고 농담할 정도로 막걸리를 애호한다. 낚시 갈 때는 1박당 막걸리 5병씩 가져가는데 특별한 경우 외에는 현지 막걸리를 고집한다. 지역별로 주조되는 막걸리가 각각의 특색이 있으며 맛이 다르기 때문에 비교하면서 마시면 그 맛이 배가 된다.

나는 대형지보다는 중소형지를, 사람들이 많이 찾는 시끄럽고 번잡한 곳보다는 인적이 드문 한적한 저수지를 택해 조용히 낚시하는 것을 선호하다 보니 혼자서 산속 소류지를 찾아 밤을 새우는 적도 많았다. 공기도 좋고 물도 깨끗하고 새소리, 꽃향기 등이 나를 흥분케 한다. 또 어쩌다가 산속에서 약초도 발견하고 버섯도 따는 횡재를 하는 경우도 있다.

사람들이 혼자서 산속에서 밤낚시를 하는 것이 무섭지 않으냐고 하는데 지금은 무섭지만 젊었을 때는 별로 무섭지 않았다. 그러나 가끔은 밤낚시하다가 낚시를 포기하고 차에 들어가 동틀 때까지 잔 적도 있었다. 15년 전 여름밤 청양군 비봉면의 산속 소류지(약 2천평 정도)에서 수많은 반딧불이가 물속에서 나와 날아다니는 황홀경에 취해 낚시를 하던 중 저수지에서 100미터 정도 떨어진 민가에서 목소리로 보아 중학생 정도인 남학생이 "할머니" "할머니"를 부르며 우는 것이었다. '저 학생의 할머니가 돌아가셨나?' 다른 가족이 없나 보다 하고 그냥 낚시하는데 2시간 정도나 계속 우는 것이 아닌가. 그러다 학생의 울음이 그치니 이번에는 산 너머에서 개가 계속 짖어 대는 것이었다. 무서움보다도 이상한 생각이 들고 기분이 나빠 철수하려고 낚싯대를 접다가 이미 술 한잔했기 때문에 운전할 수 없어 그냥 차에 들어가 버렸다. 또 13년 전 보령의 청소면에 있는 8만 평 정도 되는 저수지에서는 저녁에 도착하였기 때문에 자리 잡기 쉬운 제방을 택해 랜턴을 비추고 땀을 흠뻑 흘려가며 수초를 제거하고 낚싯대를 펴려고 하는데 바로 옆에 그때까지 보이지 않았던 흰 운동화 새것 한 켤레가 가지런히 놓여 있는 게 아닌가. 아무도 없었는데 하면서 제방을 둘러봐도 역시 아무도 없고 불길한 생각이 자꾸 들어 애써 만들어 놓은 자리를 포기하고 차에 들어가서 자버리고 말았다. 그때 나는 낚시도 못했으면서 낚시 엘보우에 걸려 한동안 많은 고생을 해야 했다. 22년 전 양평에 있을 때는 여름밤에 용문산 계곡을 오르내리며 크고 작은 소에서 미유기(일명 깔딱메기)를 잡으러 혼자 다니기도 하였는데, 무섭기도 하고 잘못하면 소에 빠질 수도 있고 부상을 입을 위험이 있는 데도 왜 그렇게 무모했는지 지금 생각하면 이해가 안 간다. 대형지의 경우 무더운 여름밤에 바람 한 점 없는데도 물가에서는 파도치는 것처럼 물결이 높아 물속에 괴물이 있는 것이 아닌가 생각하며 소름이 돋을 때가 있는데 이는 수면과 바닥의 수온 차로 인한 대류현상으로 일교차가 크면 클수록 물결이 높아지는 것을 알면 전혀 무섭지 않고 낚시나 야영 등을 즐길 수 있다. 원래 어려서부터 밤에 많이 돌아다니고 이런 일들을 가끔 한 번씩 겪다 보니 무섭기는 한데 남들보다는 무서움을 덜 타는 편이 되었다고 생각한다.

또 뜻하지 않게 사고나 아픈 경우도 있다. 13년 전 홍성군 서부면의 어느 저수지를 혼자 전세 내어 낚시를 하다가 밤이 되었는데 무엇이 잘못되었는지 급성장염에 걸려 복통과 설사, 오한 등으로 도저히 낚시를 못하게 되어 119를 불러 홍성의료원으로 앰뷸런스를 타고 침대에 누워 가는 데 도로 상태가 좋지 않은 곳에서 차가 흔들리는 데 흔들릴 때마다 천정에서 찌가 오르락내리락하는 것이 보이지 않는가. 그렇게 아픈 상황에서도 이걸 언제 챔질을 해야 하나 하고 생각하다가 '아차 이거 내가 미쳐도 단단히 미쳤구나' 하고 정신을 차리고 의료원에 가서 치료를 받고 아침에 나온 적도 있다.

하지만 생각지도 않고 기대하지도 않았는데 의외로 대박을 쳤을 때는 모든 것을 얻은 기분으로 혼자 즐기기엔 너무 아까워 집식구들에게 또는 가까운 지인들에게 자랑을 하기도 한다. 한번은 안면도에 있는 저수지에서 낚시를 하는 데 산란 철이긴 하였지만 평소 눈여겨보지 않았던 포인트에서 어깨가 아플 정도로 많이 낚았는데 잔챙이는 버리고 세어보니 72수나 되는 붕어를 낚는 대박을 쳤다. 직장 동료가 얘기를 듣고 다음 주에 그 포인트에서 낚시를 하였는데 몇 수가 안 되는 빈작이었다. 낚시는 아무리 좋은 포인트라고 해도 시기, 날씨 등 환경에 영향을 많이 받는다는 것을 알 수 있다.

무거운 장비를 메고 들고 먼 거리의 자리로 이동할 때는 힘들기도 하지만 낚시할 때는 모든 시름은 다 날아가고 잡념이 없어지며 집에 올 때는 활력이 충만해져 있다. 그리고 다음에는 어디로 출조할까 생각하며 귀가하게 되고 귀가 후에는 다음 출조를 위해 준비하며 1주일을 설렘으로 보내곤 하였으니 그야말로 낚시는 행복이고 활력소였다. 내가 힘들고 어려운 일이 있을 때나 건강에 이상이 있을 때 낚시는 항상 나와 함께하며 치유를 도왔으니 얼마나 고마운가! 물가에 가서 낚싯대를 담그기만 해도 마음이 편안해지고 행복해지니 이제는 충분히 낚시를 내 인생에 제2의 반려자라고 말할 수 있다.

코로나 유행 이전에 우리나라의 낚시 인구를 700만이라고 할 정도로 많았는데 코로나 유행으로 인하여 2년 이상 단체활동을 못하였기 때문에 낚시 인구는 더 증가하였을 것으로 생각되며 실제로 저수지 등에 가보면 전보다 많아졌음을 느낄 수 있다. 그런데 낚시 인구는 증가하는데 점점 더 낚시할 수 있는 공간은 좁아지고 있다. 이것은 낚시인들이 편안한 낚시를 위해 논둑, 밭둑을 파헤치고 그대로 놔두거나 농작물을 훼손하고 쓰레기를 아무 데나 버리고 통행이 어렵게 차량을 주차하는 등으로 주민들과의 마찰로 낚시를 못하게 되기도 하고 저수지 관련 기관이 수질 오염 등 여러 가지 이유로 낚시 금지 구역 지정을 확대하기 때문이다.

낚시에도 품격이 있다. 이것은 낚시 예절에 관한 것으로 내가 가장 중요하게 생각하고 철저히 지키려고 하는 부분이다. 가끔 조우회에서 수십 명이 버스로 단체 출조하여 조그마한 저수지를 온통 독차지하고 주변을 훼손하고 떠들어 타인의 낚시를 방해하고 또 쓰레기 처리를 제대로 하지 않고 수풀 속 등에 몰래 숨겨 놓고 가 눈살을 찌푸리게 하는 일이 있다. 나는 낚시를 할 때는 먼저 분리수거를 할 수 있도록 재활용용과 일반 잡쓰레기용의 쓰레기봉투 2개를 걸어 놓고 분리수거를 한 다음에 철수할 때 가지고 와서 버린다. 또 주위를 거의 훼손하지 않고 낚시를 하며 만약 부득이하게 약간이라도 훼손하였다면 반드시 낚시를 했던 흔적이 없도록 원상복구를 하고 온다. 그러다 보니 자주 가는 저수지에서는 동네 주민들과 가깝게 되고 그들의 조언이나 도움을 받을 때도 있다. 이러한 것은 내 마음 깊은 곳에 자리 잡고있는 '공주사대부고인'으로서의 자긍심이 나도 모르게 낚시를 통해서도 나타나는 것이 아닌가 하는 생각이 든다. 나는 앞으로 85세까지 아니 건강이 허락하면 그 이상까지 품격있는 낚시를 계속할 것이다.

잘 알려지진 않았지만, 우리 역사 속 인물 중에 암행어사로 유명한 박문수가 낚시와 관련된 일화가 있는 것을 보면 박문수가 낚시를 꽤나 좋아했던 것 같다. 담력이 큰 박문수가 관직에서 물러난 후 칠흑같이 어두운 밤에 귀신이 나온다고 소문난 충청도의 어느 저수지에서 낚시를 하고 있었다. 그러나 입질이 전혀 없어 졸음이 쏟아지는 데 갑자기 입질이

와서 힘껏 챔질을 했는데 고기는 안 잡히고 미끼를 빼앗긴 채 빈 바늘만 남았더라. 그런데 조금 후에 등 뒤에서 "박가야, 박가야" 하고 박문수를 부르는 것이 아닌가. 뒤를 보고 주위를 둘러보아도 아무것도 보이지 않아 저수지에 빠져 죽은 귀신이 자기를 부른다고 생각한 박문수는 겁이 덜컥 나서 낚싯대를 내팽개치고 집으로 내달렸는데 계속 귀신이 뒤쫓아오며 "박가야, 박가야" 라고 부르는 것이 아닌가. 땀에 흠뻑 젖어 집에 도착한 박문수는 등불 아래서 옷을 벗고, 등 뒤에 붙어있는 빠가사리를 보고는 털썩 주저앉았다. 그때까지 빠가사리는 "박가야, 박가야" 하면서 박문수를 부르고 있었다. 너무 긴장한 나머지 빠가사리가 내는 "빠각빠각" 하는 소리를 자기를 부르는 소리로 착각하였던 것이다. 임금님도 무서워했고 담력이 큰 천하의 어사 박문수를 혼비백산케 한 빠가사리 파이팅, 민물매운탕은 역시 빠가사리 매운탕이 최고여…….

(전 시화중학교 행정실장)

45년 만에 하우스메이트를 만나다

허삼복

45년 만에 후배 진00이를 만났다. 아직은 혈기가 비상하였으나 어깨를 제대로 펴지 못하고 좁은 하숙방이 세상의 전부였던 시절이 있었다. 내가 1974년에 고등학교에 입학하였고, 그 후배를 만난 건 고3이었던 그러니까 1976년 3월 신새벽이었다. 그가 내가 하숙하고 있는 집의 옆방으로 하숙을 하러 온 그야말로 룸메이트가 아니라 하우스메이트가 된 것이다. 그 당시 하숙집은 본채에는 주인 선생님이 생활하시고 별채에 방이 두 개가 있었는데, 나는 동급생인 송00와 같은 방을 쓰고 있는 그냥 하숙생이었다. 방 두 개를 둘씩 4명이 같은 집에서 생활했던 것이다.(나는 당시 그 집 무보수 방장이었다.)

나 역시 공주로 이른바 유학을 왔던 차다. 아마도 지방에서 서울로 진출이 막히지 않았다면 서울로 진학했을 것이다.(우리 때부터 사회의 구조가 바뀌기 시작하면서 '58년 개띠'라는 카테고리 속으로 들어가기 시작하였다) 공주는 대학교를 비롯하여 교육도시라 불릴 만큼 유학을 온 학생들이 많았다. 대부분의 공주 시내의 가정에서는 빈부를 떠나 하숙생들을 들이거나 방을 임대하여 자취를 할 수 있도록 세를 놓던 것이 하나의 문화였던 것 같다. 지금 생각해 보면 학생 수는 많았으나(당시 공주교육대학 외에 기숙사는 없었다) 집이 부족했었으니 당연한 주거문화(형태)였을 것이다. 그땐 하숙을 친다고 했다.(하숙생을 들인다든가 양육한다고 했다면 더 정이 있었을 텐데 어휘에서부터 우리는 주인과는 많이 다른 변종인 셈이었다)

나 역시 1974년 짐을 싸서 GMC 시외버스를 타고 5시간을 달려 하숙을 시작했다. 처음 만난 룸메이트는 지금은 강릉대 교수인 김OO였다(당시 하숙은 혼자 쓰는 독방도 있었으나 대부분은 한 방에 두 명씩 같이 생활했으며, 대부분은 동학년끼리 한방을 쓰지만 가끔은 선후배와 같은 방을 쓰는 경우도 있었다) 김 교수와는 동향이고 생각도 같아서 때로는 밤을 지새우며 토론하기도 하고, 사회에 눈을 뜨면서 조금씩 정의감도 생기던 그야말로 머리가 커 가던 시절이었다. 그리곤 하숙집 사정에 의하여 방(집)을 옮기면서 서로 다른 방(하숙집)으로 이사를 하게 되어 만난 사람이 부여 출신인 동급생 이OO이었는데, 나랑 호흡이 잘 맞아 아주 편안한 생활을 했던 기억이 있다. 나중에 헤어질 때는 내 이불이 어떤 것인지 분간을 못할 정도로 뒤엉켜 생활했다. 그렇게 2년을 보내고 다시 하숙방을 찾아 든 것이 공주 반죽동 당시 모중학교 국어 선생님이셨던 백OO님의 집에 안착을 했던 것이 3번째 집이고 여기서 진OO 후배를 만났다. 이제 여기서 절친(최근엔 BF라고 함) 송OO와 고3 1년과 대학 4년을 합하여 5년을 같은 방에서 보내게 된 것이니 이런 인연 또한 없을 것이고 참 서로 무던하다는 말이 맞는 표현일 것이다. 지금도 친구 송OO와는 보지 않아도 무엇을 생각하는지 알고 있을 정도로 교감이 있다.

이른바 '고3'이었다. 피가 끓어오르지만, 꾹꾹 눌러서 가슴을 꽉 채우면서도 내보일 수 없었던 시기였다. 아침도 먹지 않은 채 새벽 댓바람에 수업 가려고 눈 부비며 담을 뛰어넘고, 비몽사몽 수업을 마치고 하숙집으로 돌아와 아침을 먹곤 또다시 학교로 갔다. 늦은 밤이 되어서야 방으로 찾아드는 다람쥐 쳇바퀴 돌듯하던 시절이었다. 곤죽이 된 채 들어온 하숙집은 그저 잠을 자러 잠시 들르던 곳이었다. 쌀 8말의 가치를 가진 방 이상도 이하도 아니었다.

그때는 왜 그랬는지, 어떤 위로를 받을 수 있는 선생님, 어른, 장소도 없었던 시기였다. 탈출구가 없었다. 의례적으로 그러려니 했다. 그렇게 생활하는 것이 고교 시절이라 말했다. 4시간 자면 인생이, 5시간 자면 마누라의 얼굴이 달라진다고 했다. 당연하다고 여겼다. 성적표도 다달이 순위가 정해져서 전교과, 전학생의 성적이 모두에게 공개되는 시기였다. 얄짤 없었다. 그때는 그런 것이 무슨 고상한 '인권'이니 '교권'이니 하는 단어가 없었다. 선생님은 잔인했고, 학교는 원래 그러려니 생각했다. 부모님께서 보내시는 하숙비와 학비의 대가가 그것이었다.

고작 점심시간에 하숙집으로 돌아와 잠시 잠을 청해야 했던 시절이었다. 학교는 어떤 휴식을 담보하지 못했다. 정해진 시간표에 맞춰져 급하게 돌아가니 주위를 돌아볼 여유가 없던 시절이었다. 그야말로 발등에 불이 떨어졌던 시기였다. 대학이 전부냐고? 전부였다. 공부는 손에 잡히지 않아도 뭔가 잡고 있어야 했던 시절이었다. 약간은 긴장된 시기에 후배가 되어 우리 옆방에 하숙하러 들어온 것이다. 그때 만났다. 아니, 인연이 되었다.

후배지만 우리가 어떤 간섭을 한다든가, 얼차렷을 하면서 군대식 조직문화를 가르치려 애쓰지 않았다.(ㅎㅎ 이건 그야말로 하숙집이지 군대는 아니니) 아니 우리가 선배로서 무엇을 강요한다든가 모범을 보일 정도로 그들의 귀감이 되질 못했다. 우린 그저 평범한 그렇고 그런 선배였다. 우리는 아침과 저녁밥을 같이 먹는 그야말로 그냥 식구食口였다. 아마도 밥을 먹는 중간중간 안주 삼아서 우리는 실없는 이야기, 옆 학교 애들과 싸움에서 이겼던 영웅담, 겪어보지 못한 여고생과의 로맨스, 은밀한 야담, 비하인드 스토리 등 적어도 금기시하던 얘깃거리도 밥상에 올려 웃음거리를 만들던 허허로운 시절이었다. 그것이 전부였다. 밥상을 물리고 나면 모두 잊혀지는 설레발이었다. 교실에서의 성적 부담과 공부에 대한 중압감을 잠시 풀어놓는 즐거운 밥에다 더하여 후배들을 앉혀놓고 쏟아놓던 정제되지 않은 소설들이 있었다는 것을 인정한다.

그리곤 세월은 한꺼번에 흘렀다. 나는 이제 정년 퇴임하였다. 흰머리를 지나서 그걸 감추려고 모자까지 써야 할 정도로 어르신이 되었고, 가끔씩은 노령인구라는 말에 화들짝 놀라다 태연해지는 지경에 이르렀다. 그런데 이건 웬일인가! 같이 하숙했던 후배 그 진00이가 느닷없이 그들의 동창회 카톡방에 고교 시절을 회고하는 글을 몇 회에 걸쳐 기고한 모양이다. 졸업한 지 40여 년이 지난 어느 날 고등학교 때 잠시 하숙방에서의 역사를 기억하기에 충분한 이야기를 그들의 카톡방(아마도 공주사대부고 21기 고교동창생 카톡방)에 올려 마치 엊그제 일어난 사실처럼 희화화한 것이다. 진00이 고교 시절을 회상하는 글을 소설처럼 써서 밴드에도 올리면서 그 시절은 40여 년이 흘렀어도 현재의 고교 시절이 되었고, 너무 생생하여 지금 마치 재현하는 듯 많은 반향을 일으켰던 모양이다. 후에 엮어서 나온 글(『봉황이 나르샤!』)을 읽어보니 그건 회상이 아니라 한 편의 드라마요, 소설임에 충분하다. 그 섬세한 기억력과 구성, 표현에 감탄하지 않을 수 없었다.

그 글에서 하숙집의 이야기가 나오면서 나를 소환하기 시작했던 모양이다. 나의 일거수일투족이 감시망처럼 걸려들었고 나의 언어가 녹음되어 나타났으며, 나의 속물 근성이 그대로 후배의 가슴을 멍 들이는 일까지 역사처럼 기록되었던 것이다. 그 어린 후배 신입생 고 1학생을 앉혀놓고 이 세상의 술을 마셔서 없애자! 며 술을 가르쳤던 바른 행동(?)이 마치 귀감의 선배로 소환된 것이다. 더하여 나의 어록! 이 진실처럼 포장되어 나오니 가관이라는 반응이었다. 그러니 그 글을 보고 나를 알고 있는 후배들의 전화가 빗발쳤고, 모르는 후배들이 보고 싶어 한다는 것이다. 그러기를 1년여! 그가 왔다. 천안까지 한달음에 달려 온 것이다. 내가 그동안 봐 온 동료요, 후배인 강00선생과, 그 동기(부고21회)의 사무총장인 대전시 정00 교장선생님이 손잡고 온 것이다. 그저 40년이 한 번에 흘렀다는 생각을 한다. 그는 인도, 미국, 유럽, 나중엔 브라질 등을 전전하면서 그 어려운 기업의 시장을 개척한 글로벌 법인장이었다. 오히려 한국이 낯설게 느껴질 정도의 외국을 떠돌다가 이제는 한국으로 들어와 나를 찾은 것이다. 전 세계를 돌면서 H 자동차의 임원으로 미국, 인도, 남미 법인장을 할 만큼 세계인의 한 사람이 되었고, 그야말로 야구로 치면 메이저리그의 간판 투수가 된 듯 H 자동차의 시장을 개척하는 1등 공신이었다는 것이 자랑스럽다. 지금은 S 대학교의 교수로 초빙을 받아 강의하는 산학협력의 모범이 되어 후진을 양성하고 노하우를 전하는 열정 가득한 친구로 왔다. 자랑스럽다. 그러니 '보고싶다'는 단순한 표현으로 모두를 말할 수는 없다. 게다가 대전에서 나와 진 교수와의 자리를 마련하고 나를 보고 싶어 왔다는 강00 선생과 정00 교장께 고마움을 다 표현하진 못한다.

사람의 인연은 말 한마디로도 만들고, 옷깃을 스치면서도 만든다고 하지 않는가! 내 블로그의 첫 문장은 '사람이 숲을 만나면 길을 만들고 사람을 만나면 인연이 된다'고 했다. 그래 스치면 인연이고 스미면 사랑이라고 관심을 더하면 사랑도 될 수 있겠다. 오늘 이 한밤에 나를 배부르게 했던 친구들 특히 고등학교 때의 친구들을 다시 소환한다. 나는 가끔 설레발 떨기를 '사람이 과거에 머무르면 늙어간다'고 했는데, 오늘은 실컷 밤을 새면서 색 바랜 앨범이라도 펼쳐봐야 하겠다. 갑자기 울컥 메마른 가슴을 적시던 봉황산 아래 반죽동이 그립다. 나를 살찌게 하던 하숙집 안주인들에 대한 그리움은 덤이다. 어쩔까!

(전 천안교육지원청 교육장)

극야의 낮에 뭐해?

- 노르웨이 스발바르 제도 롱이어비엔

서재원

자정이 넘었는데 해가 하늘에 동동 떠 있다. 일정 시간만 보이지 않는 여느 북반구에서 보는 백야와는 다르다. 이곳의 백야는 완벽했다. 시간으로 하루를 엮어야 한다. 해가 지지 않는 밤이 신기해 잠자는 것이 아까웠다. 밤이란 단어가 사라진 나날이다. 바닷가 숙소 테라스에서 마시는 찻잔에 넘실대는 태양을 보며, 해 없는 낮은 어떤 모습일까? 겨울 북극은 밤으로 이어지는데 보고 싶었다.

노르웨이 스발바르 제도 롱이어비엔을 처음 방문했을 때는 백야보다 북극곰이나 빙하가 우선이었다. 롱이어비엔에서 출발하여 북위 82도까지 올라갔다가 돌아오는 크루즈 상품이 여름에만 있다. 사람보다 북극곰이 더 많은 인구 2천 명 정도의 극지 마을이다. 북극 다산 과학기지 갈 때도 여기에서 배 타고 간다. 여름에 마을은 관광객으로 붐빈다. 기후변화로 야금야금 줄어드는 빙하와 북극곰을 본 후, 지지 않고 하늘에서 왔다 갔다 어슬렁거리는 태양을 보며 겨울에 다시 오리라 결심했다. 그리고 5개월 후, 1월에 다시 그 마을에 갔다.

극야는 백야와 상반된다. 북유럽의 베네치아라는 트롬쇠에서 비행기

롱이어비엔(2014.08. 왼쪽 사진)와 북극 다산기지 방문(2014.08)

가 이륙했을 때 그 어느 때보다 설렜다. 마치 비행기가 블랙홀 속으로 빨려 들어가는 듯했다. 여름과 비슷한 낮 시간대에 착륙했는데, 그때 봤던 공항 모습은 보이지 않고 불빛만 눈부시다. 공항 밖은 눈이 정강이까지 쌓였고 매서운 바람이 먼저 안긴다.

아침을 먹기 위해 호텔 내 식당에 갔다. 2층 창가에 앉았다. 유리창에 시계를 보며 밖을 응시하는 한 여자가 어른거린다. 열 시쯤인데 가로등 불빛이 그곳이 길임을 알려준다. 한두 명이 바쁘게 어딘가로 걸어간다. 저들은 어디로 갈까? 외투에 붙어있는 야광 표시가 눈에 확 띈다. 4일 후에 비행기가 뜨기 때문에 그동안 뭐 하며 지낼까 거창하게 생각하다 지워버렸다. 시간의 흐름에 잠시 나를 맡겨도 되는데 뭔가를 해야 한다는 강박은 여행지에서도 불쑥불쑥 올라온다. 배고프면 밥 먹고, 시내 어슬렁거리고, 보고 싶은 오로라를 기다리기로 했다. 오롯이 24시간 어둠을 온몸으로 느껴보자.

관광객으로 붐비던 중심가도 사람이 드물다. 불빛이 새어 나오는 카

이어비엔 국제 종자보관소(2014.08. 왼쪽 사진)와 갑판에서 본 북극곰(2014.08. 오른쪽 위 사진)
북극곰을 보기 위해 모두 갑판으로(2014.08)

페 창가에서 코가 닿을 듯 마주 앉아 웃는 연인의 모습이 매서운 추위 속에 서 있는 나를 녹인다. 여름의 기억을 떠올리며 학교 근처로 갔다. 어둡지만 낮이라 생각하니 혼자라도 무섭지 않다. 아동들이 눈 쌓인 조그만 운동장에서 교사의 지도로 운동을 한다. 커다란 눈더미 사이를 뛰고 오르고 미끄러지는 자유로운 몸놀림이다. 눈사람같이 옷을 입고 핫팩이 등을 데워줘도 떨리는, 이 탱탱한 추위를 그들은 즐기나 보다. 아이들의 환한 얼굴이 불빛에 더욱 빛난다. 박물관도 총기 상점도 슈퍼마켓도 식당도 기념품 가게도 어둠 속에서 소멸한 것이 아니라 불빛에 의지해 살아 움직인다. 그 모습이 어찌나 다정스러운지 소곤대는 친구 같다.

아침마다 유일한 말 상대인 식당 종업원한테 오로라가 왜 나오지 않

극야 롱이어비엔 중심가(2015.01. 왼쪽 위 사진)와 극야 롱이어비엔 시내 카페(2015.01. 왼쪽 아래 사진). 노르웨이 트롬쇠

냐고 투정도 부렸다. 구름 때문이란다. 이곳에서는 눈만큼 흔한 오로라인데 못 보고 떠날까 봐 조바심이 났다. 그런데 마지막 날 밤, 호텔 밖에서 기다리다 포기하고 들어가려는데 기적 같이 나타났다. 아, 오로라를 보는 순간 가슴 터지는 줄 알았다. 무채색 마을에 왕관같이 화려한 모습으로 나타나 온 하늘을 무대로 자유롭게 춤을 춘다. 비현실적이었다. 저절로 "감사합니다"라는 소리가 나왔다. 손을 가지런히 가슴에 모으고 살아있음부터 매서운 추위까지 모든 것에 감사하는 나만의 의식을 치렀다. 왜 그랬는지 특별한 이유는 없다. 그냥 감사했다.

단순할 것 같던 여정은 설상차 투어까지 하며 어둠 속에서도 낮같이 바쁘게 꿈틀댔다. 떠날 때는 검은 혹성에서 빠져나오는 느낌이었다. 2월에는 온통 파란색이란다. 다시 가고 싶다. 이곳에서는 3개월 정도 태양을 보지 못하니 그 소중함이 얼마나 클까? 볼 수도 볼 것도 없는 그곳에 뭐하러 갈까도 싶지만 보이는 것이 다는 아니다. 용기를 낸 자신을 만나고 어둠이 아무렇지도 않은 그들의 여유로움도 봤다. 극한 환경에 적응하며 살아가는 사람들에게 박수를 보낸다. 세상에는 각자 다른 얼굴만큼이나 다양한 삶이 있다.

(전 성남정보산업고등학교 영어교사)

나의 아메리카 표류기

김상희

『세상은 넓고 할 일은 많다』고 김우중 회장의 자전적 에세이로 밀리언셀러인 책이 생각난다. 나에게도 이 세상의 넓음, 문화, 언어를 경험할 기회가 주어졌다. 교대를 졸업하고 교직 생활 8년 차 1987년 전자 회사 해외 영업부에 근무하던 남편이 7월 1일 자로 캐나다 주재원으로 발령이 났다. 그 당시에는 사표를 내지 않고는 교사가 해외에 나갈 방법이 없었던 시절이었다 그런데 신은 항상 나의 편에 계셨던가 여자 공무원이 임신하면 3년 동안 아이를 돌볼 수 있는 육아 휴직 제도가 1987년 9월 국회에 법이 통과되어 1988년 1월부터 시행되는 행운이 생겼다.

남편 또한 회사의 여러 사정으로 출국이 늦어지고 (이 또한 운) 2월 1일 자로 부임하고 캐나다 토론토로 출국 한 1주일 후 나는 임신이 확인되어 2월 16일 자로 휴직을 하였다. (그렇게 태어난 딸아이는 캐나다에서 기쁨을 더하였다 하여 가희로 작명하고 그 딸은 지금 두 아이의 엄마가 되어 미국에서 살고 있다.)

1988년 한국은 서울 올림픽 준비로 한창일 때 나는 입덧하는 몸으로 영어 한 마디 못하는 처지에 두려운 마음으로 어린 아들과 함께 비행기를 탔다. 그 당시 한국에서 토론토로 직접 가는 비행기가 없어 일본 동경에서 다른 터미널을 이용하여 비행기를 갈아타고 벤쿠버를 경유하여 토론토에 도착하니 장미꽃 한 다발을 든 남편이 공항에서 기다리고 있었다.

다음날 Miracle이라는 슈퍼에 가보니 Miracle이라는 상호답게 가게의 규모, 상품의 다양성에 놀라며 타국의 새로운 삶이 시작되었다. 생애 처음 해외 생활, 나에게는 모든 것이 새롭고 두려웠다. 특히 언어는 나에게 큰 장애물로 와 닿았고 나보다 영어를 잘하는 한국인을 만나면 더욱 작아지는 나의 모습이었다.

내가 살고 있던 지역은 5대호 중 하나인 온타리오호 근처로 나이아가라 폭포까지는 차로 한 시간 정도 떨어진 위치에서 있어 한국에서 출장을 오시는 분들에게 집에서 식사 대접도 하고 남편은 가족과 함께 출장자들을 나이아가라 폭포에 모시고 갔다. 많은 사람들이 이미 알고 있듯이 이 폭포는 미국과 캐나다가 서로 국경을 접하고 있다. 1초에 3,160톤의 물이 흘러내리는데 이때 400만 킬로와트가 넘는 전력이 생산되어 미국과 캐나다에 공급이 된다고 한다. 이곳은 죽기 전에 꼭 가보아야 하는 장소로 유명하여, 거대한 자연의 힘에 놀라지 않을 수가 없었다.

동반자들과 이곳저곳을 둘러보다 보니 화장실에 가고 싶어졌다. 화장실 입구에 들어서자마자 운 좋게도 화장실 부스에서 사람이 나오고 있어 나는 주저 없이 들어가 볼일을 보고 나오는데 주변 사람들이 나를 보는 눈초리가 이상하였다. 난 동양인이라 나를 쳐다보는구나 라고 생각하며 아무렇지도 않게 손을 씻고 나왔다. 그 당시 나는 나의 잘못을 인지하지 못하고 몇 달 후 그때 캐나다인들이 왜 나를 이상한 눈으로 쳐다보았는지 깨닫게 되었다. 캐내디언들은 화장실을 사용할 때 입구에서

한 줄로 서서 기다리고 있다가 화장실 부스에서 사람이 나오면 차례차례 이용하는 한 줄 서기 문화였다. 그 당시 우리나라에서는 화장실 입구가 아닌 화장실 부스 앞에서 서서 기다리는 서로 다른 문화였던지라 나는 나의 행동에 대하여 잘못을 느끼지 못하였다. 이렇게 다른 문화 차이로 실수와 다양한 경험을 하면서 캐나다에서 미국, 미국에서 한국으로 또다시 영국으로, 영국에서 미국으로 휴직과 복직을 반복하며 30대와 40대를 보냈다.

2005년 미국 캘리포니아 샌디에고에서 영어를 배우기 위해 지역 커뮤니티에서 운영하는 영어 교실에 찾아갔다. 그곳은 주로 은퇴한 노인들이 외국인들을 위해 일대일로 영어를 가르쳐주는 곳이었다. 학기가 끝날 즈음 문화 충격의 경험담을 공모한다고 하였다. 원래 글재주가 없고 영어로 글을 쓴다는 것은 상상도 하기 어려운지라 요리조리 빼고 있었는데 나의 담당인 유대인 선생님은 자기가 도와준다고 하며 꼭 응모를 하여야 한다고 하여 어쩔 수 없이 위의 화장실 사건을 이야기로 공모하였다. 그런데 2등으로 당선되는 행운과 함께 마지막 종강 파티에 교사와 직원들 앞에서 상장과 함께 부상으로 50불도 받았다.

영어 공부를 꾸준히 하고 있었고 영어권에서 오래 살았는데 무언가 결과물을 갖고 싶은 욕심이 생겼다. TETL(Teaching English as a Foreign Language) 자격증반에 등록하기로 하였다. 미국에 살고 있는 주민에게는 유학생들의 학비와는 비교할 수 없을 정도로 저렴하고, 같은 성당에 다니는 영어를 전공한 친구도 등록을 한다고 하여 더욱 용기를 갖게 되었다. UCSD(Univercity of California, San Diego) Extension 코스에 TEFL 수업에 등록하고 가보니 90%가 한국의 20대 여자 학생들이고 그들의 영어 실력과 젊은 학생들은 색 볼펜을 바꿔가며 강의내용을 적어 내려가는데 그 모습을 보니 나의 모습이 초라해졌다. 그래도 용기를 내어 1년 동안 열심히 노력한 결과 말하기, 듣기, 읽기, 쓰기의 teaching skills와 영어 교수법, 게임, 노래 등 10개 영역 모두 A를 받는 우수한 성적으로 자격증을 취득하게 되었다. 지금 생각해 보면 초라한 나의 영어 실력으로 시작해서 자격증을 딴 나 자신이 자랑스러웠다.

다음 해에 한국에 귀국하여 복직하여 학교에서 담임을 하는 관계로 이 자격증은 한 번도 사용하지 못하고 명예퇴직 후 원어민 보조교사와 수업하는 영어 기간제교사를 모집할 때 이 자격증을 자랑스럽게 제출하게 되었다.

지금도 나의 영어 실력은 부끄럽지만, 영어 공부를 하고 있다. 그러나 발전은 없고 알고 있었던 것조차 잊어 가고 있는 듯하다. 그래도 영어는 나의 노후생활에 영원한 친구가 될 것 같다.

(전 분당 상탑초등학교 교사)

자랑보다는 아픔의 세월

김종락

어딘가에 나를 소개할 수 있는 곳이 있다면 그것 또한 괜찮은 일인 것 같다. 고등학교 동문들끼리 만드는 문집에서 이런 기회를 갖게 되면서 자칫 나에 대한 자랑으로 읽혀지지 않을까 망설여지기도 한다. 그러나 사실 나의 경우는 자랑보다는 아픔이 많았던 세월인 것 같다.

나는 평생을 교육계 교수로서 연구, 교육, 봉사하였다. 교수가 어떻게 되는지도 잘 몰랐던 초입 시절 지도 교수로부터 이러저러한 공부를 하면 어떻겠냐는 제언을 받았다. 더욱이 나의 사정을 아셨는지 흑석동 중앙대 후문에 있는 자기 건물에서 기거하며 건물 관리 및 공부를 하길 바라셨다.

그렇게 세월이 흘러 난 학부, 석, 박사를 중앙대에서 마치게 되었다. 그러나 지방 모 대학의 교수 자리 청약에도 불구하고 난 국제상거래에 대한 영미법 유학의 꿈을 가지고 있었다.

중앙대에서 박사학위를 취득하고 난 이틀 뒤에 영국으로 출국하였다. 히드로 공항 상공에서 본 영국은 매우 아름다웠다. 영국 Cardiff College Law School에서 작성한 논문은 미국의 진슈리브 교수로부터 극찬을 받았다. 그 후 나는 진슈리부 교수가 있는 미국 Indiana Univ. Law School의 LL.M 과정을 거쳐 법학석사 학위 취득과 미국 변호사 시험 (State Bar Examination) 자격을 취득하였다. 아마도 한국에서의 비법대 출신으로서 매우 남과 다른 '길'을 걷게 되었다.

나는 영국에서 유학하던 시절 지금의 처를 만나 결혼하였다. 나는 처와 서로 떨어져 공부하고 있었기 때문에 의사인 처 또한 직장 일과 가정일로 어려움이 많았다. 그 후 귀국하여 바로 직장을 잡은 곳이 순천향대학교였다.

지금까지 많은 공부를 한 것 같다. 어려웠던 만큼 또 기쁨도 있었다. 앞에서 말한 진슈리브 교수로부터의 극찬과 미국 학회로부터의 평가였다: "저자의 글을 읽고 글에 담긴 연구의 아픔을 알 수 있었다." 나는 이 글을 읽고 모든 학문의 철학적 수렴이라고 해석했다.

나는 내년에 정년퇴임을 앞두고 있다. 그리고 나 자신에게 묻는다. 나의 직업인 학문에 양심 있는 학자로 살아왔는지. 미국 근현대사의 계관시인이자 퓨리처 상을 네 번이나 수상한, 미국인의 개인 개인에게 서정적 아름다움을 심어준 프로스트는 그의 시에서 '남이 가지 않은 길'을 선택했듯이 나 또한 그와 같은 길을 걸어온 것 같다.

문집 '가본 길'에서는 동문들이 어떤 '길'을 걸어왔는지 빨리 만나보고 싶다.

(순천향대학교 교수)

어쩌다, 히말라야

전종호

밤의 재발견

현대인에게 밤은 잉여剩餘의 시간에 불과하다. 문명의 시간은 낮이다. 산업과 정치는 낮에 이루어진다. 낮은 밝음이고 밤은 어둠이다. 이건 단순히 채도의 명암만을 말하지 않는다. 낮은 근면의 세계이고 선이고 돈이며, 밤은 나태와 낭비의 시간이고 악이다. 따라서 조명과 같은 기계적 장치와 의식의 각성으로 낮은 무한대로 확장된다. 노동 시간은 연장되고 학습의 시간은 밤까지 지속된다. 낮과 같은 조명 속에서 밤낮을 구별하지 못하는 닭들은 밤에도 알을 낳아야 하고, 노동자들은 밤늦게까지 연장근무를 해야 하며, 학생들은 단지 남보다 앞서야 한다는 명분으로 밤을 단축하여 공부를 해야 한다. 밤은 없애고 싶지만 어쩔 수 없는 불필요의 시간이며, 내일의 낮을 위한 재충전의 의미만 가진다. 근대 이후 인간의 성공 여부는 밤을 어떻게 활용했는가에 따라 달려있다.

이러한 낮의 문명에 익숙한 사람에게 히말라야의 밤은 무척이나 당혹스러운 것이다. 저녁 7시 무렵부터 어두워지기 시작해서, 9시쯤 희미한 태양광 전등조차 소등되면 세상은 말 그대로의 암흑의 시간이다. 전기도 없고 전파도 없다. 헤드 랜턴을 이용해서 간단한 메모만 할 수 있을 뿐, 독서는 어림도 없다. TV도 없고 와이파이도 안 되고 책을 읽을 수도 없고 대화를 나눌 수 있는 상대도 없다면 무엇을 할 수 있겠는가! 인공조명에 익숙한 문명인에게 말 그대로 속수무책束手無策, 손이 묶인 게 아니라 뻔히 눈을 뜨고 아무것도 할 수 없는 암흑의 밤은 정말 치명적이라고 할 수 있다.

헤드 랜턴을 켜 놓고 하루의 일정을 정리해 본다. 출발한 시간, 쉬었던 시간, 점심시간, 또 쉬었던 시간, 오가다 본 것 중에서 기억에 남는 것들, 저녁 시간, 점심과 저녁의 메뉴 등 별로 쓰잘 것 없는 것까지 메모하고, 오늘 만났던 사람들과의 대화 중 기억에 남은 것들을 적는다. 그래도 시간이 남아 오늘 밥값과 찻값으로 지불했던 소소한 비용까지 적어본다. 굳이 필요해서가 아니라 시간 때우기다. 그래도 시간은 무진장. 이 시간부터 잘 수는 없다. 이 시간에 잠들도록 내 몸이 조건화되어 있지 않기 때문이다. 몸은 피곤하다고 잠드는 것이 아니라, 시간이 되어야 잠든다. 원시의 세계에 와 있어도 몸은 문명의 산물인 것이다.

시詩 나부랭이를 쓴다고 하는 나는 시간을 주체할 수 없어 낮에 잠깐씩 메모한 것들을 펼치고 정리해 본다. 새로운 환경, 압도적인 대자연에 던져져 있을 때는 별의별 생각이 떠올랐다가 사라진다. 과거에 대한 회상과 더불어, 눈 앞에 펼쳐진 대자연에 대한 영감들이 명멸한다. 중구난방의 생각들이 휘발되기 전에 놓치지 않으려고 수첩이나 휴대폰 메모장에 적는다. 낮에 휘갈겨 쓴 것들을 밤에 꺼내놓고 보면 도무지 무슨 글씨인지 알아볼 수 없는 것도 있고, 부랴부랴 적을 때는 꽤 기발한 생각이나 문장 같았는데, 정리할 때 보면 아무짝에도 쓸모없는 것 같기도 하다. 버리고 옮기고 다시 이어 쓰고 정리한다. 그래도 시간은 철철 남아돌고 밤은 아직 깊어지지 않았다.

낮이 눈의 시간이라면 밤은 귀의 시간이다. 이것저것 다 포기하고 슬리핑백에 들어가 눕는다. 어둡다. 깜깜하다. 아무것도 보이지 않는다. 포기하고 그냥 누워 있는다. 어둠 자체를 응시한다. 한참 지나고 보면 신기하게도 깜깜한 어둠이 눈에 익기 시작한다. 보이지 않았던 것은 시력의 문제가 아니라 새로운 환경에 대한 당혹감과 어수선한 부산스러움 때문이었다. 내 마음대로 할 수 있는 것은 아니지만 이왕이면 마음을 편안하게 가지기로 한다. 눈이 아니라 귀를 믿고 방안에 누워 방 밖에서 일어나는 것을 가만히 들어보기로 한다. 바람이 거세게 분다. 바람이 나무 꼭대기를 타고 하늘을 휘저으며 부는 것 같다. 바람이 불면서 나무끼리 부딪치는 것도 같다. 무슨 나무인지 바스락거리는 것 같기도 하고 훠이 훠이 날아가는 것 같기도 하고 불안하게 떠는 소리 같기도 하다. 알지 못하는 산짐승 소리가 들리는 듯도 하고 집주변을 돌아다니는 사람들의 소리가 섞여 있는 것도 같다. 천천히 숨을 들이마시면서 소리에 집중한다. 숨을 크게 내쉬고 들이마시면서 자연스럽게 호흡을 유지하려고 노력해본다. 나무 사이로 부는 소리를 들으며 또한 누워 호흡하는 나의 숨소리를 바라본다. 한없이 고요하다. 조용히 누워 고요함을 알아챈다. 그리고 현絃에 튕기듯 침묵을 깨는 소리까지 밖의 모든 소리에 주의를 기울인다. 침묵은 소리의 부재가 아니라 작은 소리를 알아채는 기제다. 계곡을 울리며 쏜살같이 달려가는 바람과 숲을 흔드는 바람, 얼어붙은 계곡 얼음 밑으로 크게 소리 내어 흐르는 물소리, 서로 부딪치는 나뭇가지들, 그밖에 미세한 소리까지 세세히 들린다. 나의 영혼아, 잠잠하라. 마음을 고요히 가라앉히고 방의 주변을 둘러보고 밖의 상황을 상상하기 시작한다. 세상은 우리가 알고 있는 시각만이 아니라 소리의 세계로 구성되어 있다는 사실을 깨닫는다. 고요한 마음으로 멈추어 서서 바라보고 귀 기울일 때만 전혀 기대하지 못했던 소리를 들을 수 있다. 보는 것에만 익숙한 사람들은 하늘을 올려다보지 않고서는 날아가는 기러기를 볼 수 없지만, 시각장애인은 보지 않고도 들려오는 소리로 기러기 편대를 볼 수 있다고 하더니, 우리도 마음을 알아차리고 챙기면 평소 익숙하지 않은 소리까지 심장 속으로 빨아들일 수 있구나 하는 생각이 저절로 드는 거룩한 밤이다. 차분한 마음으로 마음의 창을 열기만 하면 보이지 않던 세계, 들리지 않던 소리의 우주가 나의 마음속으로 깊이 스며들다니! 소리의 세계는 즉시 상상력의 세계로 연결된다. 상상의 세계는 시간이나 공간의 제한을 받지 않는다. 소리의 세계는 힌두의 신의 세계를 방문하기도 하고, 별빛 쏟아지던 지리산 장터목 산장의 밤으로 연결되기도 하고, 어린 시절 아궁이 앞에서 불씨를 지피던 어머니를 불러오기도 한다. 상상의 세계는 시나브로 잠의 미궁으로 빠져든다.

밤은 낮을 위해 준비하는 시간이 아니다. 밤은 낮의 종속변수가 아니라 살아있는 상수常數다. 밤은 침묵이고 침묵은 평화와 창조를 가능하게 한다. 밤이 되어야 비로소 만물의 영혼은 빛을 내고 활동한다. 밤은 물활론物活論의 세계다. 산업과 정치가 대낮의 산물이라면, 시나 음악은 밤의 자식이다. 말씀이 있기 전에 세계는 어둠 속에 있었고, 어둠은 고요 속에서 세계를 잉태한다. 고요는 텅 빔이고 충만이며, 생명의 바다다. 세계는 밤의 고요 속에서 다시 살아 춤추며 움직인다.

아궁이의 불이 고요의 끝에 가 닿는다/ 거역할 수 없는 고요의 혀가 불길을 당기고/ 밤새 어둠을 살라도 고요를 쫓지 못한다/ 살아있는 것은 불이 아니라 적막이다/ 세상을 등지고 온 몇몇이 불 앞에 앉아/ 목을 조이는 울음을 삼키고/ 칠흑의 고요를 정면으로 응시하고 있다/ 전기도 전파도 닿지 않는 다/ 한 줌의 온기로 목숨을 버티며/ 하릴없이 웅크리고 있는 사람들/ 아궁이에는 꺼질 듯 작은 불이 타고/ 하늘에는 별이 호수처럼 비추는데/ 불 앞에서도 흐르는 별 아래서도/ 마음은 비고 시리다/ 집에서 멀리 떠나 맞는 히말라야의 밤들/ 잠을 이루지 못하는 것은/ 비단 몸서리치는 추위 때문만은 아니다/ 세상 싸움에 지친 눈물 때문도 아니다/ 깊고 큰 산에 들어와 마주한/ 저 고요의 바다/ 텅 빈 묵음을 더는 어찌할 수 없기 때문이다 <고요의 바다>

걸을 때는 걷기만 하라

오늘은 랑탕 마을(3,430m)이 목표다. 고도 1,000m를 높여야 하고 대략 8시간을 걸어야 한다. 어제는 대체로 잘 잤고 아침 기분도 좋았다. 티베트 식빵에 버터를 발라 커피 한 잔과 함께 아침 식사를 했으니 출발하는 것에 문제는 없다. 익숙하지 않은 향신료 때문에 아침 식사는 대개 아메리칸 스타일로 하고, 영양은 삶은 달걀로 보충한다. 옆집에서 묵은 한국인 부부 트레커들은 이미 출발했다. 이 좁은 계곡을 언제 벗어나게 될지, 언제쯤 눈부신 설관雪冠의 히말라야를 만나게 될지 궁금해하면서 길을 나선다. 오늘의 미션은 걷는 일에만 정신을 몰두하는 것이다.

걸을 때는 걷기만 하라. 붓다의 말씀이다. 한순간에도 여러 가지 생각과 해야 할 일로 시달리는 보통 사람들에게 그 순간에 보는 것, 하는 일, 한 가지에만 깨어 있으라, 한 번에 한 가지씩만 생각하고 행동하되, 그 한 가지에 주목하고 집중하라는 가르침이다. 이른바 마음챙김이다. 팔정도八正道 중 정념正念의 수행법으로 불가에서는 시비 논쟁이 있는 모양이지만 내 알 바는 아니다. 한 번에 한 가지씩만. 단순한 이론이다. 누구나 할 수 있을 것 같다. 그러나 이 간단한 원리를 실천하기는 결코 쉽지 않은 일이다.

걸으면서 자기 호흡에 집중한다든지 자기 내면을 세밀히 살펴본다든지, 주변의 식물이나 생명체를 깊이 돌아보기가 말처럼 쉽지 않다. 속도와 높이에 집착한다. 걸으면서도 다른 문제에 잡혀 있다. 힘들어 헐떡거리다 보니 산에 온 이유를 잊는다. 산에 왜 왔지? 누가 시켜서 온 것인가? 스스로 왔음에도 불구하고 산에 들어 자신을 잃어버리거나, 애써 멀리 떠나왔음에도 불구하고 배낭보다도 더 무거운 마음의 등짐을 걷고 있을 때가 많다. 하다못해 밥을 먹을 때도 밥 먹는 데만 집중하기가 쉽지 않다. 먹는 일에 집중하고 맛을 제대로 느껴야 하는데, 머릿속이 복잡하다. 다른 생각을 하고 있거나 다음 할 일로 미리부터 분주하다. 맛을 천천히 음미하고, 음식 만든 이의 정성과 음식 재료를 생산하고 공급하는 사람들을 생각할 틈이 없다. 함께 식사하는 사람과 대화도 하지 않는다. 밥을 먹으면서도 다른 생각에 팔려있거나, 휴대전화에 붙들려 있거나, 심지어 서류뭉치를 들고 검토하고 일정표를 챙기기도 한다.

여행을 처음 계획했을 때의 목표처럼 산속에서 온전히 나에게 집중해 보기로 한다. 출발할 때 머릿속에 그렸던 기분 좋은 그림(quality picture)을 상상하면서 길을 가기로 한다. 여행을 할 때는 누구나 출발하기 전에 자신만의 그림을 그리게 마련이다. 여행에서 만나고 싶은 어떤 한 장면. 대개는 현실과는 정반대의 그림일 것이다. 상처받은 인간관계에서 벗어나 홀로 있는 자로서의 자유와 의도적인 고독, 과중한 업무와 촘촘한 시간표에서 벗어나 늘어질 대로 늘어진 게으름과 한가함, 또는 예기치 않은 다른 여행자들과의 조우로 인한 하룻밤의 에피소드. 산에 오면서 익숙한 시간과 공간과 인간으로부터 결별을 꿈꾼다. 현실과 동떨어진 여행지에서 만나게 될 평화의 한 장면, 아름다움의 한 장면을 그린다. 예컨대 이런 것.

"그날 밤 그들은 조용한 호숫가에 앉아 야영했다. 대자연의 고요가 점차 깊어가자 랄프는 텅 빈 대성당에 홀로 앉아 있는 듯한 느낌이 들었다. 그때 그는 일찍이 느껴본 적이 없는 마음의 평화와 환희를 얻었다(<김영도, 서재의 등산가>)."

"나는 친구들 곁을 떠나 더 높은 곳으로 올라가기 시작했다. 산속을 걸어가는데 어디선가 물이 똑똑 떨어지는 소리가 들렸다. 그것은 마치 살랑거리는 바람이나 부드러운 피아노 소리 같았다. 수정처럼 맑고 명랑한 소리였다. 그 매력적이고 평화로운 소리에 이끌려 나는 그 소리가 들려오는 곳으로 올라가기 시작했다. 타는 듯한 갈증도 나를 그곳으로 이끌었다. 샘물이 땅속 깊은 곳에서 솟아 나오고 있었다. 물은 깊었지만 어찌나 깨끗한지 바닥까지 그대로 들여다보였다. 물이 너무나도 신선해 보여서 나는 무릎을 꿇고 손바닥으로 물을 떠 마시기 시작했다. 물은 놀랄 만큼 감미로웠다. 더 이상 바랄 것이 없었다. 은자를 만나고 싶은 소망도 어느덧 사라졌다. 그때 갑자기 내가 은자를 만난 것인지도 모르겠다는 생각이 들었다. 그렇게 생각하자 마음이 행복해졌다. 나는 샘물 옆 풀밭에 누워 파란 하늘을 배경으로 저만치 걸려 있는 나뭇가지를 보았다(<틱낫한, 마음에는 평화, 얼굴에는 미소>)."

일상에서 멀리 떨어진 이국, 도시에서 멀리 떨어진 깊은 산속, 가끔씩 속을 뒤집어 놓은 인간관계로부터 해방될 수 있는 알 수 없는 곳에서 우연찮게 부닥칠 극적인 한 장면을 꿈꾼다. 지친 몸을 이끌고 산을 오르는 이유는 마주하게 될지도 모르는 매혹적인 풍경이나 아름다운 평화의 한 장면 때문일 것이다. 그런데 이런 아름다운 작은 한 장면을 놓치지 않기 위해서는 순간순간 그 상황을 알아차리는 마음의 눈이 필요하다. 그런데 사실 이런 기쁨을 발견하기 위해서는 한 번에 한가지씩만 해야 한다. 그런데 잘 안 된다. 우리는 멀티태스킹, 멀티플레이 하는 것이 습관이 되어 있다. 한꺼번에, 그리고 짧은 시간에 여러 가지 일을 효율적으로 처리하는 것을 미덕으로 삼는 사회구조 속에 살다 보니, 산에서도 그 버릇을 놓지 못하고 있다. '걸을 때는 걷기만 하라'는 단순한 원리를 실행하지 못하고, 걷는 길에서 만나는 아름다운 꽃과 나무와 사람들, 눈부시게 파란 하늘을 알아차리지 못하고 목적지만 집착하나 잡념에 사로잡히게 된다.

자, 두고 온 나라에서 벌어지는 시끄러운 일들은 잠시 잊기로 하자. 서두르지 말고 오로지 기쁜 마음으로만 걷자. 자유와 평화의 시간을 나 홀로 충분히 즐기는 마음으로 걸어보자. 가다 쉬다, 마음을 챙겼다 놓쳤다 하면서 네 시간을 걸어서 고레따벨라에 도착했다. 말(고레따)도 쉬었다는 간다는 고개(벨라) 언덕! 협곡을 벗어나 대계곡이 시작되고 마침내 하늘이 열렸다. 저 멀리 랑랑리룽(7234m)이 신선처럼 허연 머리를 풀어 헤치고 서 계시다. 참 기쁘고 뜨거운 느낌이 목구멍을 타고 올라온다. 눈물이 날 듯하다. 그 순간 눈발이 휘날리기 시작했다. 그래도 기쁨 먼저. 눈발과 바람으로 어두워지기 시작하는 마음은 잠시 미뤄 두기로 했다.

(시인)

타클라마칸 사막에 핀 희망의 꽃 외 1

유원준

신강위구르자치구의 타림분지에 형성된 타클라마칸 사막은 남북 400㎞, 동서 1,000㎞, 총면적 33만㎢에 달하는 중국 최대의 사막이다. 연 강수량은 100㎜ 미만인데, 증발량은 2,500~3,400㎜를 넘고, 최고온도는 67℃에 달하며 일교차는 40℃에 달하는 극한의 지역이다. 또 강한 바람 때문에 200m 높이의 모래 언덕이 쉴 새 없이 이동하며 황사를 뿜어내는 곳이기도 하다. 그래서 '타클라마칸'은 '한 번 들어가면 살아서 나오지 못하는 곳'이란 뜻으로 알려져 통상 '죽음의 바다'라고도 칭한다.

하지만 '타클라마칸'의 뜻에 대해서는 여러 가지 이론이 있다. '잎이 없는 작은 나무도 살 수 없다'는 뜻의 페르시아어에서 유래한 것이라는 견해도 있고, 위구르어로 '타클라'는 '아래', 마칸은 '사는 곳'으로 '낮은 곳의 도시'에서 유래하였다고도 한다. 하지만 이들 지역에 흔히 쓰이는 지명인 '타커塔克나 타꺼塔格'의 타, 그리고 '바꺼따博格達'의 '따達' 모두 '산'이란 뜻이다. '라마칸'은 '거대한 황무지'라는 뜻이며, '광활하다'는 뜻으로도 사용한다. 따라서 타클라마칸은 '산 아래 있는 거대한 사막'이라고 번역하는 것이 타당하다. 여기서 말하는 산은 북쪽의 천산天山산맥과 남쪽의 곤륜崑崙산맥을 말한다. 그 밖에도 타클라마칸사막이 시작하는 카슈카르 동쪽 메르케트麥蓋提 지역 주민은 타클라마칸사막을 가리켜 야만쿰Yaman-kum이라고 하는데 이는 '죽음의 모래'라는 뜻이다. 이들은 사막의 거대한 모래 언덕을 가리켜 총쿰Tschong-kum이라고 칭하였다.

초여름이면 녹기 시작하는 천산산맥과 곤륜산맥의 만년설이 선상지의 지하를 지나 사막에서 솟구쳐 오아시스를 만들면, 사람들은 이들 오아시스를 잇는 마을과 길을 만들었다. 이것이 바로 그 유명한 실크로드였다. 하지만 근대에 들어와 실크로드가 소멸되면서 점차 잊혀진 존재가 된 타클라마칸 사막은 그저 핵실험 장소이자 황사의 발원지라는 좋지 않은 뉴스거리로만 우리에게 알려졌다. 그런데 이곳에서 막대한 원유와 천연가스가 발견되자 중국 정부의 관심이 집중되었고, 마침내 에너지원을 개발하기 위한 500여㎞에 달하는 종단 도로가 '중국석유공사'에 의해서 1995년에 개통되었다. 하긴 만리장성을 쌓은 중국인데 500㎞의 도로 정도야 별것 아니라고 할 수도 있겠지만 그래도 모래와 열풍 외에는 아무것도 없던 이 황량한 사막에 번듯한 길을 내고 그 길을 보존하기 위해 풀을 심고 가꿔 초록장성을 만들려는 그들의 노력은 경탄할 만한 일임에 틀림이 없다. 하지만 더욱 놀라운 것은 이 메마른 사막 곳곳에 호양胡楊이라는 커다란 나무가 자라고 있다는 사실이다. 높이가 무려 10~15m, 줄기가 1.5m에 달하는 거대한 호양은 거친 사막의 바람에 맞서며 자란 때문인지 강펀치를 맞으며 힘겹게 버티는 복서처럼 기묘하게 굽혀져 있고, 깊은 주름은 만고의 신산을 한 몸에 다 담은 듯한 모습이다. 학자들의 분석에 따르면 평균 수명은 200년 정도라고 하는데, 건조한 사막의 기후 때문에 죽어서도 썩지 않고 우뚝 서 있기에 흔히 살아서 천년, 죽어서 천년, 쓰러져서 천년을 간다고들 한다.

호양 외에 홍류紅柳라는 관목도 제법 많이 자란다. 1.2%의 소금물까지 소화하며 3m까지 자라는 홍류는 고운 연자주색부터 오렌지색을 띠고 있어 황량한 풍광에 어울리지 않는 매우 이채로운 존재이다. 중국석유공사는 모래 언덕의 이동으로 도로가 덮이는 것을 막기 위해 홍류를 줄 맞추어 심고, 그 옆에 모두 20줄의 급수 파이프를 설치한 뒤 비록 소금물이지만 3시간마다 물을 공급해주고 있다. 파이프 아래의 모래에 서린 하얀 소금을 보면 수질이야 짐작하고도 남음이 있지만, 이 거친 사막에서 소금물만 마시면서도 생명을 유지할 수 있고, 7년 정도만 관리해주면 스스로 살아갈 수 있다니 이 또한 경이로운 일이 아닐 수 없다. 급수는 지하 100~150m까지 파고 들어간 정관을 통해서 이루어지는데, 이 정관을 관리하기 위한 숙소가 4㎞마다 하나씩 모두 100여 개가 있다. 사막의 외로운 등대지기라고나 할까? 바람과 모래 외에는 찾아오는 이 없는 사막에서 그 내부를 보려고 들렀을 때 마주쳤던 부인의 수줍어하면서도 반가워하는 표정이 참으로 인상적이었다. 사방을 둘러봐도 모래밖에 없는 이곳에서 부부 단 두 사람이 서로 의존하면서 생활하고 있었다. "힘들지 않으냐?"는 말에 "아이 보고 싶은 것 빼고는 지낼만하다"고 했다. "월급은 많지 않지만, 쓸데가 없어서 저축하기 좋다"고도 했다.

별로 많지도 않은 돈을 벌기 위해서 자식을 고향인 감숙성의 할머니에게 맡기고 왔다니 새삼 산다는 것이 무엇인지, 가슴이 뭉클했다. 하지만 먹고 살기 힘든 가난한 고향을 떠나 몇 년 뒤, 더 나은 생활을 꿈꾸며 열심히 저축하고 사는 이들을 보고 누가 감히 안쓰럽다고 말할 수 있을까? 우리 모두 각자 자기 삶의 오아시스를 하나씩 갖고 산다. 때론 힘없고 가냘픈 내가 누군가에게는 귀한 물을 줄 수 있는 소중한 오아시스가 되기도 한다.

사막 한가운데 있는 탑중 휴게소에는 500㎞에 달하는 도로공사를 마치며 세운 작은 조형물이 하나 있다. 거기에는 "죽음의 바다와 싸우고 나서 : 단지 황량한 사막이 있을 뿐 황량한 인생은 없다."란 글이 크게 쓰여 있었다. 그렇다. 어쩌면 이 세상은 희망을 지닌 이와 그렇지 못한 이로만 구분할 수 있을지도 모른다. 누구나 삶을 포기하지 않는 한 희망이 있어야 하고, 희망이 있는 한 황량한 인생이란 없는 것이다. 저 외로운 사막의 등대지기 부부가 밤이면 아름다운 별을 바라볼 수 있는 까닭도 그 때문이 아닐까? 그러고 보니 100년을 살지 못하는 내가 이슬조차 맛볼 수 없는 사막에서 200년을 살아갈 내공을 갖춘 호양 나무에게 안타까움을 느꼈던 것은 분명 분수에 넘친 일이었다.

곤명과 여강

팬데믹으로 갇혀 지낸 2년여 세월, 예전처럼 자유롭던 일상과 여행의 조속한 회복을 그리며 중국 운남성의 곤명과 여강을 소개하고자 한다.

'저 구름을 넘어 남쪽'이라는 이름의 운남성雲南省은 중국에서 가장 낭만적인 이름을 가진 성이다. 역사의 향기가 물씬 풍기는 곳으로 섬서성과 하남성이 있고, 삶의 열병을 앓는 사람에게 매혹적인 열사의 신강성이 있다면 무지개처럼 다양한 모습 속에서 고운 추억을 선물로 받고 싶은 여행자라면 운남이 적격일 것이다.

운남은 중국 서남쪽 변방에 있지만, 결코 외딴곳은 아니다. 만년설을 이고 있는 신비로운 설산과 가파른 계곡, 안개 사이로 살며시 모습을 드러내는 오랜 마을의 정겨운 모습, 끝없이 펼쳐진 유채꽃의 향연은 금방 친숙한 풍경으로 여행자에게 다가오기 때문이다. 길 떠나온 여행자에게 눈

붙일 여유를 주지 않는, 그야말로 아름다운 자연과 삶이 오묘한 조화를 이루고 있는 곳이니 말이다.

그럼에도 역시 운남은 외딴곳이다. 소설에만 있고, 꿈속에만 있다는 이상향 샹그릴라로 가는 길이 있고, 형형색색의 눈부신 꽃밭에서 출발해서 만년설에 뒤덮인 옥룡설산玉龍雪山의 전설을 찾아가는 길이 있기 때문이다. 차마고도를 울리는 말방울 소리와 함께 길에서 고된 삶을 보냈던 마방馬幇의 흔적을 찾아 더 아득한 티베트고원으로 올라가고픈 충동을 느끼게 해주고, 세상의 근원을 찾아 어디론가 길을 떠나고 싶게 하는 운남은 그래서 외딴 변방이다. 운남처럼 날씨 좋고 비옥한 땅에 예로부터 사람들이 살지 않았을 리가 없다. 중국에서 가장 오래된 구석기 인류인 원모원인元謀猿人이 이 지역에서 발견되었고, 춘추전국시대에는 전 이라는 국가가 세워졌다. 지금도 '전'은 운남을 상징하는 글자로, 자동차 번호판의 지역명으로 널리 쓰인다. 이 지역에 중원왕조의 영향력이 미치기 시작한 것은 흉노를 공격하기 위해 우회로를 찾던 한무제漢武帝(재위, B.C.E.141~B.C.E.87) 때부터였다. 한무제는 사천→운남→미얀마→인도를 거쳐 서역으로 가서 그들과 동맹을 맺고 흉노를 협공하려고 운남을 점령하였으니 그 전략적 사고의 범주가 얼마나 컸는지를 짐작하게 한다. 역사지도를 보면 삼국지연의 에 나오는 손권이 장강 이남 지역을 모두 지배한 것처럼 그려져 있지만, 적벽대전을 앞두고 손권이 동원할 수 있는 군인의 수는 3만 명에 불과하였다. 그것은 손권의 오나라가 도시와 도시만 점령했을 뿐 거의 대다수 지역이 월족越族이라는 사람들의 활동무대였기 때문이다. 그래서 누구는 당시 오나라 수도 남경의 분위기가 서부 개척 시대 텍사스와 비슷했을 것이라고도 한다. 그러니 제갈량이 이 지역의 패권을 놓고 맹획孟獲과 각축전을 벌였다는 유명한 칠종

칠금七縱七擒의 이야기에도 상당한 픽션이 가미되었음은 미루어 짐작할 만하다.

운남에 본격적인 국가가 건설된 것은 8세기였다. 최초의 국가 남조南詔(738~937)는 티베트를 견제하려는 당唐과의 사이에서 독자적인 활동 공간을 확보하고 국세를 넓혔다. 남조는 937년 백족白族 출신 단사평段思平이 세운 대리大理(937~1253)로 이어진다. 곤명昆明과 여강麗江 사이에 있는 대리시大理市는 이제는 잊혀진 왕국의 이름이자 수도의 이름이며 엄청나게 매장된 대리석이란 단어의 어원이기도 하다. 대리는 몽골에 의해 망하였고 몽골은 이 지역에 '운남'이라는 이름을 선사한다. 이처럼 운남은 출발부터 한인의 땅이 아니었다. 게다가 대리에 사는 백족은 어쩌면 고구려가 망하면서 강제로 이주시킨 우리 조상의 한 갈래일지도 모른다고 할 정도로 흰색을 숭상하고 유난히 깔끔하다. 한족에게 백색은 죽음을 뜻하는 기피 색이지만 몽골-만주-한국으로 이어지는 유목민에게 백색은 최고의 색으로 선호되었다. 백마를 타고 하늘을 나는 꿈이 최고의 길몽이며, 최고 통치자는 백마를 타야 한다고 생각해왔으니 새삼 아득한 과거의 미묘한 흔적을 느끼게도 한다.

몽골에 이어 운남을 점령한 명과 청은 각 부족과 촌락의 자치권을 인정하는 정책을 유지하였으니 그것은 곳곳이 산과 강으로 나뉜 운남을 통치하기 위한 현실적인 타협책이었다. 이에 힘입어 운남은 다양한 공동체가 나름의 색깔을 유지하며 생활할 수 있었다. 하지만 끊임없이 밀려오는 한인의 이민 물결에 밀려난 운남 사람들은 산으로 산으로 올라갈 수밖에 없었고, 운남을 수놓은 퍼즐의 색은 그에 비례해서 더욱 선염해졌다.

이처럼 운남은 많은 종족의 공통 생활공간이었고, 티베트와 베트남을 연결하는 무역의 중심지였지 중국 역사의 중심은 아니었다. 19세기 말부터 운남은 프랑스의 지배를 받았고, 중일전쟁의 참화에서도 한 발짝 떨어져 있었다. 이렇게 해서 운남은 중국에 가려진 또 하나의 중국을 보고 싶은 여행자에게 매력적인 외딴곳이 될 수 있었다.

게다가 지금 운남의 영역은 원래부터 지금의 모습처럼 그려졌던 것은 아니다. 티베트인들의 단결을 우려한 중국 정부는 티베트 지역 일부를 청해·사천·감숙·운남성에 떼어주어 다섯 개 행정구역에 속하게 하였다. 그래서 운남의 서북쪽에 가면서 당연히 티베트인들을 마주치게 된다. 그러니 '운남에도 티베트 사람이 살고 있네!'라고 한다면 그것은 중국 정부의 심모원려에 낚인 셈이 된다. 본래 산과 강에 어떻게 금을 그을 수 있으며, 소와 양을 따라다니는 유목민에게 경계선이 또 어디 있었겠는가?

여기서 한 가지 생각해 봐야 할 것은 '소수민족'이라는 말이다. 흔히 '운남의 소수민족인 나시족'이라고 말하지만 13억에 달하는 한족을 기준으로 한다면 이 세상 모든 민족은 소수민족이 된다. 스탈린이 편의상 도입한 정치적 용어인 '소수민족'이란 말을 우리가 굳이 따라 쓸 필요는 없다. 우리로서는 그냥 '운남의 나시納西족'이라고만 해도 족할 것이다. 또 피부、머리카락、눈동자 등이 완연히 달라 일찍부터 인종 구분에 민감했던 유럽 사람과 달리 동아시아에는 인종적 차이가 무의미하다. '우리'와 '남'을 구분하는 기준은 오히려 문화일 뿐이다. '남쪽 아이나 북쪽 아이나 어려서 우는 소리가 똑같지만 커서 각기 달라지는 것은 습속이 다르기 때문'이라는 순자荀子의 말이 상식에 더 부합한다.

그러니 같은 자연환경에서 오랫동안 살면서 자연스럽게 형성된 다양한 공동체를 칼로 무 자르듯 쪼갠다는 것에 어찌 무리가 따르지 않을 수 있겠는가? 운남을 소개한 책에 등장하는 각 민족을 살펴보면 책의 내용과 달리 주변과 겹친 모습도 많고, 같은 민족이라는데 서로 다른 모습이 너무 많은 까닭이 바로 여기에 있다. 민족이 달라도 한 지역에서 살다 보면 서로 닮게 마련이고 그렇지 않으면 달라지기 마련 아닌가? 그래서 운남에 가면 이곳의 유려한 자연처럼 열린 마음으로 그들의 문화를 의식적으로 구분하지 말고 있는 그대로 받아들이는 것이 지혜로운 일이 아닐까 싶다.

운남의 성도인 곤명은 '봄의 도시'라는 애칭처럼 연중 온화한 날씨를 자랑하는 아열대 고원에 있는 도시다. 곤명이란 지명의 기원은 불확실하긴 하지만, 이 지역에 살던 곤명족의 이름에서 유래한 것이라고 하는데, 곤명에 가면 너무 많은 손길로 오히려 훼손되기는 했지만 카르스트 지형의 대표격인 석림을 만날 수 있고, 억겁세월의 풍화를 딛고 선 토림도 볼만하다. 민속촌 또한 빼놓을 수 없는 곳 가운데 하나다. 흔히 민속촌 하면 세월을 억지로 묶어 맨 듯한 어색함을 연상하기 쉽지만, 워낙 다양한 운남의 문화를 이해하는데 나름대로 큰 도움이 된다. 동족侗族은 화려한 은장식으로도 유명하지만, 다리 위의 집을 얹어 만든 풍우교風雨橋도 볼만하고, 양려평楊麗萍이란 세계적인 무용수를 배출한 타이족族의 공작춤도 빼놓을 수 없지만, 이들이 만든 불탑을 보면 이들의 정체성이 북경보다는 베트남이나 방콕에 더 가깝다는 것을 느끼게 한다. 6월 말 여러 민족이 개최하는 화려한 불 축제도 볼만한 데 그 가운데서도 이족彝族의 화파절火把節이 가장 널리 알려졌다. 300㎢에 달하는 전지滇池 주변의 서산 용문, 그리고 옥안산의 공죽사筇竹寺도 많은 사람이 즐겨 찾는 곳인데, 공죽사의 나한상을 보면 곤명이 얼마나 다채로운 사람들이 오고 간 곳인지를 확인할 수 있다.

중국 여행에서 빼놓을 수 없는 통과의례의 하나가 바로 음식이다. 곤명을 갔다면 '과교미선過橋米線'을 먹어봐야 할 것 같다. 깔끔하면서도 꽉 찬 맛있는 국물에 쌀국수라고 하기에는 너무 쫄깃한 국수 맛이 일품이다. 적당한 매콤함도 입맛을 자극한다. 차 또한 빼놓을 수 없는 곤명의 특산이다. 특히 운남은 보이차의 고향이다. 발효를 통해 위장에 부담을 주지 않는 보이차는 혈액을 맑게 해줄 뿐만 아니라 운남 경제의 순환을 책임진 경제의 대동맥이기도 하다.

곤명의 북쪽에 자리한 여강은 한마디로 말해 운남의 꽃이다. 화사한 자태만 뽐내는 꽃이 아니라 정겨움을 함께 머금은 꽃이다. 산과 물, 집과 길이 완벽한 조화를 이룬 또 하나의 별천지다. 말뚝처럼 수직으로 돌을 박아 수백 년 풍상에도 끄떡없는 포도鋪道 위로 수많은 마방이 지나갔을 것이다. 발길에 닳고 닳아 달빛에도 빛나는 돌길을 보면 삶 자체가 끝없는 떠남임을 생각하게 한다. 도시 곳곳에는 흑룡담黑龍潭에서 솟구쳐 오른 맑은 물이 휘감아 흐르고, 그 옆에 죽 늘어선 찻집은 여강이 예사 중국의 도시가 아님을 금방 알 수 있게 해준다. 1996년 여강을 강타한 진도 7.2의 강진에 많은 건물이 무너졌지만, 송원宋元대에 만들어진 구시가지의 피해가 오히려 미미해 세상을 놀라게 했고, 지진 뉴스를 전하는 방송국 카메라에 잡힌 아름다운 풍광에 세계가 놀라면서 갑자기 스타가 된 도시다. 이 도시를 통치하던 사람이 목木씨여서 네모난 성벽을 두르면 '곤란하다'는 곤困자가 된다고 하여 성벽을 쌓지 않은 것도 이 도시 고유의 여유로움을 더한 요인이 되었다.

여강은 한자와 같은 상형문자인 동파東巴문자를 지닌 나시족의 근거지다. 1천여 자가 넘는 동파문자는 그 독특함으로 인해 주목받지만, 상형에서 상징으로 전환하지 못한 채, 그림에 머문 미완숙의 글자다. 예를 들어 '☼'는 '거울'을 뜻하는 글자인데, 이는 보는 이에 따라 '태양'이라고 생각할 수 있다는 한계를 지니고 있다. 그래도 고유의 문자를 가진 덕분에 종교와 민속, 역사를 아우른 2만 권에 달하는 동파경東巴經을 갖게 되었고, 이 동파경은 세계기록유산에 등재되어 있다.

최근 여강 최고의 문화상품은 장예모張藝謀 감독이 연출한 뮤지컬 '인상여강印象麗江'이다. 옥룡설산을 배경으로 야외에서 펼쳐지는 방대한 규모와 역동적인 무용을 통해 차마고도를 오간 마방馬幇의 사랑과 애환을 그린 대작이다. 각종 예술 장르 가운데 중국이 가장 취약한 분야가 춤과 노래일 것이다. 그래서 중국 어디를 가나 한인 고유의 춤과 노래를 소개하는 프로그램은 찾아보기 힘들다. 인상여강은 한인 감독의 연출에 의해 새로 태어난 비한인 문화라는 점에서 요즘 중국 상황을 그대로 반영하는 것 같은 묘한 느낌을 주기도 한다.

여강의 상징은 아열대 지역임에도 불구하고 만년설을 이고 있는 5,596m의 옥룡설산이다. 케이블카로 4,500m까지 올라갈 수 있고, 150m 정도만 올라가면 만년설을 감상할 수 있다. 산소가 희박한 고산지대에서 절대 금해야 할 일은 빨리 걷거나 뛰는 일이다. 150m를 오르다 보면 에베레스트 등정이 얼마나 위대한 일인지 절로 이해할 수 있게 된다. 호도협虎跳峽 또한 빼놓을 수 없는 곳이다. 티베트 고원에서 출발한 금사강金沙江의 격랑이 옥룡설산과 하바설산哈巴雪山의 옆구리를 깎아서 만든 표고차 3,900m에 달하는 협곡을 내려다보면 그 아찔함에 절로 몸이 움츠러들기 마련이다. 이 호도협에 가려면 들러야 하는 호도협진虎跳峽鎭에서는 각양각색의 고유 복식을 한 이 지역 사람들을 시장과 길거리에서 그냥 만날 수 있다. 명절옷이 되고 만 한복과 달리 불편할 것만 같은 자신들의 복식을 그대로 유지하면서 사는 사람들을 만난다는 게 색

다른 느낌을 준다. 사는데 바빠 무심코 지나쳐 버린 것, 편리함을 좇아 나도 몰래 놔버린 것에 대해 다시 생각하게 해주기 때문이다.

여행자는 낯선 곳을 찾아 길을 떠나지만 정작 그 길에 들어서면 익숙한 것을 그리워하기 마련이다. 하지만 여강은 향수鄕愁를 술잔에 담아 마시기에 어쩐지 어울리지 않는 곳이다. 이처럼 아름다운 도시에서는 차 한 잔이 더 어울릴 것 같다. 따뜻하고 마음 착한, 그래서 행복한 여행을 만들어준, 길에서 만난 친구와 이웃의 미소를 낮은 목소리로 이야기하는 것이 더 어울리는 것만 같다.

여강은 혼자 핀 꽃이 아니다. 주변의 오래된 촌락 역시 나름대로의 자태를 자랑하며 화사함을 더해준다. 속하진涑河鎭에 가면 이 마을의 청초한 아름다움을 피부로 느낄 수 있다. 너무 많은 사람과 어깨를 맞대고 사는 게 싫어서 여행을 떠난 사람이라면 속하진보다 더 작은 마을에 가보기를 권한다. 운남은 열심히 길을 걷는 여행자에게 계속해서 자신의 아름다운 속살을 보여주니 말이다.

(경희대학교 역사학과 교수)

무언가 할 수 있음에 감사하는 날들

안병례

2016년 봄 교감 차출 공문과 명예퇴직 신청 공문을 받아 놓고 고민에 빠졌다. 계속할 것인가, 그만두고 다른 길을 갈 것인가? 명예퇴직을 택했을 때 주변의 만류는 이루 말할 수 없었다. 교감은 교실로 찾아와 만류하고 교장은 교장실로 불러 올해만 참고 근무하면 교감발령이 내년에 나지 않으면 원하는 대로 해주겠다고 하셨다. 대학원 동기인 도교육청 초등과장도 안된다고 보고서 내고 면접도 보라고 하였다. 결국은 교감연수 과제, 학기중보고서도 내고 면접도 보고, 동시에 명예퇴직 신청서도 내고 양다리지만 난 단호했다. 명예퇴직으로. 왜냐하면 아이들과의 시간이 극도의 스트레스로 내가 행복하지 않고 죽을 것같이 힘들었기 때문이다.

마음에 단호하게 결정해 놓고 퇴직 후 살아갈 방향에 대한 깊은 고민에 빠졌다. 퇴직 후 평균 적어도 30년을 살아야 하는데 무엇을 하면 살아갈 것인가? 여행, 취미생활 등 한다고 하지만 정해진 방향 없이는 무료한 시간들이 올 것 같았다. 이런저런 정보들도 수집하고 소소한 캠프도 참여하고 윤곽을 잡아갔다. 전부터 즐겨 배우던 전통 다과와 떡 만들기를 해보기로 했다. 그러다 보니 당연히 다과와 차가 연결되었다. 꽃차 만들기 1박 2일 캠프에도 다녀왔다.

그 후 2년 동안 시스템을 만들기 위해 한국 전통다과와 떡을 체계적으로 배우고, 동시에 꽃차도 체계적으로 배워 자격증을 취득하였다. 두 과정을 동시에 배우느라 매주 천안, 동양평, 원주, 서울 등으로 장거리 운전을 하며 다녀오고 복습하기를 1년 6개월 동안 동분서주하며 뛰어다녔다. 꽃차 2급, 1급을 거쳐 전문 강사 자격증을 취득하고, 전통 다과와 떡, 디저트 절규과정을 배우고, 떡 제조 기능사 국가자격증도 취득하였다, 그 와중에 경험을 넓히기 위해 전통 다과와 떡 스승님과 팀이 되어 나간 우리 음식 전시경연대회에서는 장관상도 받았다.

꽃차를 덖다 보니 꽃 재료를 구매 공급받는데 생물이다 보니 신선도의 중요함이 절실해져 2017년부터는 문산 임진리 민통선 철책선 옆에 지인의 밭을 쓸 기회가 되어 꽃농사를 짓기 시작했다. 백목련 나무도 심고 메리골드, 구절초, 동국, 돼지감자 등도 심고 가꾸었다. 그리고 소소하게 자급할 야채와 쌈채 등도 기르는 소확행도 즐겼다.

드디어 2018년 1월부터는 '양지뜰 전통다과 꽃차문화아카데미' 라는 사업자등록을 해서 '전통 다과와 떡, 디저트, 꽃차'를 가르치는 공방을 운영하고, 겸해서 식용 꽃 재배와 판매도 하고 있다. 수업 신청이 있는 날에는 오전 10시부터 오후 3시까지 수업을 운영하고, 그 외의 날에는 꽃을 가꾸러 밭으로 가는 생활을 했다. 누가 시켜서라면 고생이었겠지만 내가 원해서 즐기며 하니 즐거움이 되더라.

그렇게 연 공방은 SNS 입소문으로 서울, 광주, 전주, 세종, 대구, 남해, 강릉, 춘전 등 전국 각지에서 내가 있는 파주 교하까지 배우러 오니 그 또한 즐거움이 되었다. 호사다마일까? 코로나라는 전염병으로 모두가 겪는 어려움인 침체기를 맞았다. 코로나 발병 첫해인 2020년에는 침체기는 아니었지만 2021년은 사람들이 모이는 것과 움직이는 것을 꺼려해서 공방 수업은 거의 없었다. 그래도 꽃 농사와 자급용 야채 농사가 있어 무료하지 않고 일할 수 있음에 감사하는 하루하루를 보낸다.

2021년부터는 문산에서 쓰던 땅을 내주어야 해서 밭을 옮겼다. 다행히 파주 건너편 김포에 우리 동창 김포 통진한의원 윤명식 원장 소유의 땅이 있어 내가 땅의 반을 쓰고 윤 원장이 반을 쓰고 농사짓기로 해서 100그루 가까운 나무와 동국, 구절초, 감국, 작약 등 수십 가지 작물들을 이사해 왔다. 그리고 농장 꾸미느라 2021년을 눈코 뜰 새 없이 바쁘게 보내니 코로나로 인한 위험한 시기에 농사로 소소한 생산물도 나오고 식용 꽃 생산으로 차도 덖으니 방역도 되고 일거양득이었다.

친구와 같이 가꾸는 농장은 작년에 비해 올해는 더욱 짜임새가 갖추어지고 있다. 밭에 농막과 휴게실, 창고, 비닐하우스, 화덕도 있어 소소하게 친구들과 삼겹살 모임도 하고 가끔은 옻닭으로 입이 즐겁기도 하다. 얼마 전에는 닭장도 지어 닭도 키워서 싱싱한 유정란을 얻기도 하고 밭에서는 겨울을 견딘 시금치와 쪽파, 대파로 음식을 하면 그 맛이 또 일품이다. 지금은 겨울 난 상추가 무럭무럭 자라 일 년 중 상추가 가장 맛있는 시기가 되었다. 하우스에는 항노화 식품인 식용 팬지가 화사하게 피어 있어 제주 어느 호텔 조식 부럽지 않은 꽃비빔밥도 하고, 첫물 부추 베어다 쪽파 넣고 부침개를 해도 너무 맛나다. 친구 윤 원장은 진료가 없는 목, 토, 일 오후에 와서 주로 농사를 짓는다. 친구와 같이 짓는 농사는 심심치 않고 말벗도 되고 서로 협업하니 농사의 즐거움이 배가 된다.

2021년에는 코로나 발병 2년 차로 공방 수업이 거의 없었지만 그래도 전종호 교장 친구가 선유중학교 학부모교육 프로그램에 꽃차 만들기 체험으로 초청해 주어서 다녀왔고, 고양시 농업기술센터 초청으로 줌 수업으로 진행한 흑임자 꽃 다식 만들기 체험으로 다녀와 기관 수업을 진행하기도 했다.

아직은 아픈데 없이 즐겁게 일할 수 있음에 감사하고 서로 도울 수 있는 친구가 옆에 있어 즐겁다. 요즘은 씨앗 파종과 모종들 심을 시기로 한창 바빠서 밤이면 잠도 잘 온다. 불면증 있는 친구들은 노동을 하면 좋겠다. 불면증도 없어진다. 구구팔팔이삼사라는데 언제까지일지는 모르지만 건강하게 움직이다 어느 날 홀연히 떠나고 싶다.

친구들 모두 건강하기를 빌며!

(국가 떡 제조 기능사. 꽃차 전문 강사)

2년간의 코로나를 겪으면서

윤명식

중국 우한에서 처음 발생한 것으로 알려진 코로나바이러스가 2년 넘는 긴 시간 동안 세계 인류를 공포와 고통 속에 몰아넣고 있다. 인류사에 보면 페스트나 스페인 독감 등의 질환으로 많은 사람들이 목숨을 잃었던 과거 일이 있기도 했다. 요즘 유행하는 코로나로 인해 많은 사람들이 경제적 정신적 고통은 말할 수 없고 귀중한 목숨을 잃는 일이 계속되는 안타까운 현실이다. 우리나라에서도 2만 명이 넘는 사람들이 목숨을 잃었다. 코로나바이러스에 감염되어 죽은 사람, 긴 시간 방역으로 인한 경제적 고통으로 생활고에 못 이겨 스스로 선택해서는 안 되는 길을 간 안타까운 사연도 전해지고 있으며, 심지어 질병을 예방하겠다고 맞은 예방 접종 후 사망했다는 사람도 있다. 메르스, 사스 등과 함께 급성 호흡기 증후군을 일으키는 코로나 바이러스의 완전 퇴치는 불가능한 것인가?

과학자들에 의하면 지구 어느 곳도 바이러스가 없는 장소는 없으며. 바이러스는 지구 생태계의 변화와 발전에 큰 영향을 미치고 있다고 한다. 방대한 생물 개체군의 크기를 조절하기도 하고, 미생물에서 대형동물까지 모든 종이 바이러스의 영향을 받아왔기 때문에 바이러스의 역사를 빼놓고는 지구와 생명의 역사를 이야기할 수 없다고 한다. 사람과 함께 살아야 한다는 뜻이다. 수천 년의 지구의 변화 과정에 필수적인 존재라는 것이다. 필수적인데 질병을 일으키는 바이러스를 죽일 수는 없을까? 연구 결과는 이랬다. 바이러스는 반드시 살아 있는 세포 내에서 기생할 때에만 증식할 수 있는 특징을 가진다. 자체 대사기능이 없기 때문이다. 따라서 바이러스를 직접 죽일 수 있는 약은 거의 없다. 바이러스가 숙주 세포 안에 들어가 살고 있기 때문에 약을 만들어 바이러스를 죽이려면 세포 안으로 들어가 처리해야 하는데, 이 과정에서 숙주 세포도 함께 피해를 입기 때문이다. 또 잦은 변이를 일으켜 바이러스성 질병에 대하여 효과적인 항바이러스제의 개발이 미흡한 원인이 되기도 하다.

불과 수년 전 메르스라는 공포의 바이러스는 낙타에서 사람에게 옮겨 왔다는 연구 결과가 발표되었다. 현재 코로나바이러스는 중국 우한의 시장에서 박쥐에게서 사람으로 옮겨 와 시작되었다라는 발표가 있었다. 낙타나 박쥐에 살던 바이러스가 어찌하여 사람에게 옮겨 온 것일까? 사막지대에서는 예로부터 낙타가 사람들의 운송 수단으로 또 고기와 젖을 제공하는 가축으로 많이 이용되고 있었는데 바이러스가 사람에게 옮겨 왔다는 것은 사실인가? 많은 괴학자들의 연구가 있지만 확실하지 않은 추측일 뿐인 것으로 알고 있다. 아무튼 다른 생물체에서 살던 바이러스가 인간에게 침투하여 급성 호흡기 질병을 유발하는 것은 틀림없는 사실이다.

사람들은 이를 이기기 위해 면역력을 높여야 한다고 한다. 면역체계는 자연면역 곧 선천면역과 후천면역으로 구분할 수가 있다. 선천면역이란 어떤 생물체가 선천적으로 가지고 나오는 면역체계를 말한다. 후천면역은 어떤 질병을 앓고 난 후에 생기는 병후 면역 또는 예방주사 등으로 만들어지는 인공 면역체계를 말한다. 이런 면역체계가 바이러스 병원체를 어느 정도 방어하는 기능을 한다. 그러나 끊임없이 변이를 거듭하는 바이러스의 특성을 이길 방법은 없다고 본다. 그렇다면 다른 면역체계를 만들 방법은 없는 것일까?

모든 생물체는 그 생물 자체가 가지는 독특한 성품과 성질을 가진다. 아마도 조물주가 생물을 창조해 생육하고 번성하며 생태계를 유지해 가기 위해 부여해준 본질인 것이다. 그러므로 생태학적으로 자연 그대로를 유지하는 방법만이 이기는 방법이 아닐까 생각해 본다. 모든 생물이 자기 특성에 맞게 자기 위치에서 기후변화에 순응하면서 살게 되면 되지 않을까 생각해 본다. 야생에서 뛰어야 할 것을 가두어 두고, 가두어야 할 것을 뛰게 하면 원래의 성품을 잃게 되어 변화가 일어난다. 예를 들면 닭을 조그만 케이지에 가두어 키우고, 돼지를 좁은 공간에서 움직이지 못하게 키우는 등으로 본래의 특성에 맞지 않게 키우는 것들이다. 열대 식물은 더운 기후에, 한대 식물은 추운 지역에서 더 잘 자라고 번식한다.

그리고 인간의 욕심으로 인한 지나친 개발이 환경 파괴를 일으키고, 몸 보신용으로 먹지 말아야 할 것을 먹고 하는 이런 행위가 결국은 재앙을 초래할 수도 있지 않나 생각해 본다. 자연의 동식물 속에서 살아야 하는 바이러스가 삶의 터전을 잃고 사람에게 침투하여 질병을 일으키지 않나 생각해 본다.

자연은 사람이 보호해야 하는 대상이 아니라 그냥 그대로 놔두면 자연이 사람을 보호해준다. 자연이라는 한자어는 스스로 자自, 그러할 연然이다. 인간이 개발이라는 명분으로 파괴하지 않고, 스스로 그러하게 변화해 나가게 놔둠으로 모든 피조물들이 자기 위치에서 자기 속성대로 서로 공생하면서 살아가도록 생태의 질서를 무너트리지 않는 것이 또 하나의 면역체계인 생태 면역이 아닌가 생각한다. 우리 인류가 앞으로 지켜나가야 할 과제라고 생각한다.

그렇다고 해서 원시인처럼 그렇게 살자는 뜻은 아니다. 지나친 개발 욕심을 좀 버리고. 각종 동식물은 그 속성대로 살아갈 환경을 제공하고, 파괴하지 않고, 사람과 더불어 사는 길이 이 어려움을 지혜롭게 이기는 방법이 아닐까 생각한다. 우리 후손들에게 더 살기 좋은 아름다운 땅 지구를 물려줘야 하지 않을까?

(김포 통진한의원 원장)

주공아파트 학습센터 영어지도 자원봉사 체험기

진중길

1. 참여 동기

그동안 근무하던 학교를 퇴직해서 무료하게 지내던 저에게 2018년 퇴직 교사를 대상으로 아이들을 가르칠 수 있는 학습센터 선생님을 모집한다는 소식이 날아들었습니다. 평소에 영어를 좋아해서 퇴직 전에 학교 근무하면서 영어 영문학 및 중등 영어교육을 전공해 중·고등학교 영어 교사 자격증을 취득했으며 영어 성경을 즐겨 읽었고 외국인과 대화하기를 무척 좋아했고 틈틈이 CNN방송을 청취하고, 목사님 설교 필기를 영어로 했던 나에게는 참 기쁜 소식이었습니다.

목 디스크가 오래되어 돌출된 척추에 생긴 농양이 신경을 눌러 하반신에 불완전 마비가 왔었는데 이런 갑작스러운 신체적 변화로 100세 시대에 할 수 있는 것이 아무것도 없구나! 하고 절망적인 생각만 하고 있었는데 거동은 불편했지만 오랜만에 소중한 아이들에게 영어를 가르치는 자원봉사활동을 할 수 있다는 것을 생각하니 나의 가슴이 뛰었고 마음은 하늘을 날 정도로 기뻤습니다. 몸이 자유롭진 않아도 기회가 오면 가까운 아파트 학생들에게 자원봉사라도 해서 영어를 가르쳐주고 싶은 소망이 있었던 차였습니다. 한국 시니어 클럽에서 주관하는 주공아파트 학습센터에서의 불우 학생 영어학습지도 사회공헌 활동은 학생에게 비전과 꿈을 심어주고 퇴직 교사에겐 사회적 참여를 통해 삶의 가치와 의미를 높이며 가르치는 보람을 느낄 수 있는 새로운 세계를 열어줄 기회임을 확신했기에 놓치지 않고 망설임 없이 문을 두드렸습니다.

2. 봉사내용 : 학생에게 영어교육목표를 세워 실천한 사례

1> 영어 말하는 능력을 길러줄 목적으로 이 세상 무엇이든지 학생이 궁금해하는 것을 질문하게 하여, 교사가 15분 동안 영어로 대답해주는 free talking 중심의 수업을 하였습니다. 우선 학생과 첫 만남에서 배울 것이 많은 아주 유능한 영어 선생님이라는 기대감을 심어주는 것이 앞으로 학생 가르치는 데 상당히 도움이 되기에 살아오면서 가장 궁금했던 것, 관심 있어서 가장 알고 싶은 것, 물어보라고 하니 호기심을 가지고 아주 다양한 질문을 했는데 이 질문들을 영어로 말해주니 친절하고 자상하신 우리 선생님은 모르는 것이 없다면서, 학생의 모든 질문에 영어로 응답해 주니까 영어 공부가 참 즐겁다며, 잘 가르쳐 주어서 감사하다는 말까지 할 정도로 영어에 붙잡힌 학생이 되었습니다. 열심히 영어 공부해서 학생 자신이 영어 선생님이 꿈이라면서 공부하는 학습 태도도 아주 좋아졌고 영어에 흥미와 관심을 기울이기 시작했습니다. 나아가서 미국 대사의 꿈도 불어넣어 주었는데 그러려면 영어가 필요하고 꾸준히 공부하여 아주 잘해야 한다고 하니, 선생님도 영어 공부하시느냐고 그럼 선생님도 꾸준히 공부하지 않으면 잊어버리기 때문에 잘 가르치기 위해서 매일매일 공부한다고 했는데, 제가 가르치고 있는 학생도 영어 잘할 것 같은 생각이 들었습니다. 학생이 수업 전에 교재를 보면서 배울

책에 무슨 내용이 있는지 궁금하다며 살펴볼 때 호기심이 많아 공부 잘 할 거라고 추켜세워 주니 공부에 상당한 의욕을 보였습니다. 수업 시간 중간, 수업 끝나기 직전에 이해했는지 질문하여 확인하고 격려했는데 이렇게 질문을 자주 하니까 공부에 주의를 기울여 집중할 수 있었고 마음을 열고 잘 소통할 수 있었습니다.

2> 자신의 감정과 생각을 영어로 표현하는 창의적인 영어표현 능력을 극대화할 목적으로는 영어 원서 동화 'Big bang broom club'를 이용하여 스토리텔링을 했습니다. 영어 기초가 약한 학생에게 재미있는 영어 원서 동화에 나오는 간단한 단어와 문장을 익힌 뒤에 감정과 마음과 생각을 담아 억양과 목소리를 변화시켜 스토리텔링을 하면서 가르치니 무척 재미있어하며 잘 따라 했습니다.

3> 듣기 말하기 중심의 의사소통 능력을 길러 주기 위해 '영어표현 핵심 사전' 교재에 나오는 실생활에 많이 사용하는 회화체 문장을 반복하여 익히는 방법으로 영어 구사 및 표현능력을 극대화하도록 노력하였습니다. mommy, I am hungry를 집에 가서 써도 되냐고 해서 엄마에게 배고플 때 영어로 말해보라고 했습니다.

4> 영어 회화 위주로 원어민처럼 자연스럽게 말이 나오게 지도하는 것을 목표로 하여 아기가 말 배우는 방식으로 가르쳤습니다. 언어 구사력이 왕성한 어린 나이에 영어를 배우면 원어민처럼 말할 수 있겠다는 생각이 들어 듣고 말하고 따라 하면서 아기가 말 배우는 방식으로 반복해서 가르쳤습니다. 학생이 목이 쉴 정도로 들으면서 말하기를 많이 하다 보니 목이 많이 타서 물병을 옆에 비치하여 목을 축이게 하였으며 목캔디로 목을 풀고 성대를 보호하게 하였습니다.

5> 상담교사 자격증도 가지고 있는데 자기 자신이 자기 인생을 책임

지고 개척해 나가며 다른 사람을 유익하고 행복하게 하며 가치 있는 삶을 살 수 있는 그런 사람이 되도록 틈틈이 인성 교육도 하였습니다. 검도 등의 다른 활동을 하다 시간이 늦어지면 시간을 잘 지키는 것이 약속을 잘 지키는 것이라고 강조하면서 주어진 시간 외에 시간을 내어 학습을 보충해 주었습니다. 오세현 학생이 발바닥 수술 후 공부할 때 물집이 터져 핏물이 뚝뚝 떨어질 때 걱정 많이 하던데, 닦아 주고 처치해 주면서 어린 학생과 가까이 지내고 응석 어린 표현, 행동에 즐거워 마음이 더욱 젊어지는 것을 느꼈습니다.

3. 개인 사회에 가져온 변화

1> 퇴직 후 15년 동안 직장이 없어서 내자에게 용돈이나 선물을 해줄 수가 없었는데 비록 자원봉사를 통한 사회공헌 활동이라 여비밖에 안 되는 적은 돈이지만 이 돈으로 대상포진 예방 접종하라고 봉투에 넣어 "여보 당신, 그동안 수고 많았어요. 이것으로 꼭 대상포진 예방주사 맞으시고 건강하게 생활하세요"라고 써서 내자에게 주었더니 내자의 눈에 눈물이 굵게 맺혔습니다. 아내는 돈보다 퇴직한 내가 사회생활에 참여할 수 있다는 것이 꿈만 같다고 포기하지 않고 살아가니 좋은 기회도 하나님께서 주셨다고 감격했습니다. 추석에 추석 상 준비에 보태 쓰라고 적은 액수지만 봉투에 담아서 내자에게 주었더니 14년 만에 추석 보너스도 받아 본다고 내자의 얼굴에 환한 웃음꽃이 피었습니다. 조기 퇴직해서 적은 연금을 받는 나로서는 형편상 이렇게 삶을 누릴 여유가 없었는데 이 모든 것이 학습센터에서 불우학생 영어교육을 담당하며 사회공헌 자원봉사활동으로 근무한 덕택입니다.

2> 학습센터 사회공헌 자원봉사활동을 통해 선생님들과 소통하며 가

까운 이웃으로 지낼 수 있다는 것을 생각하니 여간 감사한 일이 아니었습니다. 퇴직 전에 같은 학교에서 같이 근무했던 황명선 선생님, 저의 학부형님이셨던 허연옥 선생님, 시골서 가져온 농산물을 나눠주셨던 허영 선생님, 수학 정성희 선생님들과 학습센터 인연으로 만나 가까이 지내면서 소통할 수 있었으며 정 선생님께는 아드님 결혼에 축복해 주는 글도 보내드리고, 함께했던 고마운 분들에게 추석 인사를 보냈는데 몸이 불편했던 나에게 힘을 내라는 마음의 성원이 담긴 격려의 답신이 많은 도움이 되었습니다.

4. 감동적인 사연

1> 첫 수업 때 학습실에 들어오자마자 수학 공부하자며 영어는 관심이 없고 담쌓고 지내는 학생이라 어머니가 강제로 영어를 하도록 했기에 할 수 없이 선택한 것이 영어 과목이었습니다. 관심 분야부터 영어를 가르치면 될 것 같은 생각이 들어 알아보니 관심 분야가 요리라 해서 요리에 대한 다양한 학생의 질문을 영어로 얘기해 주고, 알고 있는 노래 영어를 불러 보라 하니 생일 축하 노래를 영어로 부르면서 영어에 흥미를 보였습니다. 영어에 접한 지 얼마 안 되어 무엇보다도 흥미와 관심을 불러일으켜야 하겠다는 생각이 들었습니다. 그리고 학생이 칭찬에 목말라 하는 것 같아 가능한 한 칭찬을 많이 해주니 학습효과가 많았습니다. 대화체 회화문을 듣고 따라 하면서 나 잘하죠? 하길래 그럼 잘하지! 맞장구를 쳐주니 학생이 악수를 청하면서 하이파이브까지 청하며 영어 참 재미있다고 하며 영어 공부에 상당한 의욕을 보였습니다. 가르치는 학생이 처음 만날 때 어색해하며 인사를 잘 하지 않았으나 알고 싶은 궁금한 의문 사항 질문하게 하고, 관심 분야를 찾아 우리말로 물어오면 쉬운

영어로 대답해주는 식으로 free talking을 하면서 실력 있게 가르치니 재미있게 따라 하면서 공부했고 선생님을 대하는 태도도 아주 공손해졌고 인사도 잘했습니다. 선생님의 실력이 아동을 겸손한 순한 양처럼 변화시킬 수 있다는 것을 느껴 더 노력하여 더 잘 가르쳐야 하겠다는 생각이 들었습니다. 오랜만에 제자를 가르치는 재미에 푹 빠져 많은 보람을 느낀 시간이었습니다.

2> 그동안 수학만 공부하였기에 영어에 흥미를 전혀 모르고 있던 오세현 학생이 스펀지에 물이 빨려 들어가듯이 재미있게 잘 따라 하고 영어 실력이 일취월장하는 것을 보고 다시 한번 가르치는 보람을 느꼈습니다. 교사의 힘은 아이의 성장하는 모습을 보는 것인데 퇴직 후에 15년 동안 누리지 못한 가르치는 기쁨을 가슴 뻥 뚫릴 정도로 많이도 누릴 수 있었습니다. 학생의 부모님께서도 아이가 영어 공부를 즐겁고 재미있게 한다고 좋아하니 큰 보람을 느꼈고, 세현이 어머니께서 전화로 선생님이 잘 가르치신다고 하는 이야기를 오랜만에 들으니 어린아이처럼 가슴이 뛸 듯이 기뻤습니다. 사실 자기가 가르치는 아동이 잘하면 이보다 더 큰 기쁜 일이 없다고 봅니다. 나도 처음에 영어에 관심이 없었던 아이가 잘 적응하고 좋아하며 부모님도 관심을 보이는 것 같아 내심 좋았습니다.

2018년도 오목천동 주공아파트 학습센터 자원봉사 사회공헌 활동은 몸은 불편해도 얼마든지 뜻을 펼 수 있고, 하면 할 수 있다는 자신감이 생겼으며, 학생을 가르치는 재미와 즐거움에 푹 취해서 지낸 제 인생에 가장 큰 행복감을 느낀 시간이었습니다.

저처럼 몸이 불편하신 유사한 상황에 계신 분들도 하시면 얼마든지 마음속에 품은 소망과 꿈을 이룰 수 있으리라 믿습니다. 은퇴 공무원 사회공헌 활동은 지금도 나의 삶을 풍성하게 꽃피우고 있으며 햇살 같은 탄성을 자아내고 있습니다. 조금이라도 누군가에게 도움을 줄 수 있는 공헌 활동 기회를 주신 한국 시니어 클럽 교육관계자님께 진심으로 깊이 감사를 드립니다.

(전 신산초등학교 교사. 2022년 4월 2일 졸)

교장쌤과 함께 하는 환경교육

- 우리는 풍요로웠고 지구는 그렇지 못했다

이성숙

언제부턴가 지구가 아프다고 한다. 어제는 이마가 긁혔고, 오늘은 손등에서 피가 난다. 소독을 해주고 일회용 밴드를 붙여 주니 평소 튼튼함을 자랑하는 지구는 역시 회복이 빠르다. 그런데 일주일 내내 열대야로 찜통이던 하늘에서 엊그젠 갑자기 주먹만 한 우박이 떨어지고 나서 지구가 식은땀이 나고 열이 내리지 않아 고민이다. 좋아하는 꿀물을 타서 먹여보는데 전 같지 않게 회복이 느리다. 어깨가 축처진 지구도 어느새 나이를 먹나 보다. 따뜻한 물에 샤워를 하고 잠을 자고 나면 회복하던 지구였는데 이젠 감기약도 영양제도 효과가 없다. 약해진 몸으로 변덕스런 날씨에 쉬지 않고 일한 탓인가 보다.

어찌 된 일인지 '눈이 오지 않는 겨울', '우박이 내리는 여름'이 생겼다. 100년 이래 최장의 가뭄, 최악의 폭설, 최고의 폭염 등 최대, 최악, 최고라는 수식어를 달고 나타나는 종잡을 수 없는 날씨 때문에 지구는 도무지 정신을 차릴 수 없다. 지난주엔 지구가 눈물을 흘려 덮고 자던 이불이 흥건하게 젖기도 했는데, 아무래도 특단의 조치가 필요해 보인다.

지난 100년간 지구의 기후는 평균 0.6℃ 상승했다. 1℃ 미만의 상승에 대해 사람들은 대수롭지 않게 생각할 수 있으나, 1만년 동안의 상승 폭이 1℃ 내외였다는 점을 감안한다면 기후변화는 심상치 않은 수준이다. 그런데 자연이 1만 년간 1℃ 높인 온도를 인간이 1천 년 동안 1℃를 상승시켰다는 것이 문제다. 게다가 인류의 10%에 의해 이루어지는 엄청난 식량과 연료 소비로 인해 나머지 90%의 삶에 필요한 기본적인 것들을 만들어 내는 지구의 능력이 위협받고 있으니, 기후변화의 주범을 감히 인간이라고 말할 수 있는 것이다.

지구온난화, 이상기후의 주범

지구온난화란 각종 온실가스 배출로 인해 지구의 온도가 상승하면서 해수와 담수가 공기 중으로 더 많이 증발하게 되면서 지구의 물 순환 패턴이 바뀌는 것을 말한다. 거세진 대기의 에너지가 빠르게 움직이면서 폭염, 폭설, 폭풍 등의 극단적인 기후를 야기하게 되는 것이다.

바다의 온도를 올렸다 내렸다, 엘니뇨와 라니냐 현상

엘니뇨와 라니냐는 적도 부근의 무역풍의 영향을 받아 해수면 온도가 평소보다 0.5도 이상 차이가 나는 상태로 6개월 이상 지속되는 현상이다. 이것은 수년에서 수백 년 주기를 갖고 반복되는 자연 변동성에 의한 것인데, 수온 변화에 따라 가뭄과 홍수, 폭우 등의 기상이변을 초래한다.

햇빛을 막아주었던, 북극 해빙 면적의 감소

바다가 얼음으로 덮여 있느냐 아니냐에 따라 햇볕을 받아들이는 정도는 매우 다르다. 해빙 면적이 줄어들면 바닷물 온도가 높아지게 되는데, 그로 인해 주변의 기후나 날씨에도 큰 영향을 미치게 된다.

찬바람을 불러오는, 유라시아 대륙의 많은 눈

유라시아 대륙에 눈이 많이 오고, 평년보다 빨리 눈에 덮이면 차가워진 공기로 인해 대륙고기압이 강하게 발달하면서 찬 공기가 많이 유입된다. 우리가 주로 겪는 겨울의 매서운 한파의 원인이다. 대서양에서 수십 년을 주기로 바다 표면 온도가 따뜻하다가 차가워지는 현상인 '대서양 진동', 고기압이 겹겹이 쌓여 비닐하우스처럼 뜨거운 공기를 가두는 현상인 '열돔 현상' 등도 현재 이상기후의 원인으로 지목되고 있는 상황이다.

[출처] 이상기후의 주요원인, 한국환경산업기술원

기후변화로 인한 피해는 전 세계에서 동시다발적으로 일어나고 있다. 2006년 발표된 영국 정부의 '기후변화의 경제학' 보고서에 따르면 지구의 온도가 1℃ 오를 경우, 안데스산맥 빙하가 녹으면서 이를 식수로 사용하고 있던 약 5,000만 명이 물 부족의 고통을, 매년 30만 명이 기후 관련 질병으로 사망한다. 지구의 온도가 3℃ 오를 경우, 아마존 열대우림이 붕괴되고, 최대 50%의 생물이 멸종 위기에 처하게 되며, 4℃가 오르면 이탈리아·스페인·그리스·터키가 사막으로 변하고 북극 툰드라의 얼음이 사라져서 추운 지방에 살던 생물들이 멸종한다. 5℃ 오를 경우 히말라야의 빙하가 사라지고 바다 산성화로 해양 생태계가 손상되며, 뉴욕과 런던이 바다에 잠겨 사라지게 된다. 따라서 기후변화를 우리는 기후 위기라고 생각해야 하며, 가능한 신속하게 이 위기에 대응해야 할 것이다.

지구온난화 방지와 기후변화 완화를 위한 국제사회의 대응 동향의 역사는 1988년으로 거슬러 올라간다. 1988년 IPCC가 설립된 이후 국제사회는 지구온난화의 원인인 온실가스를 줄이기 위해 1992년 리우 유엔환경개발회의에서 『기후변화에 관한 국제기본협약』을 채택했다. 우리

나라는1993년 가입한 이래 지속 가능한 발전을 추진하고 있다. 정치적·경제적인 이유로 미미했던 환경보전과 '지구 살리기'는 전 세계적인 노력과 정부, 유수의 기업들과 과학자, 환경보호가, 생태학자들의 노력 또한 끊이지 않고 있으나, 개개인의 실천만 하겠는가? 지구를 살릴 수 있는 대상 또한 인간이라는 점에서 우리는 그래도 희망을 갖는다. 실천적 대안이 있다면, 그것은 '이산화탄소 줄이기'와 '에너지 절약'이다. 우리나라는 OECD 회원국이다. OECD 회원국에 속한 시민은 전 세계 인구의 1/3. 전 세계 전기의 절반을 사용하며, 전 세계 일산화탄소의 1/3을 발생시키고 있다. 이 말은 한국과 또 다른 OECD 국가 시민이 검소함으로 무장하고 작은 것들을 행동으로 실천할 때, 전 세계 소비에 대단한 영향을 미칠 수 있다는 것이다. 지금 바로, 버릴 것과 취할 것들을 행동으로 옮긴다면 그것이 바로 희망이다.

이산화탄소 줄이기

환경친화적 상품으로 소비양식을 전환하고 동일한 기능을 가진 상품이라면 에너지 효율이 높거나 폐기물 발생이 적은 상품을 선택해야 한다. 냉난방 에너지 및 전력 절약, 수돗물 절약, 차량 공회전 자제, 대중교통 이용, 카풀 활용, 차량 10부제 동참 등 가정과 사회에서 에너지와 자원 절약을 적극적으로 실천하는 자세가 필요하다. 또한 폐기물 분리수거와 재활용에 적극 참여해야 한다. 특히 온실가스 중 하나인 메탄은 주로 폐기물 매립 처리 과정에서 발생하기 때문에 재활용이 촉진되면 폐기물이 줄어들어 메탄 발생량이 감소하게 된다. 폐지 재활용 역시 산림자원 훼손을 막을 수 있어 온실가스 감축에 기여한다. 따라서 이산화탄소의 흡수원인 나무 심고 가꾸기도 중요한 실천 방법이다.

에너지 절약

대중교통 이용을 확대하고, 일상생활에서 사용하는 전기는 다양한 동력을 이용해 생산되고 있는데, 전기를 많이 사용하면 전기 생산 과정에서 이산화탄소의 발생량도 증가하게 된다. 따라서 대기 전력 차단기를 사용하거나 전기 기구 사용을 자제하여 전기 에너지 사용을 줄여야 한다.

푸드 마일리지

푸드 마일리지는 식품의 수송량에 수송 거리를 곱한 수치로, 식품 수송으로 발생하는 환경 부담의 정도를 나타내는 지표를 말한다. 푸드 마일리지가 높다는 것은 식품 수송 과정에서 많은 화석 연료를 사용한다는 의미이며, 장거리 수송에 따른 식품 포장 또한 온실가스 배출에 기여하고 있다. 따라서 제철 식품과 지역에서 생산된 유기농 식품을 소비하도록 노력한다면 푸드 마일리지를 줄여 이산화탄소 배출량 감소에 이바지할 수 있다.

숲 가꾸기와 목재 사용의 활성화

숲은 이산화탄소의 주요 흡수원이며 생태계 보전, 수자원 함유, 산림 휴양 기능도 한다. 숲에서 얻을 수 있는 목재는 철근 콘크리트와는 다르게 제조 과정에서 많은 에너지를 소모하지 않으며, '이산화탄소의 통조림'과 같은 역할을 할 수 있다. 예를 들어 나무의 이산화탄소 흡수 능력이 저하됐을 때 벌채하고, 그 자리에 새로운 나무를 심는다면 새로 자라는 나무는 이산화탄소를 대기로부터 새롭게 흡수·고정할 수 있으므로, 더 많은 양의 이산화탄소를 저장할 수 있게 된다.

탄소 중립

탄소 중립은 효율적인 에너지 사용과 신·재생 에너지의 사용, 폐기물 재활용 등을 통해 탄소 배출량을 최대한 줄이고, 숲 가꾸기 활동 등을 통해 남아 있는 탄소를 상쇄함으로써 탄소 배출량을 '0'으로 만드는 것이다. 우리나라는 화석 연료 의존도가 매우 높으므로, 탄소 중립 개념을 적극 활용할 필요가 있다. 먹을 수 있는 음식을 쓰레기로 버리는 양은 얼마나 될까? 학교 식당에서 점심시간에 남겨서 버린 음식은 또 얼마나 될까? 고기는 얼마나 많이, 자주 먹는가? 옷장을 열고 살펴보자, 최근 2년 동안 입지 않은 옷이 몇 개인가? 이 옷은 어떻게 만들어졌지? 우리가 사용하는 플라스틱의 제품은 얼마나 되는가? 우리 집으로 오는 전기는 어떻게 만들었고 얼마나 소비되는가? 내 자동차 연료는 한 달에 얼마나 소비되는가? 내 책상 서랍에 있는 물건 중에는 혹시 불필요한 것은 없는가? 자동차를 좀 덜 탈 수 있는 방법은 없는가? 대중교통을 이용하면 어떨까? 도보로도 가능한가? 간식거리를 20% 덜 구입한다면? 매주 육류를 덜 먹는다는 것이 가능할까? 일회용 컵과 플라스틱 제품을 두 번 이상 재활용할 수는 없을까? 플라스틱 제품을 사용하지 않는 방법은? 외출하면서 집 안의 전등을 소등한다면? 겨울에는 난방 온도를 조금 내리고 여름 냉방 온도를 조금 높이면 어떨까? 조금 덜 소비한다면? 편리함을 더 많이 포기할 수는 없을까? 우리가 무엇인가를 지속적으로 행동하고 지속적으로 실천해서, 우리도 풍요롭고 지구도 제발 그러하기를…….

-* 호프 자런, 『나는 풍요로웠고, 지구는 달라졌다』, 김영사, 2020. 참조)

(전 영등포여자고등학교 교장)

공부하는 자녀를 위한 부모의 역할

전병식

다음은 탈무드에 소개된 이야기이다.

"늙은 노인이 뜰에 과일나무를 심고 있었다. 그 나무에서 과실을 따려면 70년도 더 걸리는 나무이다. 지나가던 나그네가 나무 심는 노인을 보고 생전에 그 결실을 볼 수 있겠느냐고 비웃었다. 그러나 그 노인은 내가 태어났을 때도 과수원에는 이미 풍성한 수확이 있었다고 대답하였다."

이 이야기 속에는 자녀들의 미래를 위해 부모들이 무엇을 어떻게 해야 하는가의 해답이 담겨 있다. 미래사회는 지식 정보 기술의 생명주기가 짧아지고 평생학습이 보편화되고 끊임없이 공부하는 사람을 요구하고 있다.

공부란 무엇인가? 공부란 다른 사람의 말(강의)을 듣거나 글(책)을 읽고 그 내용을 파악하여 자신의 생각(사고)을 더하거나 재창조해서 자신의 언어(말이나 글)로 표현하는 일이다. 따라서 공부를 잘하려면 듣고 말하는 능력, 읽기 능력, 표현능력과 같은 공부에 요구되는 기본 능력을 잘 길러야 한다.

가정에서 일상의 생활을 통해 부모는 어떻게 해야 할까? 첫째, 듣고 말하는 능력을 기르기 위해서는 자녀들에게 말할 기회를 주고 관심 있게 들어주고, 육하 원칙에 의하여 말을 듣고, 말하는 습관을 기르도록 하며 일상의 틈새 시간을 이용하여 이야기를 나눈다. 둘째, 읽기 능력을 기르기 위해서는 국어과 교육과정이 요구하는 초등학교 3학년 수준의 읽기 능력을 반드시 길러 주어야 하고, 초등학교 1, 2학년은 가급적 음독을 3학년부터는 묵독을 장려하며, 발전 학습으로서 관련 도서를 읽을 수 있도록 배려한다. 셋째, 표현능력을 기르기 위해서는 자녀와의 대화 시에는 의도적으로 자녀보다 높은 수준의 어휘로 완성된 문장을 구사해야 하고, 평소 메모하게 하고, 메모한 내용을 설명하게 하며, 자녀의 개인 문집이나 소논문집을 만들어 본다.

공부를 잘하려면 다른 사람의 말을 잘 듣거나 글을 읽는 것이 무엇보다 중요하다. 그다음 내 생각을 담아 다른 사람과 소통하는 것이 토의 토론 능력이며 이를 글로 표현하는 것이 논술 교육이다. 무엇보다 독서가 중요하다는 것을 알 수 있다. 독서는 우리에게 지식과 정보를 전달하고, 교양의 수준을 높여주며, 취미와 오락의 기회를 제공해 준다. 그러므로 독서는 자기 발전을 위한 가장 중요하고 효율적인 도구라고 말할 수 있다. 특히 초등학교에서의 독서는 글을 읽고 그 의미를 해석하는 과정에서 내용의 분석 요약 종합 등의 통합적 사고력을 길러 준다.

우리는 때에 따라 필요한 정보를 만들어 낼 수 있어야 하고, 수없이 쏟아지는 많은 정보 중에서 쓸모있는 것을 가려낼 수 있어야 한다. 이를 위해서는 개개인의 지적 능력을 기르는 것이 필요하며 이것은 꾸준한 독서와 학습을 통해 이루어질 수밖에 없다. '많은 사람, 사물, 일 중에서 어떤 것이 아름다우며, 무엇이 옳고 무엇이 그르며, 어느 것을 먼저 해야 하고, 또 누구와 만나서 무슨 일을 하면 의미 있을까?' 하는 문제들은 누가 결정해 줄 수 없으며 스스로 결정해야 한다. 이러한 능력도 다양한 독서와 학습을 통해서 마련된다.

미래사회는 지식 정보 기술의 생명주기가 짧아지고 고부가가치를 창출해 낼 수 있는 기술을 필요로 하는 사회이며 평생학습 사회이다.

(전 서울교육대학교부설초등학교 교장)

전교장의 금요편지

전종호

잠 못 이루는 밤의 헤세

나이 들면서 잠 때문에 고통을 호소하는 사람이 많습니다. 새벽 서너 시만 되면 깨는 친구가 주변에 허다합니다. 처음에는 더 자려고 안간힘을 썼으나 지금은 시간에 순응하여 기도를 하거나 책을 읽거나 그림을 그린다고 합니다. 일찍이 박사 학위를 받고 장래가 촉망했던 친구가 치명적인 불면증 때문에 학교를 그만두는 일도 있었습니다. 간신히 잠들면 12시쯤 깨어 긴 긴 밤을 뜬눈으로 새우는 일이 많다 보니 학교생활을 할 수 없었습니다. 지금도 어쩌다 보내오는 친구의 카카오스토리 글은 작성 시간이 대개 12시나 1시쯤입니다.

잠 못 자는 고통은 저도 알 만큼은 압니다. 근년에도 상사와의 불화로 잠을 자지 못한 적이 있었습니다. 꼭 누구의 잘못이랄 것은 없지만 심한 견해 차이가 마음의 고통을 더 하다 보니 하루 이틀 잠을 못 자게 되고 드디어 수면 유도제 없이는 잠을 잘 수 없는 지경에 이르게 되었습니다. 또 10년도 훨씬 더 지난 일이지만 심각한 불안과 우울증과 수면 장애로 석 달간 병가를 낸 적도 있습니다. 잠의 선수였던 제가 정말 자고 싶은

데 거짓말같이 잠이 안 와서 매일 밤을 꼬박 뜬 눈으로 새웠습니다. 정신과 치료도, 처방받은 수면제도 듣지 않았습니다. 수십 권 분량의 일본 대하소설 『대망』을 그때 읽었습니다. 『삼국지』도 여러 번 읽었습니다. 김주영의 대하소설 『객지』도 읽었습니다. 책을 아무리 읽어도 잠은 오지 않고 불안과 우울은 깊어갔습니다. 그때 정말 뜬금없이 고등학교 윤리 선생님이 수업 시간에 읽어 주셨던 헤르만 헤세의 '안개 속에서'라는 시가 떠올랐습니다. 정말 신기한 일이었습니다. 당시 선생님은 좀 이상한 분이셨습니다. 암기식 입시교육으로 찔었던 시대에 선생님은 수업은 하지 않고 가끔씩 우리를 책상 위에 올라 앉혀 가부좌를 틀게 했습니다. '동해 바다에 둥근 해가 솟고 있다'고 하면서 바다 위를 막 떠오르는 태양을 연상하도록 했습니다. 지금 생각하면 일찍이 명상 교육을 하신 것이었는데 당시로서는 조금 어이없는 일이었습니다. 불교 이야기도 많이 하셨습니다. 킥킥거리고 눈을 반쯤 뜨고 있는 우리에게 헤세의 '안개 속에서'라는 시를 읽어 주셨습니다. "안개 속을 거닐면 참으로 이상하다/ 덤불과 돌은 모두 외롭고 / 나무도 서로 보이지 않는다/ 모두가 다 혼자다/ 나의 생활이 아직 밝던 때엔/ 세상은 친구들로 가득하였다/ 그러나 이제는 안개가 내리니/ 누구 한 사람 보이지 않는다/ 모든 것에서 어쩔 수 없이 /사람을 떼어놓는 그 어둠을/ 조금도 모르고 사는 사람은/ 정말 현명하다 할 수 없다/ 안개 속을 거닐면 참으로 이상하다/ 살아 있다는 것은 고독하다는 것/ 사람들은 서로를 알지 못한다/ 모두가 다 혼자다." 고시에 여러 번 떨어졌다 학교로 오셨다는 선생님의 뒷담화를 들은 바는 있지만, 당시 입시에 열중하던 우리로서는 이해할 수 없는 좀 특별한 분이셨습니다. 그런데 그때 들은 시가 40년도 더 지나 불면증을 앓고 있는 저에게 맥락 없이 찾아와 깊은 위로를 주는 일이 일어날지 어떻게 알았겠습니까?

당시 잠들 수 없었던 시절, 낮이나 밤을 가리지 않고 헤세를 읽었습니다. 동네 도서관에 있는 헤세의 작품은 다 읽었습니다. "새는 알을 깨고 나온다. 알은 세계다. 태어나려는 자는 한 세계를 부수어야 한다."의 귀절로 만인에게 기억되는 『데미안』이 단순한 성장소설이 아니라, 페르소나가 아니라 자신의 트라우마나 콤플렉스 같은 그림자를 깨고 보듬고 싸매는 삶의 원리를 다루는 것이라는 것도, 그 배경에 융 심리학의 아니마, 아니무스, 그림자, 자아가 있다는 것도 그때 알았습니다. 『유리알 유희』를 읽으면서 우리가 아는 감각과 실용적인 세계 너머 지적 유희의 세계가 있고, 교육은 그 너머를 지향해야 한다는 것도 그때 배웠습니다. 마음의 병을 앓고 있던 저에게 많은 위안과 새로운 길을 제시해준 것은 『싯다르타』였습니다. 출가와 고행을 거쳐 세상을 두루 체험하고 돌아온 싯다르타는 뱃사공 바주데바의 조수가 됩니다. 그는 강물로부터 배우기로, 강물이 들려주는 말에 귀를 기울이기로 작정합니다. "강물은 흐르고 또 흐르며, 끊임없이 흐르지만, 언제나 거기에 존재하며, 언제 어느 때고 항상 동일한 것이면서도 매 순간마다 새롭다!"는 걸 단번에 깨닫습니다. "강은 많은 것을 가르쳐주었다. 강으로부터 쉴 새 없이 배웠다. 강으로부터 경청하는 법, 고요한 마음으로 기다리는 영혼, 활짝 열린 영혼으로 격정도 소원도 판단도 견해도 없이 귀 기울여 듣는 것을 배웠다."고 썼습니다. 총명과 오만을 내려놓고 더 따뜻하고 호기심과 더 많은 관심을 지닌 눈길로 세상과 사람들을 보게 됩니다. 강을 건너는 여행자들을 자신의 판단이 아니라 충동과 욕망에 의해서 지배받는 민초들의 삶 자체를 이해하게 됩니다. 싯다르타에게 이제 뱃사공은 단순한 직업이나 교통수단이 아니라 사람과 세계를 보는 방편이 됩니다. 강의 이쪽(차안)과 저쪽(피안), 강의 의미를 사유하게 됩니다. 교육이라는 것도 어떤 의미에서는 아이들을 좀 더 나은 삶의 세계로 건네주는 하나의 방편이고, 뱃사공의 역할을 하는 교사의 삶과 사람에 대한 폭넓은 이해를 통해서 아이들은 세상과 사람에 대한 지혜와 안목을 기르게 됩니다. “지식은 전달할 수 있지만, 지혜는 전달할 수 없다. 지혜는 찾아낼 수 있고, 체험할 수 있고, 지니고 다닐 수도 있지만, 지혜를 말하고 가르칠 수 없다.”고 합니다. 지혜와 안목眼目을 갖게 하는 것이 교육의 핵심입니다. 그러기 위해서는 강을 건네주는 행위에만 집중하지 말고 강의 이쪽과 저쪽을 살피고 선생님도 강물 소리를 들어야 합니다. 강상의 물결에 선생님의 내면을 돌아보아야 합니다. 선생님의 삶이 아이들의 강이 되어야 합니다. 교사로 살아오는 길이 어렵기만 했습니까? 아름답기도 하지 않았습니까? 헤세가 『데미안』에서 에바 부인을 통해서 우리에게 묻는 말입니다.

알고 보면 사실 헤르만 헤세는 시대와 불화한 당대의 이단아였습니다. 젊어서는 제도교육을 거부하고 독학으로 자기 세계를 세웠습니다. 두 차례의 세계대전을 겪으면서 반전주의자가 되었습니다. 시대의 흐름에 순응했던 당대의 다수 지식인과 달리 나치즘에 저항한 비주류 인사였습니다. 당시 서양 사람으로는 드물게 동양의 사상에 심취해 있었습니다. ‘자발적 왕따’(스따)가 되어 세상의 주류에 맞서고 자기 길을 개척해서 간 사람이었습니다.

꼭 헤세를 읽어서였겠습니까만, 저는 우울과 불면증에서 벗어났습니다. 그 후로 저는 탐비耽美의 문학이 아니라 구도求道의 문학을 하고 싶었습니다. 교사로서 ‘적응하는(사회화) 교육’이 아니라 ‘생각하는(개성화) 교육’을 하고 싶었습니다. 어쭙잖은 시를 쓰고 있지만, 자연과 사람의 일을 통해 구도자적인 삶의 원리를 찾아가고 싶었습니다. 『비통한 자의 정치학』의 파카 파머Parker J. Palmer의 말처럼 '마음이 부서져 흩어지는' 것이 아니라 '마음이 부서져 열리는' 체험을 하고 싶었습니다. 작년 1월에 랑탕 히말라야 트레킹을 갔을 때 헤르만 헤세의 시집 한 권만 가지고 갔습니다. 세상에서 참으로 멀리 떨어진 히말라야 산장의 난롯가에서 원래 온 곳으로 돌아가기를 발원하며 하루종일 옴마니반메훔 진언을 읊조리는 팔순의 노파 옆에 앉아 저는 헤세의 시를 읽었습니다. 그때의 잠은 달콤했고 히말라야의 하늘은 여여如如했으나, 불과 1년 반 전의 히말라야는 다시 꿀 수 없는 꿈 같은 아득한 세월이 되었습니다.

꽃은 모두 열매가 되려 하고/ 아침은 모두 저녁이 되려 한다/ 지상에 영원한 것은 없다/ 변화와 세월의 흐름이 있을 뿐// 아름다운 여름도 언젠가는 가을과 조락을 느끼려 한다/ 잎이여 끈기있게 조용히 참아라/ 불어오는 바람이 유혹하려 할 때// 너의 놀이를 놀기만 하고/ 거스르지 말고 가만히 두라/ 너를 꺾어가는 바람에 실려/ 너의 집으로 날리어 가라// <헤르만 헤세, 마른 잎>

삶의 중심과 방편

신선들이 바둑 한판 하는 사이에 인생이 다 갔다더니, 신선은 고사하고, 필부의 삶을 한 치도 벗어나지 못한 내게도 인생의 물길은 참 빨리 거칠게 지나갔습니다. 물론 도끼 썩는지도 모르게 지나간 세월은 아니었습니다. 물길에 휩쓸리기도 했고, 큰바람에 여기저기 할퀴기도 했으나, 아내와 내 아이들, 가르치는 학생들과 가르치는 일을 통해서 기쁨을 맛보며 그럭저럭 살아온 것 같습니다. 굳이 손익계산서를 뽑아본다면 그래도 남은 게 좀 있는 삶이 아니었을까 생각합니다.

이제 인생의 가을쯤 왔을까, 평생의 삶터였던 학교를 벗어나 추수의 계절을 맞으며 지나왔던 인생의 길을 돌아봅니다. 처음 교장으로 부임하고 학생들을 교실에서 만났을 때 '삶의 중심과 방편'이라는 제목으로 수업을 했습니다. 수업을 하기 전에 삶의 문제를 어떻게 보고 아이들에게 어떻게 설명해야 할지를 먼저 고민했습니다. 아이들이 선택할 일과 직업을 주제로 정하고 어떤 자세로 살아야 하는 것이 좋은가를 설명하는 흔한 방식을 버리고, 우리가 살아가야 하면서 세워야 할 삶의 중심이 무엇인가, 이것을 실현하기 위해서 우리가 선택할 삶의 방편이 무엇이고, 여기서 우리가 붙잡고 살아야 할 삶의 원칙이 무엇이어야 하는가를 제 살아온 이야기를 들어 말하기로 했습니다.

무엇보다도 우리가 살아가야 갈 삶의 중심에 '존엄'의 원리가 있어야 한다고 생각했습니다. 감히 범할 수 없을 정도로 높고 엄숙한 것이 존엄이라면 존엄의 대상이 되어야 하는 것이 무엇일까요? 당연히 인간과 자연이겠지요? 그런데 지금까지 우리는 인간과 자연을 존엄한 존재로 보고 살았을까요? 다른 사람과 지구를 비롯한 자연을 이용과 지배의 대상으로 보고 살아온 건 아닌가요? 심지어 나 자신까지 이용의 대상으로 생각해서 '지금, 여기, 나'의 행복을 존중하지 않고, 능력 활용의 극대화와 능력의 자본적 환산 가치를 위해 현재의 행복을 자꾸 미래로 미루어 놓고 살아온 건 아닐까요? 인간의 현재의 소소한 것들, 나무 병에 우유를 담는 일, 꼿꼿하고 살갗을 찌르는 밀 이삭들을 따는 일, 암소들을 신선한 오리나무들 옆에서 떠나지 않게 하는 일, 숲의 자작나무를 베는 일, 경쾌하게 흘러가는 시내 옆에서 버들가지를 꼬는 일, 어두운 벽난로와, 옴 오른 늙은 고양이와, 잠든 티티새와, 즐겁게 노는 어린 아이들 옆에서 낡은 구두를 수선하는 일 등등, 프랑시스 잠의 시에서처럼 인간의 작은 일들을 위대한 것으로 생각하고 살았나요? 자연 착취의 필연적 결과로 등장한 코로나 팬데믹 현상을 앞에 두고도, 우리 눈앞에서 펼쳐지는 주식, 부동산, 코인 투자 열풍의 머니게임은 어떻게 해석해야 하나요?

사람마다 삶의 방편으로 삼는 것은 다양합니다. 여러 가지의 직업과 취미활동이 있습니다. 제가 삶의 방편으로 삼은 것은 교육, 걷기 여행, 글쓰기였습니다. 가르치는 일은 저의 직업입니다. 우리는 직업을 통해 밥을 벌고 보람을 느낍니다. 아무리 보람이 있어도 밥이 되지 않는 일을 지속적으로 하기는 어렵습니다. 반대로 아무리 돈 때문이라고 하더라도 보람이 없는 일을 평생 하고 살기는 쉽지 않습니다. 그래서 가능하면 끼니와 보람을 동시에 적절하게 해결하는 직업을 선택하는 것이 좋습니다. 그렇다고 사람은 직업만 가지고 살기는 어렵습니다. 무언가 삶의 탈출구가 필요합니다. 그래서 운동을 하기도 하고 여행을 하기도 하고 기타 여러 가지 활동을 하며 살아갑니다. 어느 것이 더 좋다고 할 수는 없습니다. 저는 어렸을 때 시골에 살았고 당시에는 별다른 교통수단이 없었기 때문에 걷는 것에 익숙합니다. 그렇다고 걷는 것이 취미생활이 될 리는 없었지만, 살다 보니 이리저리 어려움이 생기고 위기가 닥치고 허무감이나 우울증 같은 질병이 생기면서 본격적으로 산에 오르고 도보여행을 하게 되었습니다. 100대 명산이나 백두대간에 도전해 보기도 하고 전국의 유명한 둘레길을 걷기도 하고 히말라야 트레킹의 길 위에 서 보기도 했습니다. 걷는 일은 마음의 심란함과 우울증을 떨쳐내는 데 도움이 되기도 했지만, 오랫동안 접어 두었던 생각과 글쓰기의 길로 다시 돌아오게 했습니다. 전국을 주유하고, 외씨버선길을 걷고 제주와 울릉도를 걸으면서 시를 썼습니다. 전기도 없고 전파도 없는 고요의 바다 히말라야의 산중에서 헤드 랜턴을 켜고 떠오르는 생각들을 시로 정리했습니다. 시 쓰기는 단순히 언어의 기술이 아니라 나를 나의 전면에 세우는 일, 즉 나는 누구인가, 나의 정체성을 확인하는 일이었습니다. 요즘에는 수첩이 없어도 핸드폰 메모장에 일기 쓰기, 그날그날의 일어난 일을 쓰는 것, 떠오르는 생각을 써두는 일, 읽은 책의 중요한 글귀를 쓰는 일이 가능합니다. 이런 것들이 습관이 되게 하는 것이 중요합니다.

사는 일에 어디 중요하지 않은 게 있겠습니까만, 무엇보다도 삶의 태도가 중요합니다. 태도가 바로 능력입니다. 농사에 비약이 없듯, 인생에 비약은 없습니다. 씨 뿌릴 때 씨를 뿌려야 하고 김맬 때 김을 매줘야 추수할 수 있듯이, 우리 인생 단계마다 해야 할 일을 놓치지 않고 해야 합니다. 고맙게도 교장의 수업을 학생들이 잘 들어주었습니다.

이제 선생님께도 똑같이 묻습니다. 선생님의 삶의 중심은 무엇이고 선생님의 삶의 방편은 무엇입니까? 누구에게나 똑같을 필요는 없지만, 선생님 나름의 삶의 중심과 방편을 가질 필요가 있습니다. 고요의 바다에서 자신을 직면시키고 선생님 자신의 진면목을 들여다 보시기 바랍니다. 선생님의 '얼굴'을 확인하고 선생님만의 길을 무소의 뿔처럼 거침없이 가시기 바랍니다. 저같은 사람의 굴곡진 삶을 밟고 선생님의 길, 꿋꿋이 걸어가시기를 빌겠습니다.

산다는 건 결국 신발을 끌고 여기저기/ 기웃거리는 일이라는 걸 이력서는 알고 있다/ 때로는 두렵고 때로는 놀란 마음으로/ 가난하고 어리석던 어두운 강을 건너/ 희끗희끗 빠진 머리의 초로初老가 되기까지/ 몇 켤레의 신발을 버리고 또 몇 켤레/ 새 신발을 사야 했는지는 알 수 없으나/ 얼마나 자주 땅바닥에 주저앉아/ 울고 싶었는지 신발들은 알고 있다// 꿈은 희망과 같은 뜻으로 시작했지만/ 더 자주 허무의 꽃으로 졌고/ 초록의 냄새를 맡고 길을 나섰지만 대개/ 희미한 빛으로 끝난 일이 얼마나 많았는지/ 남루한 내 신발들은 알고 있다/ 초목의 짙푸른 숨소리를 함께 들었으나/ 네 그르니 내 옳으니 하며 삿대질하던 동무들/ 하세월을 신발은 모두 지켜보았던 것이다// 꽃방석 꽃 잔디 널렸던 날도 더러 있었으나/ 불똥 끄듯 다급하던 시절이 더 많았고/ 마늘 싹이 난초 꽃대처럼 솟은 일도 있었으나/ 애장터 무더기 진달래는 더 오랫동안 피었고/ 미루나무 잎사귀 이슬방울 함께 맞으며 기댄/ 아름다운 사람들이 옆에 없지는 않았으나/ 부끄러워 감히 꺼낼 수 없는 치명적 사랑을/ 내 신발들은 모두 다 알고 있다// 걸러내고 걷어내도 쌓이는 앙금과/ 걸어도 달려도 닿을 수 없는 길의 중간에서/ 신발을 내던지고 땅바닥에 주저앉아/ 울고 싶었던 시절의 터무니 없는 노래를/이력履歷의 줄 사이에서도 다 말할 수 없었다

- <전종호, 나의 이력서>

어른들은 왜 키를 재지 않을까?

아이들의 성장에 관심이 없는 어른은 없습니다. 아이들도 자신들의 성장에 관심이 많습니다. 따라서 아이들이나 부모들은 아이들이 어렸을 때 수시로 키를 쟀습니다. 집집마다 아이들의 키를 재고 눈금을 표시하는 벽보가 있었습니다. 아이를 키워본 사람이라면 누구든지 아이들 키가 조금씩 자라고 표시하는 눈금이 조금씩 높아질 때마다 박수치며 기뻐하던 기억이 있습니다. 할아버지 할머니들은 자기 아이들의 키를 재던 그 벽보에 이제는 손자 손녀의 키를 표시하며 조금씩 자랄 때마다 옛날에 그리했던 것처럼 즐거워하고 있습니다.

그런데 아이들이 어느 정도 자라면 집에서 더 이상 아이들의 키를 재지 않습니다. 더구나 집에서 어른들이 키를 재는 일은 없습니다. 큰아이들과 어른들은 왜 키를 재지 않을까요? 혹시 아이들은 성장하는 존재이

고 어른들은 성장이 멈춘 존재라는 인식의 가정이 깔려 있지는 않나요? 아니면 살면서 성장의 기쁨을 잊고 사는 건 아닐까요? 정말 어른들은 성장하지 않는 존재일까요? 교사들이 자신과 아이의 성장에 무관심해도 될까요?

기독교 교육학자 하워드 헨드릭스는 '만일 오늘 성장이 멈춘다면, 내일 가르침은 멈춘다.'고 했습니다. 교사는 성장하지 않고는 완성된 존재가 될 수 없다는 뜻입니다. 그는 교사의 인격과 교육 방법보다도 교사의 성장이 더 중요한 교사의 원리라고 말하고 있습니다. 이 말은 교사는 가르치기 전에 먼저 배우는 사람, 학생 중의 한 명이라는 철학을 내포하고 있습니다. 나는 영원히 배우는 사람이고 지금도 배우고 있고, 다시 배우는 사람이 됨으로써 교사인 나는 철저하게 새로운 눈으로 교육과정을 바라보게 된다는 뜻입니다. 하워드는 신학자답게 예수님을 교사의 모델로 생각하면서 예수님의 성장에 비견하여 교사의 성장 항목을 제시합니다. "예수는 지혜와 키가 자라가며 하나님과 사람에게 더욱 사랑스러워 가시더라"는 누가복음 2장 52절에 기초하여 교사는 지적 영역(지혜), 신체적 영역(키), 영적 영역(하나님), 사회적 영역(사람)의 성장을 해야 한다고 주장하고 있는데, 일반 교육에서도 참으로 시사하는 바가 큽니다.

먼저 교사는 지적 성장에 신경을 써야 합니다. 지적 성장을 위해서 가장 좋은 방법은 책을 읽는 것입니다. 두보의 글에 '수독오거서須讀五車書'라는 말도 있지만, 많이 읽는 것보다 책을 꼭꼭 씹어 읽는 것이 더 중요합니다. 읽고 씹으며 생각하는 독서법을 익히는 것이 좋습니다. 글자만 읽지 말고 등장인물을 통해서 말하는 지은이의 마음을 읽고 살피는 것이 중요합니다. 한꺼번에 많은 지식을 얻고, 고정관념에 깨어나 각성하기 위해서는 토론을 활용하는 것도 좋은 방법입니다. 토론 없이 좋아하는 책만 읽으면 자기 프레임에 갇혀 확증편향에 빠질 염려가 있습니다. 둘째, 신체적 성장과 성숙입니다. 누구나 신경을 쓰지만 아무나 얻지 못하는 것이 건강입니다. 별도의 경비와 시간을 쓰지 않고, 일상생활에서 할 수 있는 훌륭한 운동법이 걷기입니다. 걷기는 운동뿐 아니라 철학이기도 합니다. 걷기 시작하면 머리가 따라 움직입니다. 사색이 시작되는 것입니다. 아리스토텔레스학파를 왜 소요학파라 하는지, 장자의 사유를 왜 소요유逍遙諭라 하는지 깨닫게 될 것입니다. 랭보의 시와 니체의 철학은 길 위에서 시작되었고 길 위에서 완성되었습니다. 교사는 성장의 범위를 영적, 사회적으로 확대해야 합니다. 종교를 가졌다면 신에게 기도하는 것을 습관화하고, 종교가 없는 사람이라면 시간을 정해서 명상을 하는 것이 좋습니다. 자신의 내면에서 조용한 마음을, 분주하게 움직이는 마음을, 분노하는 마음의 움직임을 가만히 들여다 볼[觀] 수 있어야 합니다. 기도하거나 명상할 때 자신의 면모가 날 것 그대로 드러나게 되는 법입니다. 교사는 학교 밖의 일에도 관심을 가져야 합니다. 노동조합이나 교사 단체에 가입해서 교육개선 활동에 직접 참여할 필요가 있습니다. 적어도 한 개 이상의 시민단체에 가입하십시오. 정 할 수 없다면 시민단체를 정해 회비라도 보내고 그 단체의 활동 상황을 모니터링 하세요. 우리 사회의 한 모퉁이가 밝아질 것입니다.

성장하는 사람이라야 교사가 될 수 있습니다. 어렸을 때 아이들이 눈뜨면 밤사이에 얼마나 자랐을까 궁금해하며 키 재는 곳으로 달려가듯이 어른들, 특히 교사들은 자주 자신의 키를 재보아야 합니다. 신체적 키가 아니라 자신의 사람됨 전체의 크기를 재보아야 합니다. 자기 경험에만 의지하고 자기만족에 빠지면 성장이 멈추게 됩니다. 성장은 나이와 관계가 없습니다. 교사에게 절정이라는 게 있을까요? 있다면 몇 세가 절정인가요? 교사가 계속해서 성장하는 존재라고 한다면, 정년퇴직하는 무렵의 교사가 교육자의 절정이어야 하지 않을까요?

성장하기 위해서는 자기 틀을 깨야 합니다, 그러기 위해서는 나는 사물과 사람과 현상을 어떤 틀로 보고 있는가, 자신의 프레임을 점검해야 합니다. 프레임에 따라서 젊음과 늙음, 여성과 남성, 내국인과 외국인 등의 현실은 문제가 되기도 하고 기회가 되기도 합니다. 똑같은 과제라도 '접근 프레임'을 가지고 있는 사람에게는 기회가 되지만, '회피 프레임'을 가지고 있으면 위험 요소가 됩니다. 남은 임기가 짧아서 아무것도 할 수 없다고 생각하면 아무것도 할 수 없고, 시간이 얼마 남지 않았기 때문에 지금 시작하지 않으면 안 된다는 생각으로 하면 더 빨리 일을 진행시킬 수도 있습니다. 혼자 하기 벅찬 일도 동료와 함께하면 훨씬 수월해집니다. 훌륭한 사람 옆에 있으면 우리도 점차 훌륭해집니다. 심리학에서 '단순노출효과'라고 부르는 현상으로, 탁월한 동료 옆에서 함께 배움으로, 또 나의 작은 행동이 동료 교사들에게 좋은 영향을 끼침으로 인하여 서로 스며드는 순환의 상호작용을 만들어 갑니다. 동료들과 함께 만드는 성장의 학교문화로 인하여 교사는 날마다 조금씩 성장하며 거인이 되어 갑니다. 처음부터 거물이 되는 사람은 없습니다. 키를 재는 교사, 성장에 관심이 많은 내 옆자리의 동료가 나를 키우는 스승이요, 내가 동료의 스승입니다. 선생님이 바로 우리 교육의 희망입니다.

2부

사랑과 노래

새 생명 외 1편

진중길

어둠 깊은 밤
이름 모를 늪 속
인적 없는 어떤 골골에
텅 빈 발자국 남기면서 그믐달처럼 사위어지더니
지나온 발길 빛 고이고 송이송이 별처럼 피어난다

꽃 대궐 향기에 쌓여
사뿐 더~엉~실 나비 춤추고
내 영혼 한 마리 금~결 사슴 되어
꿈 먹는 나비 함께 놀고 지며 노래하리

가~비~야~와 두둥실 문 열린 내 영혼
꽃구름 피어나 백옥같이 씻기고 독수리 날개 찬
한 마리 학이 되어 높디높은 창공 쪼개며
두리둥실 구름 뚫고 날아간다

푸르러 높아만 가는 하늘
꿈 심어 가꾸어 온 열매
익어가는 계절 따라 황금빛 수놓은 넓은 들
끝없는 레일 놓이고 생명 실은 인생 열차
힘차게 달린다
어제오늘 내일 해지는 그날까지
오직 님 곁으로
늪 어느덧 십자가 보혈에 녹아 생수 흐르고
커다란 호수 통하는 생수 강으로
노 저어 내려가는 뱃사공
푸르른 창공에 낚싯대 드리우고
고기 낚는 어부

언젠가 보혈 쓸고 간 깊은 골짜기
함박꽃 활짝 머금고
아가 새하얀 이처럼
사랑스럽게 싹 돋아
지금도 뜨겁게 생명 커 가고 있다
믿음 소망 사랑

부부

자석! 같은 극 서로 밀어내고 다른 극 서로 붙듯
처녀~총각 이끌리는 서로 다른 매력 둘 사이 가까워져
결혼으로 하나 되고 부족한 부분 보완하고 채워주는
부부! 마음과 마음 하나 된다

부부! 다른 사람 다른 입장 생각하며 공감하면서 가까워지고
다른 마음 다른 생각 멀어지게 한다
부부 뽀드득뽀드득 닦아 주어야 하는 유리창!
닦아주면 빛나고 돌 던지면 깨진다
자기 몸 태워 어둠 밝히는 촛불처럼 다른 사람 위해 사는 섬김
둥지 빛나게 하고 손발톱 세워 할퀴고 상처 주는 악한 이기심 둥지 허문다

허물 서로 덮어 주고 양보하고 격려하면서 서로의 차이 있는 그대로
사실대로 인정하고 받아들여 사랑스러운 마음에서 나오는

담백하고 솔직한 대화로 문제 해결하면서 깊은 신뢰 쌓아가는
부부! 마음과 마음 하나 된다

자기 배우자 사랑함으로써 사랑 배우고 체험하는 부부!
사랑스러운 눈빛으로 바라본다
일그러진 자아 존중감 회복하여 서로의 소중함 일깨우고
인격 존중하는
부부! 마음과 마음 하나 된다

늘 배우자 과분한 생각에 감사하며
언제나 환한 복사꽃처럼 밝은 웃음과 미소로
정직하게 똑바로 대하며
다정다감하게 사랑하며 섬기는 기쁨으로
부부! 마음과 마음 하나 된다

부부간에 맑고 깨끗한 아름다움 느끼면서 생산적 창의적 생각으로
가치 있고 의미 있는 새로운 세계 창조하고 발전시켜 나가면서
부부! 마음과 마음 하나 된다

참을 수 없는 것까지 모든 것 참으며 모든 것 믿으며 모든 것 바라며
모든 것 견디며 모든 것 감싸주고 이 세상 다 하는 그날까지
진실하게 사랑하며 생명처럼 아껴주고 존중하면서
부부! 마음과 마음 하나 된다

이 세상 나그네 인생!
궁휼히 여기는 따스한 마음으로
배우자 유익하고 행복하게 하며
믿음 소망 사랑 안에서
부부! 마음과 마음 하나 되어
즐거이 재미와 행복 꽃피우고 열매 맺는 복된 가정

(전 신산초등학교 교사, 2022년 4월 2일 졸)

오수午睡 외 2편

문상태

성북천 개울가
어미 따라 뒤뚱뒤뚱
나들이 나온 새끼오리

졸졸 파문을 그리다가
두어 번의 자맥질로
금세 지쳐간다

봄 햇살 가득
내리쬐는 돌다리 위
날갯죽지에 부리를 묻고
나른한 오후를 졸고 있다

눈으로만 보기 아까워
사알짝 눌러보는
셔터 소리에
선잠 깰까 마음 졸인다

그리움

초가 추녀 끝으로
깊이를 더해가는
한없는 추락

사색은 안개처럼 흐르다
빗줄기에 녹아내리고
질펀한 마당 골을 지나
사립짝으로 몸을 감추어 간다

머쓱한 웃음으로
되돌아 들어설 것만 같아
어릿한 눈길만이
젖은 옷자락을
마냥
움켜쥐고 서 있다

이 저녁도
어둠은 칠흑으로 되돌아 앉는데
님의 긴 그림자
빗속에 서성일 뿐

불티

화려한 생애도 아니면서
허물은 아예
훌훌 벗어던진
차디찬 알몸인 채로

타오르고 떠올라
까만 밤을 난무하는
끝없는 예지

부끄럼도
후회도 없을
신들린 몸짓으로
춤을 추다가는
자기 최면에의 깊은 잠 속으로
잦아드는 처연함이여

빈껍데기 상처로
영혼은 아물어도

상념은
허영을 거부한 채
찬 이슬 맺도록
시신처럼 눕는다

(전 삼일회계법인 파트너)

요람과 무덤 사이 외 1편

김신타

요람과 무덤 사이에는
고통이 있었다*가 아니라
다만 기억이 있었을 뿐이다
고통의 기억일 수는 있겠지만

밀물처럼 다가왔다
썰물처럼 사라지는 고통
남는 것은 고통의 파도가 아니라
파도가 가라앉은 기억의 바다일 뿐이다

만약에 기억이 없다면
그까짓 고통이 무슨 대수랴
주삿바늘 들어갈 때의
따끔함과 다를 게 무엇이랴

삶이 고통인 게 아니라
삶에 대한 기억이 고통일 뿐
스스로 행복의 문턱을 낮춘다면
거기 기쁨의 기억이 파도칠 것이다

삶에서 중요한 것은
무엇을 겪었는가보다
무엇을 기억하는가이다
겪어본 수많은 일들 중에

살면서 기억나는 게
고통이라면 그는 불안한 삶이며
기쁨인 사람이라면
그는 가족과 함께하는 저녁이다

지난 뒤에 돌아보면
고통도 기쁨일 수 있으며
끝이 좋으면 다 좋다는 말처럼
대부분의 기억이 기쁨인, 노을이 되자

깊게 익어가는 노을빛이 되자
기쁨으로 빛나는 저녁이 되고
평안을 담아내는 어둠이 되며
아름다움을 꿈꾸는 밤이 되자

그대와 나 우리 모두
고통이 출렁댈 수 있는
거칠 것 없는 바다가 되고
파도치는 기쁨의 바다가 되자

*독일 작가이자 시인 '에리히 케스트너'의 시 『숙명』 인용

낮달

아쉽고 따뜻한 배웅 받으며 나선
기차역 가는 길에 있는 공원
아침 해는 동녘 하늘 붉은데
정월 대보름 며칠 지나지 않아서인지
보기 드물게 커다란 낮달이 하얗다

낮달은 그녀 마음이며
아침 해는 내 마음인 듯
뜨거운 아쉬움은
눈가에서 촉촉해지고
체한 것처럼 가슴 먹먹하다

내려놓는다는 건
마음이 아니라 기억이다
우리가 붙들고 있는 건

기분이거나 느낌이 아니라
이에 대한 기억이기 때문이다

마음이란 순간이며 우리는
기억에 계속 붙잡혀 있을 뿐이다
내려놓지 못하는 기억에
사로잡혀 있음이다

낮달을 본 기억
체한 것 같은 먹먹함
기차를 스치는 바람처럼
모두 내려놓으리라
다시 불어오리니

(영성활동가)

방패연 외 4편

이선우

연줄 가까이 당길수록 멀리 사라지려 하나
내 어머니는 한 번도 그러신 적 없으셨다

소 잃고 외양간 고치러 친정 갈 때마다
대문 밖 마중으로 언제나 날 치유하셨다

삭풍에 못 이겨 대추나무에 연 걸렸어도
아버지 모르게 혼나시면서 십자가 지신 어머니

광야 같은 세상 곤두박질하시는 날까지도
연줄 놓지 못한 채 제 주윌 맴돌며 경호하실 방패

쓰디쓴 익모초도 자꾸 먹으면 단 것처럼
울 어머니 인생 익모초와 뭐가 다르랴

워터코인과 핑크스타

초록 진흙으로 빚은 라온채에
외씨버선 숨기고 잘 커 준 낭자

동글동글 애처로운
에메랄드빛 물방울 다이아

노을빛 물들 때 사랑채 바라보다
끝내 참지 못해 토해 놓은 고해성사

보고픈 마음 잊고 싶어
송이마다 피 맺힌

분홍빛 연꽃과 초록빛 연잎의
흩어질 줄 모르는 억겁 사랑

무 예찬

소고기무국 끓여 먹고
빈 대접 설거지하면서

십오 층 창 너머 텅 빈 놀이터 바라보며
희미하게 빛바랜 사색을 담는다

김장철만 되면 김장 걱정하시던
어머니의 생애가 담긴 시퍼런 무

파란 트럭에 실려 큰 다라 갈아탄
떠꺼머리 총각 알타리 무

산삼보다 낫다는 가을 무
살갖은 백화분이어라

가을 운동회날 흰 저고리 연둣빛 갑사 치마 입고
춤추던 한복 영락없는 가을 무

시루떡엔 동치미 단팥죽엔 물김치
보리 비빔밥엔 무생채 설렁탕엔 한밭 깍두기라

여름 반찬엔 오독오독 무말랭이
겨울 반찬엔 무생채 물컹물컹 무나물

원통으로 썬 무 이쑤시개로 엮어
갖은 동물 만든 초등학교 공작 시간

어르신 체 끼엔 단방 한방 소화제
갈비찜엔 깍둑 무 그~윽한 향기

엄지손톱으로 돌돌 말아 껍질은 버리고
아삭아삭 속살만 먹던 달달한 간식

혹한 속에서도 터지지 않는 장독에 안겨
섬 색시처럼 빠알갛게 달아오른 석박지

하나도 버릴 것 없는 가을 무
나도 가을 무처럼 살고 싶다

할머니

알곡은 가라지와 함께 난다
들깨 키질 살살해라
죽정이도 깨알도 날아갈라

오몰오몰 기도하시는 마른 무화과 입
한 손은 지팡이 한 손은 등 허리에
땅 한번 들이쉬고 하늘 한번 보시고

쇠처럼 굳어가는 격자 허리
심줄 박힌 세 아버지 어머니
주홍빛 동이감 저에게만 주셨지

곶감처럼 야위어간 반평생
무쇠처럼 단단한 외길 신앙
젠 천상에서 꽃길만 걸으소서

깨똑

구정 구순 친정아버지 덕담 한 말씀

'사람은 땅 위를 걸으라고 두 다리가 있다
수렁엔 절대로 가지 말거라
수렁은 진흙탕이라 한번 빠지면 다시 나오기가 어렵단다'

친정에선 참았던 고백 내 집에 돌아와서 터졌다

떠난 자들 문상 간 지 수십 번이라면
내 부모님 문안 간 지 몇 번이나 되나

맛집 찾아 회식한다고 수시로 들락거리면서
아버지 좋아하시는 영광 굴비 성큼 안겨드린 적 몇 번이나 되나

바쁘다는 핑계로 공해가 되어도 깨똑 깨똑

그나마 부모님껜 깨똑에 숟가락 하나 더 얹기

아버지 엄마 이제
바빠도 제가 먼저 인사드릴게요

아버지 깨똑 개똑
어머니께도 알려 주세요
깨똑 깨똑

(전 문정중학교 교사)

채석강에서 외 4편

최복주

떡 켜처럼 쌓인
시간 앞에 서니
우리의 삶이 찰나다

오수에 빠진
잔잔한 바다를 보니
우리의 삶이 이슬이다

이 순간
찰나의 반 이상을 살았고
이슬의 반 이상이 증발했다

타국에서 돌아온 동생과 만나
채석강을 거니는 것은
찰나와 이슬의 무한 미분

유람선 터미널에서
흘러나오는 팝송
렛 잇 비 미(Let it be me)

먼지가 자라는 동안

이사를 앞두고
집안 구석구석을 들추어 본다
먼지가 자라는 동안
행운목은 오백이십 번의 샤워를 하였고
산세베리아는 백이십 잔의 물을 마셨다
장롱 깊숙이 넣어둔 아이들의 배냇저고리가
나를 보며 웃고 있다
대학을 졸업하고 취업을 한 내 아이의 나이에
아이를 낳았다
여러 해 입지 않은 옷가지들이
삶의 한때로 끌고 들어간다
첫 대면 이후 쌓아둔 시집들
표지를 넘기면 나를 생각한 시인들이 찾아오고
시집 안에 갇혀 있는 박제된 언어가 다시 살아난다
먼지 묻은 손으로 파일을 건드리면

그 속에 잠든 추억들이
한꺼번에 쏟아져 나와
낯선 듯 바라본다
장롱 구석에 숨었던 먼지 뭉치들도
눈치를 보며 몰려다닌다
만남의 순간에
이별을 해야 한다는 건
봄바람에 떨어지는 꽃비 같은 것이다
거실은 헤어지기 싫은 듯
침묵으로 시위하는 벗들로 발 디딜 틈이 없다
나이가 들면 끌어안고 사는 것보다는
버리고 가는 법을 알아야겠다
십 년에 한번쯤은 이사를 할 일이다

추억의 수학여행

흔들바위에서 찍은 사진 한 장
가슴에 안고 설악산을 간다
고교 졸업 사십 년 만에

희끗희끗한 머리칼
까마귀 지나간 눈가
그사이에 엉기는 긴가민가한 기억들

내 삶의 여정처럼
혹은 그네들의 삶처럼
구불구불한 한계령
모든 길이 하나로 모이진 않는다

저 눈부신 초록의 유혹일까
수다로 풀어지는 삶의 문양들

그만하면 잘 지나온 거라며
나무들이 보내는 미소

우리들 사이에 잠들었던 바람
울산바위 틈새를 빠져나와
오월 햇살에 안긴다

곰보배추차

물 빠진 무논에
미나리와 섞이어
아무리 고개 들어도
이름을 불러주지 못했네
이름을 모르면 안 보이는 법

곰보배추!
이름을 불러주기 전엔
장화에 무수히도 짓밟혀
이름 없는 들풀로 마감하던 생이었으리라

이순이 지난 어느 봄날
지천으로 얼굴 든 너를 품에 안고서야
결코 넌 곰보가 아니란 걸 알았다

한 생을 우려낸 네가
내 목구멍을 지나 기관지를 살리고
무릎까지 살려내다니

너를 만나는 시간은
목구멍보다 먼저
발목이 따스해진다

사람은 '살다'와 '알다'가
합해진 말이라지
네가 왜 나에게로 스며드는지
내가 왜 너에게로 젖어 드는지
알 것만 같다

소나기

꼭꼭 쟁여놓은 그리움이
제 몸을 부수어 쏟아낸다

생시처럼 왔다가는
조각난 사랑

구두도 안 벗고
대청마루 끝에 앉았다 간다

(시인, 한국문인협회 공주지부장)

새봄 엽서 외 4편

현자

버드나무 가지를 흔들면서
아침 까치가 부지런히 짖어댔지요

까치는 반가운 소식
단박에 떠오르는 얼굴 하나
비로소 오랜 목마름 해갈할
실뿌리 하나 내려 볼 꿈도 가졌지요

긴 겨울 가마득한 들판
마른 검불처럼 정처 없던 나
푸석한 가슴을 적시는 봄 개울물
같은 그대여

마른 가지 잎눈 꽃눈 우르르
불붙는 오늘

겨자씨 같은 사랑 하나 꼭꼭 싸서
그리운 그대에게 부칩니다

맥문동이 필 때

삼동三冬 눈밭을 맨발로 서서
봄날 앞다투어 피어나는
현란한 봄꽃 뒤에 묻혀서
떡갈나무 그늘 아래로 있는 듯 없는 듯
우리는 그렇게 말없이 걸었다

무르녹는 여름 해에 무릎 다 헤지고
서너 차례 큰물에 산골짜기 저만치
더 깊게 파인 후
꽃이란 꽃 다 녹아버린 장마 끝으로
맥문동 담자색 꽃대 하나 피워 올린다

친구야, 살다 보면 꽃 같지 않은 것들도
어떤 날 저리 눈부시게 꽃 피는 날 있구나
산자락 한 켠을 환하게 밝히는구나

아주 오랜 세월 꽃이 아니었던 것들아,
그러다 마침내 꽃다운 삶에 대해서
그 꿈조차 하얗게 다 잊었을 때쯤

무릎 상처 위 찰진 딱정이 어느새 떨어지고
연분홍 아기 새살 돋아나듯이
비로소
비로소 우리,
맥문동처럼 더딘 꽃 피우리라

분재盆栽

이런 식의 관심과 열정이 내가 믿는 사랑과는 무관한 형편없는 집착은 아닐까 혼란스러워 틈만 나면 그대 코밑에 붙어 앉아 목마를까 물을 주고 행여 버거울까 곁가지를 잘라주며 그런 내 방식대로의 사랑 법에 자족하면서 나도 모르게 방심했었나 봐 봄비 맞고 쏘옥쏘옥 내민 여린 잎들 귓불을 애무하듯 하해와 같은 자비심으로 어루만졌지 밑도 끝도 없이 나른한 봄판 영양제도 꼭꼭 챙겨 먹이고 칠팔월 뙤약볕에 행여 그을릴까 이 그늘에서 저 그늘로 지극 정성 다했다만 너는 왜 내 뜻과 다르게 자꾸 그쪽으로만 휘어지는지

건시乾柿

얼마나 많은 바람의 매질이 지나갔을까
저가 지니고 있던 물기, 눈물이란 눈물
몇 개의 씨앗들이 다 먹어치웠을까

가을 햇살은 또 얼마나
울혈된 실핏줄들을 쓰다듬었을까

얘야, 아프지 않고 성숙할 수는 없는 거란다
밤하늘의 별들은 얼마나 골백번 불덩어리 이마를
쓰다듬었을까

세상의 떫은맛 하나 곰삭히지 못한 내 삶도
홀연히 바람과 햇살 아래
풍장風葬 들고 싶다

땅땅한 살점들 말랑하니 긴장을 풀고
순해져라,
순해져라

뼈마디 속 허튼 오기도 다 털어 말려가면서
그렇게 한 접속으로 꿰이고 싶다

배경

내가 평소 사진 찍는 걸 그다지 즐겨하지 않는 것은 인물 탓도 있지만 내 천성 상 배경이 되는 것을 더 좋아하기 때문이다 안에서는 남편과 아이들의 잔잔한 배경 밖으로 직장이나 몇몇 모임에서 푸근하고도 정다운 배경 전면보다는 아스라이 배경이 편하다 나이 들수록 내가 할 일은 틈나는 대로 나의 배경을 가꾸고 다듬는 일이다 누군가 와서 나를 배경으로 사진 찍을 때 그 인물 누가 되지 않는 배경 한때 가볍게 스쳤지만 아하, 그! 하고 생각나는 배경 가끔씩 잠 안 오는 밤 그대들 사진 속에서 불현듯 꺼내 보고 싶은 조금은 인상 깊었던 배경이 되고 싶다

(시인)

이만하면 외 2편

이은택

돈도 없고 애인도 없던 젊은 시절 경춘선은 이름만 들어도 가슴 뛰었다 언젠가 돈 생기고 애인 생기면 경춘선 열차에 몸을 실으리라 다짐했다 창밖을 스쳐 지나가는 강물의 잔물결이며 언덕을 덮은 하얀 갈대꽃 강물에 발 적시고 서 있는 나무를 세상에서 가장 감동적인 시선으로 보리라 애인은 또 내 감동 어린 시선에 더욱 감동하리라 생각했다 그러나 돈도 애인도 생기지 않았고 그 시절은 속절없이 지나가고 말았다

나이 지긋이 먹은 지금에서야 그 경춘선을 자전거로 달린다 경춘선 폐철로를 고쳐 만든 자전거 길을 서둘 것 없는 기차의 마음으로 느릿느릿 달린다 집 나설 때까지도 내 머릿속에서 떨어지지 않던 자잘한 삶의 부스러기들이 페달 밟아 일으킨 바람에 흩어져 날린다 대신 아름다운 강 물결이며 언덕과 나무의 풍경들 고이 날아와 얼굴에 달라붙는다 이만하면 되지 않겠는가 여기에

이인용이라면 좋겠지만 일인용이라도 괜찮겠다 어딘지 쓸쓸해 보이

는 여인네 하지만 아직은 허리선 남아 있고 엉덩이 빵빵하면 좋겠다 바람에 날리는 긴 머리칼이면 더 좋겠다 그 여인네 등 뒤에 태우고 가을별 반짝이는 춘천 방향 경춘선 속으로 아득히 사라져 가는 상상을 보태면 어떤가

이만하면 속절없이 지나가고 만 그 시절에 대한 자그마한 위안쯤은 되지 않겠는가

익환이

스무 해도 넘었던가
한글 해득도 못하고 고등학교에 온
애들 서넛을 불러 한글을 가르쳤다
글자를 익히는 것도 때가 있는 것인지
도무지 진전이라고는 없어
전날 배운 가나다라를
다음날 또 읽지 못했다 그중
멀쑥하니 키 크고 사람 좋게 웃던 익환이
평소 차비 계산은 틀리지 않았고
집으로 가는 옥산행 시내버스를 잘만 타고 다녔다
옥산을 어찌 읽고 타느냐 물었더니
그냥 모양으로 알아요 한다

세월이 한참 지나
지금은 마흔쯤 됐을 익환이

여전히 멀쑥하니 키 크고
사람 좋게 웃을 것인데
이제 모양으로 읽는 실력은 도가 터
그의 눈에 모양으로 읽히지 않는 것들은
세상에 하나도 없을 것이다
돈 계산도 잘하고 살림도 잘할 것이고
특히 글만 잘 쓰는 사람 보란 듯이
잘살고 있을 것이다
비웃어도 되는 세상을 비웃지도 않으며
잘만 살고 있을 것이다

낙과

어느 감나무인들
시골집 울안에 우뚝 서서
까치밥으로 익어가는 그 고고한 높이를
두서넛 매다는 꿈
꾸지 않겠는가마는

우리 아파트 화단에 서 있는 감나무
외벽에 밀려 간신히
한발 딛고 버티는 형국인데
5층을 넘겨 우뚝 서기까지는
부지하세월
그래서 이 여름 다 가기 전
체념 같기도 하고 원망 같기도 한
푸르스름한 절망을
태풍을 빙자하여
아스팔트 바닥에 깔아놓는 것이다

(시인)

산사의 풍운風韻

김종군

산사 어귀 감나무 한그루
보시普施 감 서너 개 덩그러니 달고 있다.
산새들 모여 손님맞이 합창
재롱이 다람쥐 이방인에 갸우뚱

어스름이 삼켜버린 불당 처마마다
애잔한 풍경소리 단잠 깨우고
피어나는 번뇌
꽃 하나 나 하나

달아난 잠 달래어 탑 전에 합장하니
나오는 주문 똘 물 이루고 냇물 이루고
텅 빈 가슴으로 밀려드는 그리움
고즈넉한 창천에 고향별로 뜬다

뭇사람 하소연
삼경엔 잠이 들고
청량한 범종 소리 새벽 등 두드리면
허튼 맘 다 씻은 부처이고 싶다

탄금대彈琴臺 외 4편

라강하

명승도 많더라만 요새도 많더라만
이 정도의 언덕에서 그 정도의 역사들이
어떻게 이루어졌는지 알 수가 없었는데

컴퓨터 자판 같은 들판을 가로질러
강가의 야트막한 언덕에 부동不動으로 선
동상銅像을 바라볼 때까지도 여전히 몰랐는데

조령鳥嶺을 넘어오는 회오리 비바람에
온몸으로 막아선 신립 장군과 병졸들이
내 눈의 모니터 상에 포착되어 다가왔다

철 지난 사과 꽃잎이 우수수 떨어져서
정지된 병사들의 투구 위에 흩뿌려
광장의 배경 화면을 붉디붉게 칠하였고

낙화落花의 포물선 따라 마우스가 춤을 추며
동상을 포획하여 다중으로 복사하여
동상이 동영상 되어 산등성에 진을 쳤다

꽃잎은 내 이마로도 떨어져 내리더니
얼마 전 텔레비전에서 본 왜적들의 이미지를
하나 둘 검색해 내어 들판 가득 배열하였다

언덕에 꽉 들어찬 병사들의 비장함은
조총에 으깨어져 선혈조차 삭제되고
절규는 정지되어서 시간속에 보관되었다

멈춰 선 시계를 보며 강가에 다다르니
열두대 절벽 아래로 산배꽃 흐드러졌는데
꽃잎이 쏟아져 내리며 허상虛像들도 추락하여 갔다

강물은 고인 듯이 유유히 흐르는데
우륵의 비가悲歌가 비문碑文을 지키면서
다시금 슬픈 영혼들을 달래고 있었다

관촉사灌燭寺

뭇중생 사랑하는 법문法門의 자비심慈悲心은
사파娑婆의 고해苦海에서만 행하는 줄 알았는데
그것이 아니란 것을 반야산般若山은 말한다

제 몸을 살라버려 밝혀주는 불꽃은
어둠 속에서 더 한층 빛나는 줄 알았는데
한낮에 빛을 뿌리며 관촉사灌燭寺는 서 있다

뭣이든 들어주실 큰 귀를 가지시고
연꽃을 건네며 자애로 내려다보시는
유난히 입술 두툼한 두상頭狀뿐인 얼큰이

발아래 아낙이 한낮을 밝혀놓아
촛불 흐느끼게 엎드려 삼배三拜하며
완벽한 균형이라고 암시하는 손곧춤

모내기 한창인 촌락은 화평한데
미간의 옥호에서 내품는 빛줄기 따라
놀뫼의 벌판 너머로 대자대비大慈大悲 퍼지다

* 법문法門 : 중생이 불법으로 들어가는 문
* 얼큰이 : 두상이 불균형적으로 큰 은진미륵의 애칭
* 손곧춤 :합장合掌
* 놀뫼 : 충남 논산 지방을 말함

뮤지컬 '명성황후'를 보고

- 명성황후가 대원군에게 보내는 편지-

대부인 점지받아 열여섯에 궁에 들어와
왕가의 엄한 훈육 탱자 깨물듯 인고하며
당신이 하시는 일들 곱씹어 보았소이다

밀려드는 외세는 발톱 세운 승냥인데
대감의 독선으로 왕권은 무늬만이라
슬프다! 조선의 운염 바람 앞의 촛불

일국의 왕후로서 바라만 볼 수 없어
외세를 업고라도 제국의 앞날 위해
수렴繡簾을 걷어낸 것까진 그런대로 좋았는데

잇속에 눈이 먼 승냥이 충돌질에
난蘭치던 대감님! 붓자루 꺾으시니
며느린 낭인浪人의 칼에 무참하게 베였죠

베이고 태워버린 여우 사냥 끝내었으면
이 땅을 물어뜯는 승냥이사냥 나섰어야지
대감은 뭐가 무서워 골방으로 들어갔소?

대감과 의기투합하여 황제를 받들었다면
분명코 조선의 운명은 달라졌지 않았을까?
스산한 이 천상에서 생각해 봅니다 시아버지!

그것이 한이어서 눈을 감지 못하지만
천상에 있는 우리가 할 수 있는 일이란
다만 '무궁한 조선' 그것만을 바랄 뿐

현절사顯節祠

- 오달제의 독백 -

욱하는 심정으로 척화斥和를 말한 건 아냐
식량이 바닥나고 추위에 떨지언정
앙 버틸 튼튼한 성곽 두려운 게 뭐였나?

십만의 근왕병과 임란壬亂의 의병들도
벌떼로 일어나고 역병疫病도 덮쳐오면
홍이포紅夷砲 꽝꽝 쏴대던 오랑캐들 내뺏을걸

나약한 주화론자主和論者 나라를 지켰다지만
임금님 수항受降 치욕 끌려간 60만 포로
백성이 떠난 나라가 무슨 의미 있더냐?

오랑캐 달콤한 말 끝끝내 거부하다
심양瀋陽 땅 저잣거리 효수된 이 한 목숨
조선의 안녕이라면 기쁨으로 바친다만

생사를 알 수 없는 노모는 어찌하고
뱃속의 아기 앞날 뉘 있어 보살필까
그 하나 걱정이 되어 이 골짝을 떠돈다

의안대군宜安大君

평생을 전장戰場에서 쌓은 업業 잊고 싶은
아버지 눈에 넣은 이 막내 예쁘셨다면
절대로 세자란 굴레 씌우지는 말았어야죠

누구는 목숨 걸고 혁명을 했다지만
왕세자 되려고도 면류관 쓰려고도
한 번도 원해보지도 생각지도 않았소

벗으라면 벗어주고 떠나라면 궁을 나와
아내와 단둘이서 벽수골 터를 잡아
땅 파며 아이들 낳고 그랬으면 좋았을걸!

(토문엔지니어링건축사사무소 부사장)

오 여사를 만나던 날

정재훈

제주 나들이 일주일째
오 여사를 만나기 위해
일출 명소 형제섬으로 카메라 출동!
구름 타고 나타날까
꽃가마 타고 나타날까
삼각대 세우고 한 곳만 바라본다
천해를 붉게 물들인 여명의 불씨
탄성과 함께 수줍게 나타난 오 여사
그 모습이 오메가를 닮아 오 여사라네!

(전문사진작가)

제주 형제섬 일출경

너를 만나서 반가웠다

최용규

새벽 4시 비몽사몽 추억을 만나러 간다. 송내로, 사당으로, 신갈로 하나둘 인연들이 모이고 달리는 버스는 시원스레 예정된 시각에 맞춰 남으로 갑사를 향하여 날아간다. 흰머리 주름살로 익어가는 우리의 얼굴들 마음은 십 대 소년 소녀, 이야기꽃은 오월 뜨락의 모습보다 더 아름답다. 이윽고 다다른 갑사 긴 울타리로 둘러싸인 산세가 심상치 않다. 먼저 도착한 우정들이 반가이 맞아준다. 서로 얼싸안고 마음과 마음이 하나 되어 그리움이 녹아든다.

녹슬지 않은 몸들은 금잔디고개를 향하여 한발 두발 움직인다. 푸르른 나무 울창한 계곡 자연의 노랫소리가 마치 준비된 잔치처럼 추억의 수학여행의 꽃들이 만개한다. 두어 시간 금잔디고개를 올라온 길이지만 마치 옆 동네 마실 온 폭이다. 배낭에 준비된 막걸리 한 잔에 불그레한 추억의 사진을 남기고 더 많은 추억을 만나러 쏜살같이 수정식당으로 향한다. 바쁜 일손을 마치고 젖은 손으로 급히 온 친구들 한잔한 얼굴로 식당 안은 왁자지껄 오랫동안 쌓아 놓은 보따리를 풀어 놓고 있다.

식사 자리는 끝나고 이제는 각자 갈 길로 헤어져야 할 시간 그놈의 보내는 마음은 동아줄인지 끊기질 않는다. 올라탄 버스도 아랑곳하지 않고 다시 하차하여 한잔 술에 동네가 들썩거린다. 기어이 이차를 마치고 이제는 손잡은 밧줄을 놓고 서로 왔던 길로 돌아간다. 잘 지내라, 건강해라, 또 만나자, 자주 보자, 십여 분간 헤어짐을 아쉬워하며 붙잡은 손을 놓는다.

오월 갑사의 산과 숲과 하늘은 또 다른 추억이 되어 다음을 기약하고 아쉬운 추억의 수학여행은 또 다른 추억을 남기고 대단원의 막을 내린다. 친구들 사랑합니다. 감사합니다.(2022.5.21.)

(양지금속 대표)

제민천이 있어 내 청춘은 아름다웠노라

이은택

제민천과의 인연

제민천은 공주의 도심을 가로지르는 하천이다. 금학동에서 발원하여 공주 시내를 거쳐 금성동에서 금강으로 흘러 들어간다. 여느 도심 속 하천과 마찬가지로 제민천도 자신을 따라 형성된 도로와 주택들을 양쪽으로 거느리고 있다. 내가 제민천과 인연을 맺은 건 중학교 때다. 시내에 있는 중학교에 입학하고 나서 한 1년쯤은 통학을 했다. 우리 집은 면 소재지에서도 한참을 더 들어가야 하는 마을에 있었다. 거기에서 중학교까지 통학하는 데에는 여러모로 어려움이 있어서 시내에 방을 얻어 자취를 했다. 그때 처음 얻은 방이 오거리에서 조금 내려간 제민천 가에 있었다. 제민천 옆 도로에는 보행자들을 보호하기 위한 시멘트 난간이 있었고 그 난간은 높이와 넓이가 사람이 걸터앉기 딱 좋게 만들어져 있었다. 나는 갑갑한 자취방을 벗어나 제민천 난간에 앉아 있길 좋아했다. 그 당시 도로에는 많은 사람들이 지나다녔고 제민천에는 적지 않은 수량의 물이 흘렀다. 사람 구경도 좋았고 물 구경도 좋았다. 특히 무더운 여름밤에는 선풍기도 없는 자취방을 피해 저 하류 쪽에서 시원한 강바람이 불어오는 제민천 난간에 앉아 있기를 좋아했다. 밤이 이슥해져 더위가 가실 때까지 제민천 난간에 앉아서 지나다니는 사람들을 구경하거나 밤하늘의 별을 올려다보았다. 그렇게 나는 제민천과 인연을 맺었다. 그때 제민천 난간에 앉아서 무슨 생각을 했는지 기억할 순 없지만 문득 문득 그때가 생각나 그리워질 때가 있다. 고등학교에 올라가서는 봉황동 큰샘골로 자취방을 옮겼는데 그때도 시간이 나면 제민천으로 가 난간에 걸터앉아 있기를 좋아했으며 어디를 가더라도 자동차가 다니는 큰길을 피해 제민천 가의 도로를 따라 걸어 다녔다.

순두부집과 세화 여인숙

대학교에 들어가 친구들과 어울려 술집을 다니기 시작했는데 그때 알게 된 곳이 순두부집이다. 순두부집은 우체국 맞은편 제민천 가에 있었다. 순두부 백반을 팔았는데 값이 싸고 맛이 있어 가난한 대학생들이 이곳에서 매식을 많이 했다. 막걸리를 시키면 밥집답게 안주로 반찬이 공짜로 나왔다. 밥도 먹고 막걸리도 마실 수 있는 곳이라 언제 가도 가난한 대학생들로 북적였다. 주인은 고운 얼굴에 잔잔한 웃음기를 담고 계신 아주머니셨다. 외상을 달아놓는 학생들이 많았는데 외상을 갚으라는 독촉 한마디 없으셨고 외상을 갚으면 갚는가 보다 못 갚으면 못 갚는가 보다 하셨다. 순두부집의 상이란 상의 모서리는 모두 젓가락 장단 질로 울퉁불퉁 온전한 것이 없었다. 누군가 술기운에 겨워 노래를 한 소절 부르면 모두가 젓가락으로 두드리며 따라 불렀다. 그때는 어디에서나 그랬다. 지금으로 말하면 떼창이다. 순두부집 주변은 모두 주택인데 이 방 저 방에서 그렇게 떼창을 불러도 시끄럽다고 쫓아오는 사람 하나 없었으니 지금 생각해도 그때 사람들은 어떻게 그렇게 주변의 소음에 너그러웠을까 신기하기만 하다. 안에서는 못할 얘기 있으면 술도 깰 겸 친구를 밖으로 불러내 제민천 난간에 걸터앉아 얘기하곤 했는데 신체적으로나 심리적으로나 그 시멘트 난간이 그렇게 편안할 수 없었다. 오줌이 급하면 제민천을 향해 오줌발을 세웠고 제민천이란 이름이 이렇게 오줌 급한 사람들 구제한다고 해서 붙여진 이름일까 하는 지극히 불손한 생각을 하기도 했다. 시간 가는 줄 몰라 통금시간에 쫓기면 우리는 순두부집 옆 골목에 있는 세화여인숙으로 몰려갔다. 작고 허름했지만 그 세화란 이름에서 풍기는 분위기가 묘하게 우리를 끌어당겼다. 세화라는 이름에서 우리는 아름다움과 편안함과 따뜻함 같은 감정을 느꼈다. 우리는 이 세화여인숙을 세화란 이름을 가진 어느 사연 많은 여인과 동일시했다. 그래서 세화여인숙으로 가자는 말 대신 세화한테 가자, 세화네로 가자고 했다. 그때 이후로 상당 기간 세화란 이름을 가슴에 품고 살았고 세상 어디엔가 꼭 세화란 이름을 가진 아름다운 여인이 존재할 것이라고 생각했다. 통금에 쫓겨 매번 세화네로 간 건 아니다. 그 당시 제민천 가에는 자취집, 하숙집이 많았는데 통금에 쫓기면 가까운 곳에 있는 친구네 자취집이나 하숙집으로 몰려가곤 했다. 가다가 순찰 호루라기 소리가 들리면 좁은 골목으로 달려가 몸을 숨겼다. 좁은 골목에 몸을 숨기면 순찰꾼들도 굳이 그 좁은 골목 속으로까지 쫓아오지는 않았다. 한번은 그래 잡아가서 어떡하나 보자 하고 호기를 내세워 일부러 잡혀간 적이 있었다. 다음날 늦은 아침 담당 교수님이 오셔서 신원을 확인해 줄 때까지 거의 10시간 가까이 유치장에 갇혀 있었는데 호기를 한번 부린 것 치고는 그 대가가 혹독했다. 제민천 가의 순두부집과 세화여인숙은 그렇게 늘 우리와 함께 있었다. 발령을 받고 첫 월급을 받은 며칠 후 우리는 순두집에 모여 아주머니께 그간 신세 진 것에 대한 보답으로 순두부집이란 낡은 간판을 떼어내고 숨두부집이란 새 간판을 달아드렸다. 지금은 순두부가 표준어이지만 그때는 숨두부가 표준어였다. 숨두부가 아닌 순두부면 어떤가. 그저 조금 안다고 그렇게 티를 내야 했는가. 지금 생각해도 꼴사납고 어리석은 일이었다. 간판을 새로 달아드린 날 그날도 어김없이 우리는 세화의 따뜻한 품속에 안겼다.

중동칼국수와 진로집

제민천 도로의 옆 골목에는 중동칼국수집이 있었다. 돼지기름으로 국물을 내고 그 위에 김가루를 뿌린 칼국수였는데 그 칼국수는 우리에게 최고의 음식이었다. 농구동아리에서 활동했던 나는 운동이 끝난 후 동아리원들과 함께 중동칼국수로 떼지어 몰려갔다. 격렬한 운동으로 배고픈 상태인데다가 고기를 못 먹어 늘 기름기가 빠져 있던 우리들에게 돼지기름이 동동 뜬 중동칼국수는 고소함과 달콤함을 넘어 황홀함 그 자체였다. 핥아먹는다는 표현이 알맞을 정도로 그릇 밑바닥의 국물까지 싹싹 비웠다. 칼국수를 먹은 다음에는 으레 막걸리를 마셨고 또 막걸리를 마시면서 또 으레 버릇처럼 야자타임을 가졌다. 당시 4학년이었던 나는 후배들의 주공격 대상이었다. 후배들은 야자라는 무기로 술을 잘 사주지 않는다고 공격했고 속 좁다고 찔러댔다. 얼굴이 벌겋게 달아오른 나는 노여움을 꾹꾹 눌러 참으며 야자타임이 어서 빨리 끝나기를 기다렸다. 야자타임에는 늘 그에 상응하는 대가가 따르는 법. 야자타임이 끝나면 나는 칼국수 그릇에 막걸리를 붓고 발꼬랑내 나는 양말을 벗어 그 막걸리에 주물럭주물럭 양말을 빨았다. 그런 다음 그 막걸리를 후배들에게 한 잔씩 돌렸다. 속 좁은 보복이었다. 후배들은 지은 죄도 있는데다가 술도 취했고 무엇보다 마셔야 한다는 분위기에 휩싸여 불평 한

마디 없이 벌컥벌컥 잘도 마셨다. 그다음날 또 중동칼국수집을 가면 후배들은 어제의 일은 잊고 영락없이 또 야자타임을 신청해 왔다. 나도 별 고민 없이 승낙을 해 매번 비슷한 야자타임이 벌어지곤 했다. 아마 후배들은 양말을 빤 막걸리를 마시는 곤혹스러움을 참고라도 선배를 놀리는 즐거움에 더 재미를 붙였을 것이고 나는 잠시 놀림감이 되더라도 통쾌한 보복을 하는 것에 더 재미를 느꼈으리라. 지금 생각하면 그보다 더 야만적인 일이 어디 있을까 싶지만 오늘 다시 그때의 우리들이 중동칼국수집에 모여 앉는다면 옛날처럼 야자타임과 양말 빤 막걸리를 들이키는 일이 일어나지 않으리라고는 보장할 수 없을 것이다. 그렇게 야자타임까지 끝낸 우리들은 자연스럽게 그 옆의 진로집으로 발길을 돌렸다. 진로집은 파전과 두부두루치기가 맛있는 소줏집이었는데 이름대로 진로소주만 팔았는지 아니면 그때 당시 충청도 소주인 선양소주도 팔았는지에 대한 기억은 없다. 진로집 역시 가난한 대학생들이 많이 찾았다. 이곳에는 다른 술집과 달리 뮤직박스가 있고 뮤직박스 안에는 벽면 가득 LP판이 꽂혀 있었다. 항상 홀 안 가득 노래가 흘렀는데 손님들의 신청곡을 받아 젊은 여주인이 틀어주는 식이었다. 나는 주로 박인희가 낭송한 박인환의 시 '목마와 숙녀'를 신청해 들었다. 어떤 날은 대여섯 번 신청해 듣기도 했다. 나중에는 내가 진로집에 들어서기만 하면 젊은 여주인은 주문받기도 전에 우선 '목마와 숙녀'를 틀어주곤 했다. 내가 '목마와 숙녀'를 좋아한다는 걸 아는 후배들도 나를 위한답시고 '목마와 숙녀'를 신청해 주어 내 의사와 관계없이 '목마와 숙녀'를 듣는 날도 많았다. 때는 1980년, 시대에 정면으로 맞서지 못하니 감상에라도 젖어야 겨우 숨 쉬고 살아갈 수 있었을까. 그때 내가 '목마와 숙녀'를 좋아했던 이유를 시대와 관련짓지 않고는 달리 찾을 길이 없다.

제민천과의 이별

순두부집과 세화여인숙, 중동칼국수와 진로집. 이들은 모두 제민천 가에 있거나 아니면 한 골목 안으로 들어가 있었다. 나는 주로 제민천 가를 걸어 다녔으므로 이들은 모두 내 생활반경에 속해 있었다. 중, 고, 대학 시절. 내 청춘은 그렇게 제민천과 함께했다. 대학을 졸업하고 발령을 받고 나서도 한동안 제민천 가를 찾았으나 그때는 더 이상 그곳이 내 생활반경이 아니었으므로 제민천과는 서서히 멀어지게 되었고 내 제민천 시대는 그렇게 저물어갔다. 그러나 몇십 년이 흐른 지금도 제민천은 내 의식의 중심에 자리하고 있다. 아름답지 않은 청춘이 어디 있겠냐마는 나의 청춘은 제민천과 함께했기에 남들보다 조금은 특별하며 조금은 더 아름답지 않았을까 생각한다. 신이 있어 과거의 어느 한때로 데려다준다면 나는 주저하지 않고 선뜻 아름다운 청춘을 보낸 제민천 시대를 선택하겠다. 몇 년 전 공주 시내를 거닐다가 세화여인숙이 남아있는 것을 보고 좀 놀랐다. 현대식으로 세련되게 조성된 거리에 귀엽고 앙증맞은 간판을 달고 있는 세화 앞에서 나는 한참을 서 있었고 세화여인숙이라는 간판을 몇 장의 사진 속에 담았다.

(시인, 전 부여여자고등학교 국어교사)

선생님!

조규영

안녕하십니까?

이렇게 불쑥 글을 드려 대단히 죄송합니다. 저는 소현이 아빠입니다. 요사이 고생 많으시지요? 철없는 아이들을 가르치시느라 맘고생 등 무척 힘드시리라 생각하오며 맡겨 놓기만 하고 아직 찾아뵙지도 못하는 무심함을 널리 용서하여 주시기 바랍니다. 제가 올 해 만 49살이니 좀 늦게 이 아이(소현이)를 둔 듯합니다. 큰아이는 재수 후 서울에서 6년째 대학을 다니고 있고 그 밑의 아이(소현이 작은 오라비로서 소현이와는 10년 차이)도 군 제대 후 작년에 복학하여 올해 대학 4학년을 다니고 있습니다.

저는 시골에서 농사를 지으시던 부모님 곁에서 아주 어렵게 어린 시절을 보냈습니다. 물론 저희 세대 중 시골이 고향인 사람들은 대부분 다 그랬겠지요. 천직인 농삿일 밖에 모르시던 부모님께서는 자식들에게 요새와 같은 관심을 쏟을 수 있는 심적, 경제적인 여유가 거의 없으셨습니다. 특히 어머니께서는 농사일에 지치시고 없는 살림살이에 정신이 없었던 지라 저희 형제인 남자아이들에게 잔정을 거의 주시지 못하셨고 또한 저와 15년 이상 나이 차이가 나는 우리 집의 유일한 여자이던 누나도 제가 아주 어렸을 때 일찍 시집을 가 버려 남자 형제들 넷만 들끓었던 가운데서 감수성이 무척 예민했을 어린 시절에 모성·여성의 포근하고 아기자기한 정을 거의 느끼지를 못하였던 때문인지 동네에서 그리고 학교에서 저와 비슷한 또래의 여자 형제를 가진 아이들을 얼마나 부러워했던지요? 그런 탓인지 둘째 밑으로 10년 만에 소현이가 태어났을 때 저는 "가슴이 벅차 숨이 막히는 듯" 하였습니다. "아! 이것이 바로 행복이구나."라는 생각이 들었고 지금까지 인생을 살면서 가장 행복하였던 순간으로 기억을 하고 있습니다. 그리고 점차 아이가 커가면서 아빠와 함께 잠들고 밥 먹고 칭얼대고 그러면서 위의 사내아이들에게서는 느껴보지 못하였던 생의 환희를 느낄 수가 있었지요.

또한 아이가 초등학교에 입학하던 해부터 공교롭게 집사람이 집에서 상당히 먼 곳으로 직장을 잡아 출퇴근을 하게 되어 가까운 곳으로 옮긴 5학년 초까지 거의 제가 다 돌보다시피 하였습니다. 매일같이 집사람이 해 놓고 간 밥을 먹인 후 아침에 출근할 때에 차에 태워서 학교 앞에 내려 주고 사무실로 갔습니다. 그러면 아이가 학교가 끝나고 집에 도착하였을 때 집에서, 그리고 학원에 도착하면서 공중전화의 수신자부담으로 아빠에게 전화를 합니다. 그 전화가 오면 업무에 정신이 없다가도 한숨을 돌립니다. 무선을 타고 들려 오는 가슴 시린 목소리. 그 목소리를 들으면서 현실이 좀 잘 안 풀릴지라도 "아! 나는 참으로 행복하구나." 하는 생각에 젖곤 하였습니다. 보이지 않는 끈. 그렇습니다. 그 애와 저는 보이지 않는 끈으로 항상 연결되어있는 듯. 마치 노이로제라도 걸린 것처럼 저의 깊숙한 의식의 한편에서 그 애 생각을 놓았던 적이 한순간도 없는 것 같습니다. 그리고 항상 곁에 있는 듯한 착각. 이 애틋한 마음. 생각하기도 전부터 가슴이 아려 오는 느낌.

선생님! 제가 너무 유치하다는 생각이 드시지요? 하지만 한편으로는 몹시 가슴이 아프기도 합니다. 현실. 삶의 어려움. 인생이란 가시밭길이라지요. 그렇게 어려운 생을. 이 어려운 세상을. 오로지 아빠의 이기적인 욕망 하나 때문에 세상에 태어나 앞으로 생을 살아가면서 이 아이가 어떠한 삶의 고통을 겪을지도 모른다는 생각이 들 때마다 "한낱 이 못난 아빠의 쓰레기 같은 욕망"이 원망스럽기만 할 때도 많지만 또 한편으로는 이생에서 이 아이와 저를 '부녀'라는 숙명으로 맺게 하여준 거스를 수 없는 신의 섭리에 대하여 다시 한번 더 숙연하여 짐을 느낍니다.

선생님! 저는 아빠로서 그 애한테 세속적인 큰 것을 절대로 바라지 않습니다. 다만 순조롭게 잘 성장하여 큰 고생을 하지 않고 순탄한 생을 살았으면 하는 바람뿐입니다. 저도 이제는 불혹을 훌쩍 지난 지천명. 세상이 얼마나 험하고 어렵다는 것을 나름대로는 잘 알기 때문이지요. 제가 2005년도 말쯤, 이곳으로 이사를 오기 전에, 살던 아파트 한층 위 세대에 저의 국민학교 시절 은사님 내외분께서 살고 계셨습니다(물론 지금은 정년 하신 지 오래되셨고 어찌하다 보니 우연히 같은 아파트에 살게 되었지요). 선생님께서는 제 바로 위에 형을 담임하셨고 당시 전국적으로 선생님들이 부족하였던 때문에 전업주부이셨던 사모님께서도 교장 선생님의 간청으로 임시 교사가 되시어 저와 제 동생을 가르치셨습니다. 당시에 그분들은 전기, 전화도 없고 버스도 없어 40리 정도 산길을 걸어서 들어 와야만 했던 1960년대 중반의 태안 바닷가에 있었던 벽지학교에 부임하시어 아주 정말 고생을 많이 하셨습니다. 특히 주말에는 대중교통이 전혀 없었고 특별한 소일거리가 없었던 세월이었던 지라 우리 동네에 있었던 저수지에서 거의 매주 붕어 낚시질을 하셨고 점심은 대개 저의 집에서 드셨습니다. 물론 그때 그렇게 했던 것은 저희 형제들이 공부를 좀 낫게 하였던 점도 있었겠지만, 저의 어머니, 아버지께서도 상당히 영광스럽게 생각을 했었던 기억이 아직도 생생합니다. 그래서 그 아파트에 살 때에 지금 당진에 계시는 어머니께서 저의 집에 오시면 자주 선생님 내외분을 뵙고 그 당시 추억을 서로 말씀을 하시고는 하셨습니다.

선생님! 이렇게 불쑥 부족한 글을 드리는 점 양해하여 주시기 바랍니다. 그래도 초등학교 때에는 아이가 학년을 올라가면 제가 직접 선생님을 찾아 한 번씩 뵙고는 했었는데 중학교부터는 아이가 좀 컸다고 그런지 아니면 심적인 여유가 없었던 탓인지 쉽지 않더군요. 더군다나 올해는 전학을 하여 학교생활 환경이 완전히 바뀌었음에도 아직 그러하지 못하였습니다. 하지만 그동안 아이를 통하여 선생님의 지도 말씀 등을 전하여 들으면서 그리고 또 아이와 숙제 등을 함께 하면서 선생님의 현명하신 가르침 덕택에 아이가 공부와 함께 올바르게 심성을 닦아 가면서 나름대로 잘 적응하고 있다는 것을 느낄 수 있었습니다.

선생님! 언제라도 꾸짖어 주시는 좋은 지도 편달을 부탁드립니다. 저를 비롯한 대부분의 저의 친구들은 모두 근엄하신 선생님 밑에서 정말로 엄격한 가르침을 받았던 것 같습니다. 특히 고향에서의 중학교 그리고 공주에서의 고등학교 시절-물론 우락부락한 사내아이들이었던 탓이었겠지만- 선생님들로부터 많은 사랑의 매도 맞았습니다. 그리고 이렇게 나이가 들면서 생각을 하여 보니 선생님들의 그러한 엄하셨던 가르침이 "그래도 저희들이 큰 과오 없이 인생을 살아갈 수 있는 바탕이 되지 않았겠는가?" 하는 생각이 드는군요.

선생님! 그렇지 않아도 여러 가지로 복잡하실 텐데 공연히 말만 잔뜩 늘어놓은 듯하여 대단히 죄송합니다. 그리고 마지막으로 항상 생각이 짧아 선생님의 깊은 마음을 이해하지 못하는 육신만의 부모일 뿐인 저희들을 널리 혜량하여 주시기 바라오며 다음에 꼭 한번 찾아뵙고 감사의 인사를 드리도록 하겠습니다. 안녕히 계십시오!

2008. 5.14 새벽

소현아빠 드림

(전 농협은행 오룡역 지점장)

꿈의 세계 외 3편

김신타

현실 세계는 절대계 속의 상대계인 반면, 꿈의 세계는 상대계 속의 절대계이다. 그러므로 꿈꾸면서 우리는, 절대계의 존재 형식과 우리 자신의 실체를 조금이나마 엿볼 수 있다. 이러한 사실을 알고 나면, 불교 경전이나 '신과 나눈 이야기'라는 영성 관련 책에 나오는 것처럼, 현실 세계가 환상임을 좀 더 쉽게 이해할 수 있을 것이다.

깨고 싶지 않은 꿈이든 악몽이든 우리가 꿈을 꾸고 깨어났을 때, 꿈속에 있었던 자기 자신은 물론이고 다른 사람도 건물도 시간도 공간도 모두 사라진다. 유일하게 남는 것이라곤 기억뿐이다. 그리고 꿈속에 내가 없는 경우란 없다. 모든 꿈속에 '나'라는 존재가 있음을 우리는 알 수 있다. 이처럼 꿈속의 절대계든 현실 속의 상대계든 '나'라는 존재가 없을 수는 없다. 다만 불교에서 말하는 무아無我란, 현실 세계에서 타인과 상대적으로 비교되는, '육체로서의 자신은 실체가 아니다'라는 뜻으로 나는 이해한다.

실체란 영원한 존재임에 반하여 환상은 일정 기간이 지나고 나면 사라지는 존재이다. 현실 세계에서 육체와 함께 살다가 육체와 분리되고 나면, 우리 삶은 현실 세계에서 꿈속 세계로 바뀌는 것뿐이며, 꿈속 세계에서 새로운 삶을 계속 이어가게 된다. 이처럼 현실 세계가 오히려 환상이며 꿈속 세계가 실체라는 게 나의 앎이자 주장이다. 물론 현실 세계에서의 삶이 옛말에 나오는 일장춘몽처럼 짧은 것은 아니다. 개인의 육체적 삶은 100년 안팎이었지만, 인류 역사는 수억 년을 면면히 이어오고 있기 때문이다.

그러나 우주 역사는 인류 역사에 비할 바 없이 장구하며, 시공이 없는 꿈속 세계 즉 영적 세계 역시 우주 역사와는 비교할 수조차 없이 영원할 뿐이다. 우주 역사는 대충 짐작이라도 할 수 있지만, 영적 세계에 대하여는 우리가 아는 게 하나도 없지 않은가?

현실 세계에서 육체와 함께하는 삶이 끝나면, 우리는 육체에서 벗어나 영적 삶을 이어가게 된다. 시공이 없는 꿈속 세계에 있는 '나'라는 존재는, 신과 함께하는 신의 영원한 부분이기 때문이다. 따라서 신을 유형의 형상으로 상상하는 인간의 관념은 너무나도 인간적인 상상일 뿐이다. 철학자 니체가 그러한 신은 죽었다고 일찍이 설파했지만, 오늘날에도 인간적인 신을 믿는 종교인은 여전하다. 인간을 벌하는 어리석은 짓을 하리라는 두려움에 여전히 떨고 있다. 그러나 신은 인간들처럼 어리석지도 않고 잔인하지도 않다. 기독교 바이블에 나오는 내용처럼, 100마리 양 중에서 길 잃은 1마리 양을 찾으러 가는 사랑의 존재가 바로 신이다. 우리 인간이 길을 잃었다고 해서 내팽개치거나 나아가 무슨 벌을 주는 게 아니라, 찾아가 보살피는 사랑의 존재가 바로 신이기 때문이다. 임사체험 등을 통해 알려지고 있는 영혼의 세계에 대하여, 임사자들의 체험담을 사실로 받아들이든 아니면 사후세계가 악몽일 것이라고 믿든지는 각자의 자유의지에 달린 일이다.

가상현실과 공空의 세계

우리는 '가상현실'이라는 세계에 살고 있습니다. 요즘 길거리를 지나가다 보면 영어 약자로 'VR 체험'이라고 쓰인 간판을 볼 수 있죠. 제가 남원 광한루 부근에 있는 상가에서 체험해 본 '춘향 가마 추격전'은, 화살이 제 얼굴 쪽으로 날아오고 제가 탄 가마가 도망가다가 길에서 굴러 떨어질 듯하기도 했습니다. 그런데 우리가 지금 살고 있는 세상이 바로 이러한 가상현실(VR·virtual reality)이라는 거죠. 우리가 서 있는 땅덩어리인 지구를 비롯한 우주가 바로 가상현실입니다. 이러한 제 주장을 그대로 받아들인다 해도 의문이 하나 생길 것입니다. 바로 우리 자신의 몸뚱이 때문이죠. 가상현실인데 어찌하여 우리가 땅을 딛고 서 있을 수 있으며 여기저기 움직일 수 있느냐 하는 의문 말입니다. 여기서 패러다임의 전환이 필요합니다. 천동설에서 지동설로 바뀌었듯 우리의 인식을 스스로 바꿔야 하는 것이죠. 다소 놀라울 수 있겠지만, 이 몸뚱이조차 가상현실이라는 점을 깨달아야 합니다. 지구를 비롯한 우주가 따로 있고 자신의 몸이 따로 있는 게 아니라, 우리 각자의 몸이 바로 지구상에 있는 많은 물상 중의 하나입니다. 어리석게도 우리는 자신의 신체로부터 보이는 세상의 모든 것, 즉 다른 사람의 신체를 포함한 세상의 모든 것은 하나의 물상으로 보면서도, 자신의 신체는 다른 사람과 똑같은 물상으로 보지 못하는 게 지금까지 대부분 우리의 모습입니다. 흔히 말하는 내면과 외부 세계로 나누는 가운데, 우리 자신의 몸을 외부 세계로 보지 못하는 것이죠. 그러나 다른 사람의 몸이 외부 세계에 속하는 것처럼 우리 자신의 몸도 분명 외부 세계에 속합니다. 즉 우리 각자의 몸이 외부 세계인 우주와 별개의 존재가 아니라 우주와 하나라는 거죠. 내 몸은 여기 있고 우주는 저기 있는 게 아니라, 내 몸과 우주 그리고 여기와 저기가 하나입니다. 따라서 우리 눈에 보이는 세상 속 물상만이 아닌, 우리 저마다의 몸도 세상 속에 있는 물상입니다. 결론적으로 우리 저마다의 몸이 외부 세계와 마찬가지로 가상현실입니다. 우리 자신의 몸이 가상현실이라는 사실을 받아들이고 나면, 불교에서 말하는 공空에 대해서도 보다 쉽게 이해할 수 있을 것입니다. 최근의 가상현실이라는 용어 대신, 2,500년 전에는 공이라는 단어로 표현했을 뿐이니까요.

새해 첫날

그러고 보니 오늘이 새해 첫날이네요. 어제가 12월 31일이었고 지금 시간이 새벽 3시가 넘었으니 말입니다. 언젠가는 일출을 본다고 꼭두새벽에 바닷가 일출 명소를 찾아간 적도 두어 번 됩니다만, 지금은 잠자리에 누워서 스마트폰 붙들고 있는 것만으로도 충만합니다. 일출 보러 간다고 전날 저녁부터 또는 새벽부터 부산을 피웠던 것도 부질없는 짓이 아니라, 지금 느끼는 충만감의 바탕이 되고 있을 것입니다. 굳이 불교의 연기법을 떠올리지 않아도 원인이 없는 결과가 있을 수는 없으니까요. 물론 우리가 지금 살고 있는 세계가 아닌, 또 다른 세계에서는 원인 없는 결과가 존재할지도 모르지만 말입니다. 아무려나 새해 첫날임에도 어디로 떠나고픈 충동이 일지 않고 마음이 고요하다는 건 편안한 일입니다. 하긴 1주일 전 크리스마스쯤에는 어디론가 떠돌고 싶어, 며칠 동안 여행을 다녀온 적이 있기는 합니다만. 아무튼 모든 것이 우리 자신을 위해서 일어난 일이고 또한, 일어날 것이라는 점을 나는 믿어 마지않습니다. 어떤 일이 내게 이미 일어났거나 또는 앞으로 일어난다 해도, 모든 게 나를 위해서 일어나는 일입니다. 우주 또는 신이 나를 해롭게 할 일이 무엇이겠습니까? 나를 위해서 일어난다고 여기면 모든 일이 나를 위해서 일어나는 반면, 나에게 해로운 일이 일어나지는 않을까 하고 불안해하면 불안해하는 일이 일어날 수도 있음입니다. 이게 바로 끌어당김의 법칙이자 우주와 신의 법칙이기도 합니다. 불안해하지 않고 마음 편히 살아도 됩니다. 복음송 및 유행가 노랫말처럼 우리는 모두 사랑받기 위해 태어났으니까요. 우리가 무엇을 행하든 우주 또는 신으로부터 미움받고 벌 받기 위해 태어난 존재는 아무도 없습니다. 종교 경전에도 나와 있듯이 우주와 신은 사랑이니까요. 다만 우리 자신이 사랑이 되지 못하는 것일 뿐입니다. 우리 스스로 신의 이름을 빌려 살인과 폭력을 저지르는 것일 뿐, 우주 또는 신이 그러한 적은 없습니다. 물론 자연재해라든지 어처구니없는 사건·사고가 일어날 때도 많습니다만, 그것조차도 우리 자신을 위해서 일어난 일로 받아들일 수 있음입니다. 심지어 인간에 의해 일어난 전쟁과 악행조차도 우리 자신을 위해서 일어난 일로 받아들일 수 있습니다. 받아들일지 안 받아들일지와 어떻게 받아들일지는, 전적으로 우리 자신에게 달린 일입니다. 우리 각자의 선택을 존중합니다. 다만 저마다 자신을 위해서라도 삶에서 일어나는 모든 일이, 자신을 위해서 일어난다는 사실을 믿고 받아들이길 바랄 뿐입니다. 아울러 우리 모두에게 아름다운 꿈 이루어가는 새해가 되길 기도합니다. 감사합니다.

여전히 천동설

태양이 도는 것처럼 보이지만 사실은 지구가 돌고 있다는, 학교에서 배운 과학 지식을 우리는 받아들이고 기억하면서도, 눈에 보이는 감각만이 진실을 담보한다는 어리석은 믿음은 여전하다. 오늘날 누구도 거역할 수 없는 과학이라는 이름에 의해 세뇌된 모습일 뿐, 자신도 모르는 사이 여전히 천동설을 믿고 있음에 다름 아니다. 태양이 도는 것으로 보인다면, 시각이라는 감각이 잘못된 것임을 이제는 깨달아야 함에도, 우리는 여전히 자신의 오감으로 확인한 사항만이 진실이라고 믿고 있으니 말이다. 지구의 자전 속도야 위도에 따라 달라지므로 차치하고라도, 공전 속도가 대략 초속 30km라고 하므로 이를 시속으로 바꾸면 10만km가 넘는다. 이러한 속도로 하루도 쉬지 않고 태양 주위를 달리는 지구 위에서, 자신의 감각으로는 땅 즉 지구가 가만히 서 있다고 느껴진다는 사실을 익히 알면서도, 어리석게도 우리는 오감이 진실을 담보한다고 믿는다. 우리의 오감 중에 시각도 그렇지만 청각도 마찬가지다. 자동차의 경적 소리가 자동차에서 난다고 우리는 착각하지만, 자동차에서부터 우리의 귀 사이에 있는 허공에는 공기의 진동과 정적만이 가득할 뿐, 소리는 각자의 귀에 있는 고막 안에서부터 난다는 게 우리가 배운 과학 지식이다. 오감이라는 우리의 감각은 진실의 보고가 아니라, 오류투성이임을 하루라도 빨리 깨달아야 할 것이다. 물론 오류투성이인 감각에 의존하여 생활한다고 해서, 생활하는데 무슨 지장이 있는 것은 아니다. 오히려 많은 도움이 된다. 태양이 서 있는 위치를 보고 대강의 시간을 알 수 있으며, 자동차에서 나는 경적 소리에 몸을 피할 수도 있으니 말이다. 그러나 감각을 지나치게 신뢰하는 나머지 우리는, 눈에 보이는 건물이나 차량이 환상일 수 있음은 전혀 눈치채지 못한다. 물론 불교의 공空 사상을 받아들여 머리로는 동의하는 경우가 있겠지만, 스스로 깨달아 이를 가슴으로 체감하지는 못한다는 말이다. 일찍이 독일의 철학자 칸트는 물 자체(Ding Aa Sich)를 알 수 없다는 학설을 발표하였으며, 우리는 사물을 보는 게 아니라 빛에 의한 사물의 상을 보고 있을 뿐이다. 한마디로 말해서 우리는 사물을 보는 게 아니라, 빛이 만드는 홀로그램을 보고 있음이다. 사물의 여러 가지 모습 중에서, 빛에 의해 반사된 모습 하나만을 보고는 그게 전부라고 착각하고 있음이다. 앞이 안 보이는 사람이 코끼리 만지는 격이다. 시각에 의해 속고 있음에도 우리는 이를 자각하지 못한 채, 시각에 의한 관찰만이 진리를 담보한다고 믿는다. 그래서 중세 기독교 교황청에서는 지동설을 주장하는 이탈리아 신학자 조르다노 부르노를 화형시키는 만용을 부리기도 했다. 단순히 육안에 의한 관찰만이 진리를 담보한다고 굳게 믿었기 때문이다. 그래서 시각을 비롯한 자신의 감각이 잘못될 수 있음을 아직도 인정하지 못하는 사람이라면, 그는 중세 시대 유럽의 천동설을 믿던 사람과 다를 바 하나 없다. 눈으로 보아 분명 태양이 도는 것처럼 보임에도, 자신의 오감이 잘못되었거나, 또는 잘못될 수 있음을 자각하지 못한다면 참으로 안타까운 일이 아닐 수 없다.

(영성 활동가)

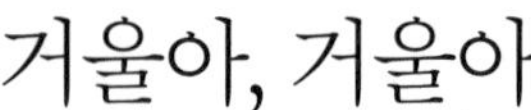

거울아, 거울아

이성숙

거울아, 거울아 세상에서 제일 예쁜 사람은 누구지? 그러면 거울은 항상 "그야, 여왕님이지요", 그런데 백설 공주가 성장하면서 거울은 "여왕님, 여왕님은 참으로 아름다우시지만 어린 백설 공주가 더 아름답습니다". 여왕은 질투와 시기심으로 점점 사악해졌다.

미소년 나르키소스Narcissos는 연못에 비친 자신의 아름다운 모습을 보고, 사랑에 빠진다. 그러나 반응 없는 짝사랑에 큰 상처를 입고, 결국 자신의 얼굴이 비치는 연못 속으로 뛰어든다. 그 자리에 아름다운 꽃, 수선화가 피었다고 한다.

페르난도 보테로Fernando Botero의 '아침 욕실'은 통통한 여성이 거울을 보고 있는 모습의 그림이다. 방안에 전신을 볼 수 있는 큰 거울이 있음에도 불구하고 굳이 작은 거울로 얼굴을 보고 있다.

나르시시즘은 자기애自己愛를 뜻한다. 그리스 신화에서 호수에 비친 자신의 모습을 사랑하다 결국 물에 빠져 죽은 나르키소스Narcissos 이야기에서 유래하였다. 자기 자신에게 애착을 느끼는 현상이다. '백설 공주'의 거울 이야기도 결국은 여왕의 과도한 자기애로 비롯된 시기, 질투로 자신의 딸을 해치는 결과를 낳게 한다.

막 목욕을 하고 거울 속의 자신을 바라보는 여인의 마음은 어떠할까? 통통한 자신의 모습을 잘 아는 이 여인은 속상한 전신거울은 버리고 얼굴만 보이는 작은 거울을 바라보며 만족함을 택했을 것이다. 자기애와 사랑받고자 하는 욕구, 아름다워지고 싶은 갈망 등이 사람들을 거울 앞에 서게 하는 이유가 아닐까. 대인관계에서 자기관리는 기본이다. 단정하고 깔끔한 용모는 사람들에게 호감을 주기 때문이다. 과도한 자기애도 문제이나, 낮은 자존감은 더 위험하다. 자신을 과소평가하고 특별하지도 소중하지도 않다고 생각하여 우울한 에고이스트가 될 수도 있다. 건강하고 긍정적인 나르시시스트는 어려움을 극복하고, 유연한 사고와 이타심의 소유자로 자기 주도적으로 미래를 개척하는 사람이다.

바로크 시대의 디에고 벨라스케스Diego Rodriguez de Silva Vel zquez의 문제작 '시녀들'에서 거울은 그림의 평면 속 공간과 관람자의 관계를 연계시켜 회화의 공간이 현실과 소통할 수 있다는 심리적 가능성을 보여준다. 이는 거울을 통해 그림 속에 그려진 인물들이 마치 관람자를 바라보는 듯 착각에 빠지게 하여 무한한 상상과 호기심을 자극한다.

거울은 '보다'와 '비치다'의 두 가지 의미를 모두 포함하니 신비스러울 뿐이다. '시녀들'이란 작품은 제목에서 보여주듯이 공주와 시녀들이 주인공으로 보인다. 그러나 거울로 인해 때로는 사람들의 시선을 공주를 보러 온 왕과 왕비에게로 유도한다. 어쩌면 궁정화가 벨라스케스는 거울을 매개로 의도적으로 자신을 주인공으로 그려 넣었을지도 모른다. 우주의 삼라만상을 있는 그대로 비추는 거울은 보이는 것과 비추는 것이 모두가 아닌 또 다른 상상과 마음을 담아내고자 한다.

대원경지大圓鏡智는 '크고 둥근 거울'을 뜻한다. 이는 불佛이 갖는 4가지 지智 가운데 하나로 크고 둥근 거울에 모든 것우주의 삼라만상이, 있는 그대로를 비치는 것처럼 일체를 구름 한 점 없이 밝게 하는 청정한 부처님의 최상의 지혜라고 한다.

그런데 우리가 잘 보고, 잘 보이기 위해서는 거울에 먼지나 때가 없어야 한다. 맑고 깨끗한 거울이 잘 보이고 잘 비치니 부지런히 거울을 닦아줘야 한다. 보고 싶은 것만 보기 위해 작은 거울을 사용하지 않았으면 한다. 깨어진 거울, 굴곡이 있는 거울의 사물을 그대로 믿어서도 안 된다. 나를 둘러싼 다른 풍경과 배경까지 섬세하게 들여다보는 여유도 있으면 좋겠다. 추운 겨울, 양말을 신지 않고 가는 등 굽은 할아버지가 거울에 비쳐 보이면 달려가 도와줄 수 있는 따뜻한 마음도 있기를 바란다.

"거울아, 거울아, 세상에서 제일 지혜롭고 용기 있는 사람은 누구지?" 그러면 거울은 이렇게 말한다. "바로 당신입니다." "당신은 자기 자신을 사랑하고 자신의 꿈을 꾸준히 키우고 있으니까요. 남을 배려하는 당신은 충분히 아름답습니다."

(전 영등포여자고등학교 교장)

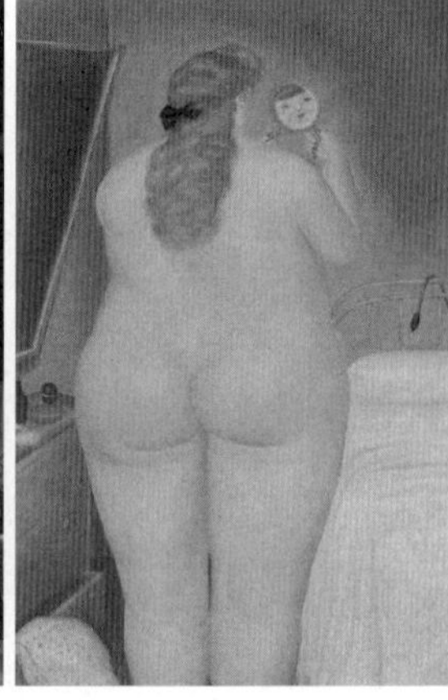

<참고 작품>
디에고 벨라스케스'시녀들'(1656/캔버스에 유채/318×276cm. 위쪽 사진)과 페르난도 보테로'아침 욕실'(1971/캔버스에 유채/192×177cm)

‘다름’과 ‘틀림’

정환영

며칠 전 친구들 모임에 갔다가 “‘전골’과 ‘찌개’는 어떻게 다르지?”라는 질문을 받고 당황한 적이 있다. 평소 깊이 있게 생각해 보지 않았기 때문이다. 그럼 ‘설렁탕’과 ‘곰탕’은 어떻게 다른 거지? 등등 화제가 자연스럽게 다름과 차이에 대한 이야깃거리로 흘러갔다. 요즘에는 인터넷이 워낙 발달 되어 있어서 검색해 보면 금방 알 수 있고 모르면 ‘지식인’에게 물어보면 된다. 참 편한 세상이다.

내가 아는 서울의 어느 지리학과 교수는 다른 사람이 ‘다르다’고 말해야 할 때 ‘틀리다’라고 말하면 곧바로 신경질 내며 바로 잡아 준다. 내 경우도 그런 실수를 자주 하는 편이다. 그런데 바로잡아 주는 것이 고마울 때도 있지만 때론 서운할 때도 있다. 서로 알아들으면 되지 무엇이 문제인가! 별 차이도 아닌 것 같은데 왜 그렇게 신경을 쓰나! 이렇게 생각해 왔는데 요즘 들어 이 두 단어의 쓰임이 매우 의미 있는 것이라는 생각을 하게 되었다. 그래서 오늘은 ‘다름’과 ‘틀림’에 대하여 생각해 보기로 한다.

사전을 찾아보니까 ‘다름’은 긍정과 부정이 없는 상태에서 기준이 되는 것과 서로 같지 않다는 것이고, ‘틀림’은 긍정과 부정이 존재하는 경우로서 예를 들어 셈이나 사실 따위가 그르거나 어긋나는 것을 뜻한다고 되어 있다. 예를 들어 사람의 얼굴이 각각 같지 않을 때는 사람의 얼굴은 긍정 또는 부정이 존재하지 않으므로 "생김새가 다르다"라고 해야 하고, '1+2=4' 라고 썼을 때는 긍정과 부정이 있으므로 "1+2=4는 틀리다"라고 해야 한다.

우리는 종종 다른 것을 틀린 것으로 생각하기 쉽다. 예를 들어 "흑인은 왠지 모르게 더러울 거야", "미국에 사는 인디언은 무서울 거야", "저 사람은 돈 많은 부자니까 나쁜 짓을 많이 했을 거야", "저 여자는 명품을 좋아하니까 된장녀일 거야", "저 남자는 못생겼는데 예쁜 부인이 있는 걸 보니 부자일 거야" 등등 수없이 많다. 다른 것을 틀린 것이라고 생각하면 '차별'이 되고 '흑' 아니면 '백', '승자' 아니면 '패자'라는 극단적인 생각을 가지고 사람을 대하게 된다. 심지어 '내 편' 아니면 '반대편'이라는 생각을 갖게 될 수도 있다.

'다른 것'과 '틀린 것'을 혼동하면 안 된다. 세상에 같은 사람은 한 명도 없다. 다 같을 수 없다는 것을 인정하는 것이 매우 중요하다고 생각한다. 부부라 하더라도 생각이 같을 수는 없다. 그런데 우리는 자기 생각과 다르다고 해서 상대가 잘못된 '틀린 사람'이라고 생각할 수도 있다. 필자가 결혼식 주례할 때 자주 써먹는 '감자 이야기'를 소개한다.

"감자를 먹을 때 그냥 먹는 경우도 있지만, 설탕을 찍어 먹는 사람도 있고 소금을 찍어 먹는 사람도 있습니다. 심지어 고추장을 찍어 먹는 경우도 있습니다. 그런데 신붓집과 신랑집이 먹는 방법이 다르다면 어떻게 해야 할까요? 많은 사람들은 신부가 시집왔으니까 신랑집 풍습대로 해야 한다고 할는지 모릅니다. 그러나 상대방이 서로 다르다는 점을 인정하면 쉽습니다. 소금 찍어 먹고 싶은 사람은 소금 찍어 먹고, 설탕 찍어 먹고 싶은 사람은 설탕 찍어 먹고, 고추장 찍어 먹고 싶은 사람은 고추장 찍어 먹도록 하면 됩니다. 즉 상대방이 서로 다르다는 사실을 인정하시기 바랍니다. 이것은 하나의 예에 불과하지만, 부부는 서로 다른 것에 대하여 상대방이 자기식으로 맞추어 달라고 하면 안 됩니다. 서로 맞추어 살려고 노력하는 것은 매우 훌륭한 일이지만 무리할 필요는 없다는 겁니다."

우리는 같은 사실을 보면서도 다르게 보는 사람을 잘못된 사람이라고 하는 경우가 많다. 다음 사진을 자세히 들여다보자.

많은 사람들은 이 그림 속에 있는 동물을 '개구리'라고 하는데 몇 명은 '말(馬)'이라고 한다. 친구들은 무엇으로 보이는가? 내가 실제로 갈등관리 관련 강연을 할 때 실험을 해 보았는데, 10명 중 8~9명은 '개구리'로 보인다고 말한다. 혹시 개구리만 보인다면 고개를 옆으로 돌려 보자. '말[馬]'이 보인다.

즉 같은 것을 보고 있는데 서로 다른 것을 본 것처럼 다르다고 한다. 사물의 모습은 보는 사람의 시각에 따라 달리 보이는 법이다. 즉 맞고 틀림의 문제가 아니라 어떻게 보느냐가 중요하다. 그렇기 때문에 서로가 달리 보고 달리 생각하는 것을 이해해 주어야 한다. 즉 틀린 것이 아니고 다르다는 생각을 갖는 것이 매우 중요하다. 하지만 우리는 너무도 쉽게 상대방에게 "너는 틀렸어"라고 말해 버리고 무시해 버리곤 한다.

우리 친구들도 그동안의 경험과 사고방식이 각각 다르다. 머리 모양도 다르고 성격도 다르다. 이제 우리는 '다름'과 '틀림'을 진지하게 생각해 보고 서로가 '다름'을 이해하고 살아가는 지혜가 필요한 것 같다.

(공주대학교 지리학과 교수)

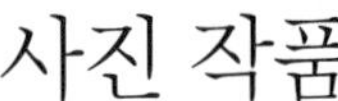

사진 작품

정재훈

◈ 장소 : 서산 웅도 야경 ◈ 촬영 : 2021.04.01.

2020년 12월 25일 갑자기 뇌혈관에 문제가 생겨 병원 신세를 지었는데 자신감을 잃은 내모습을 생각하며 촬영하였다.

저멀리 바다 건너편에 서있는 자동차는 현재의 나(자신감 없어 길을 건너는데 망설이는 모습)를 표현하였으며, 옆에 있는 가장 환한 가로등은 와이프, 물에 잠긴 도로 중간 중간에 서있는 가로등은 내 자식들, 이렇게 가족들이 내가 길을 잘 건너도록 도움을 주는 모습을 그리며 셔터를 눌러 보았다.

◈ 장소 : 강릉 안반데기(고랭지 배추밭) ◈ 촬영 : 2020. 08. 25.

친구들과 함께 전날 이곳에 도착하여 별사진을 촬영하고 차박을 하였으며, 새벽 5시에 일출을 담기 위해 포인트를 찾아 삼각대를 펴고 일출시간을 기다리다 5시 55분경에 촬영.

일출과 함께 텃밭으로 봉고 트럭을 몰고 일터로 나가는 부지런한 농부들의 삶을 담아 보았다.

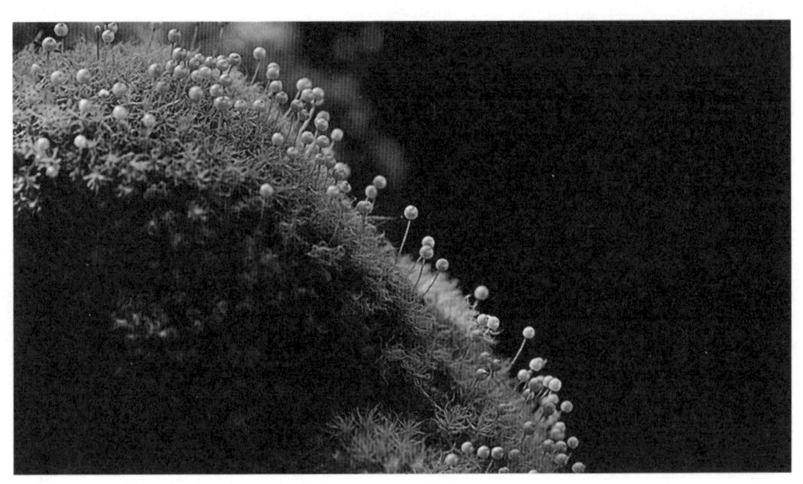

◈ 장소 : 충북 보은 도원저수지 근처 ◈ 촬영 : 2020.04.02.

회원들과 새벽에 대전에서 출발 아침빛으로 산기슭에 자리한 영롱한 구슬이끼(크기는 지름2-3mm 정도)를 105mm 마크로렌즈로 근접 촬영한 사진.

◈ 장소 : 충남 논산 양촌 ◈ 촬영 : 2018. 08. 07

큰비가 내린 며칠 후 양촌 다리밑에 자리한 어리연꽃을 촬영하기 위해 반바지만 입고 가슴 깊이의 물속에서 근접 촬영하는데 성공하였다. 그런데 교각밑에 더 예쁜 꽃이 보이는 게 아닌가! 그래서 한발 한발 조심스럽게 내딛으며 접근하는 순간 큰비가 온 후 모래와 자갈이 쓸려 내려간 교각밑 웅덩이 속에 빨려 들어가고 말았다. 수심은 어른키보다 훨씬 깊은 곳이었다.
카메라도 망가지고, 죽을 고비를 넘긴 그 이후론 교각밑엔 절대 가지 않는다.

◈ 장소 : 강릉 남대천(물수리가 숭어사냥)　◈ 촬영 : 2020. 10. 29.

10월말이나 11월중순까지 은빛 숭어를 낚기 위해 진사들은 강릉 남대천과 포항 형산강으로 몰려간다.

강릉 체육공원 입구가 사진포인트! 벌써 진사들이 100여명 삼각대를 펼쳐 놓고 물수리 오기만 기다린다. 물수리가 나타나면 동시에 물수리를 향해 카메라가 움직인다. 바다에서 민물로 이동하는 숭어를 포착하면 물수리는 순식간에 수면으로 다이빙하며 숭어를 낚아챈다. 물수리는 숭어를 날카로운 발톱으로 제압하여 의기양양하게 하늘을 비행하는 모습이 전투기에 미사일을 장착한 모양이다.

◈ 장소 : 대전엑스포다리 야경　　◈ 촬영 : 2015. 09. 25.

저녁식사 후 엑스포다리에서 분수쇼를 한다는 소식에 단숨에 달려가 보니 벌써 진사들이 많이 자리잡고 있었다.

이 시기만 해도 사진을 찍기 위해 전국 방방곡곡을 누비며 활동할 때인데 그때가 그립다.

(전문사진작가)

시로 낭독극 <이인삼각> 만들기

- 이은택 [벚꽃은 왜 빨리 지는가]

이인호

■ **연출노트**

1. 제작 동기

여러 편의 시를 읽고 그 속에서 이야기를 찾아 낭독극 공연을 통해 시를 감상하게 하고자 했다. 학교에서 학생들과 할 때는 시를 먼저 같이 읽어보고 모둠별로 시 속의 이야기를 살려 대본을 만들어보면 여러 종류의 이야기가 나올 수 있을 것이다. 그리고 교사가 시를 읽는 장면은 어미 처리만 말하듯이 해서(-습니다체 또는 해요체) 대화하듯 하면 자연스럽게 전달된다. 관객이나 아이들도 시를 가깝게 느끼고 삶이 담긴 시가 주는 감동을 맛볼 수 있는 작품이다.

2. 작품의 특징

이은택 시인의 <벚꽃은 왜 빨리 지는가>는 4부로 구성되어 있는데 그중 3부 '이인삼각'은 학생들과 교사의 학교생활 모습이 잘 드러나 있다. 해마다 3월이면 논농사를 잘 짓던 아버지처럼 평생 교사로 살아온 원로교사답게 아이들과 한 해 교육 농사를 잘 지어보려고 여러 다짐도 하고 실천을 하지만 뜻대로 되지 않는다. 그래서 작년에 왔던 각설이 같은 자신을 자책하게도 된다. 그러나 아이들은 이런저런 일들로 성장통을 앓기도 하고 어려움을 겪으면서도 성장한다. 선풍기 날개의 물청소를 하기도 하고 체육대회 후 삼겹살을 구워 먹으며 세상 부러울 것 없는 순간을 맛보기도 한다. 그러나 야간자습에, 똑같이 반복되는 일상에 '자기소개서'를 쓸 때 내세울 '자기'가 없기도 하다. 이런저런 일들로 학교를 떠나기도 한 학생이 돌아올 때 조마조마한 심정으로 지켜보게 되기도 한다. 모둠원들과 시집 중 3부의 시 가운데 8편을 골라서 같이 읽었다. 시가 생활을 담고 있어서 아이들의 생활상을 담으면 몇 개의 장면이 가능했다. 중심사건을 무엇으로 할 것인가를 잠시 상의하면서 자퇴했다 돌아온 학생 이야기, 그리고 그 학생이 겪은 일을 다소 극적으로 표현하자고 했다. 그러다 보니 일상생활-갈등 상황-자퇴생의 상황-갈등 해소의 순으로 시 속의 이야기를 배치할 수 있었다. 자퇴생이 강에 몸을 던졌다가 패딩 때문에 떠오른 실화는 시 속에는 안 나오지만 극적 효과를 위해 주요 소재로 넣었다. 그리고 교사의 자책이 학생들의 응원으로 "실패할 수 있지만 '그러나' 시작하는 것"으로 마무리했다.

3. 연출 시 유의 사항

실제 공연을 하면서 '오해'란 시에서 소를 때리는 장면을 그림자극을 보탰고 간편한 리코더로 몇 개의 음악을 넣고 악기를 통한 효과음, 간단한 조명이 더해지자 극이 생생해졌다. 시를 읽을 때 이야기하듯이 읽음으로써 자연스럽게 전달되도록 한다. 시 중에 한 두편은 장면이 전환될 때 PPT로 보여줘도 좋을 것이다. 배우의 연기는 일부를 제외하고는 자기 자리에서 앞을 보며 하는 것이 좋겠다. 낭독극 대본과 인용된 시 8편을 함께 보시기 바란다.

4. 무대 설명

나무상자와 보면대를 4개 배치하고 앞부분 공간을 활용하여 강조하는 장면은 배우가 절제된 동작으로 연기를 한다.

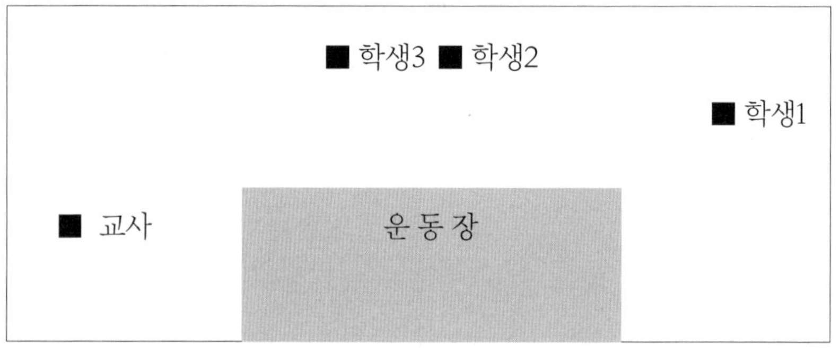

■ 낭독극 대본
이 인 삼 각

등장인물 교사, 학생1(지나), 학생2(순일), 학생3(수진)

학생1 안녕하세요? 저희는 이은택 시인의 '벚꽃은 왜 빨리지는가'라는 시집 중 학교생활의 이런저런 모습이 교사 시인의 따뜻하고 진솔한 시선으로 그려진 3부 '이인삼각'에 수록된 작품을 바탕으로 낭독극을 만들어보았습니다. 시에 없는 내용을 상상해서 만든 부분이 있기는 하지만 대부분 시에 담긴 것을 살리도록 해봤습니다. 저희와 함께 고3들이 있는 학교로 같이 가볼까요?

학생1 자신의 위치에서 시작 음악을 연주한다. 서서히 무대 밝아지며 학생2, 학생3 자기 자리에 앉고 교사 마지막으로 등장. 음악이 줄어들며 교사에게만 조명.

교사 평생 농사꾼으로 사신 아버지는
봄이 오면

벼농사의 시작으로 논두렁을 치셨습니다
삽으로 논흙을 떠 두렁에 바른 후
착착 소리를 내며 다지셨는데
솜씨가 어찌 좋은지
어린 내가 보기에도 눈이 부셨지요.
그리고 아버지의 솜씨에 갇힌 물은
한 방울도 새나가지 못하고
여름 내내 햇빛에 반짝거리며
아버지의 벼를 살지게 길렀습니다

새 학기가 시작되던 지난봄
평생 선생으로 사는 나도
아버지의 마음으로 두렁을 쳤습니다
올해는 끝까지 가보리라
교육 일기장도 장만하고
함께 읽는 시도 준비했습니다
무슨 일 있어도 화내지 않으리라
공부 안 해도 스트레스받지 않으리라
교재연구 게을리하지 않으리라
열심히 두렁을 친 후
마음의 물을 가뒀습니다

그러나

무대 전체 밝아지며 교사 앉고, 학생1 서 있다.

교사 지나야, 자습 시간에 얼마든지 늦을 수는 있어.

학생1 죄송해요. 사탐교재 사러 시내 책방에 다녀오느라...

교사 (말을 끊으며) 그런데 왜 전화는 받아서 끊고 또 끊고 그래. 이 전화 발신 번호 봐봐. 했나 안 했나.

학생1 엥? 그게 무슨 말씀이세요? 전화 안 왔어요. (울음을 터트리며) 정말로 안 왔단 말예요.

학생1 울며 앉고 교사 일어선다. (학생 1은 연주, 학생 2와 3은 인형극)

교사 초등학교 시절 집에 오면 소 뜯기러 나가는 게 하루의 일과였습니다. 하루는 소 눈등에 붙은 쇠파리 잡아주려고 고무신 벗어 알맞게 꺾어 쥐고 살금살금 다가갔습니다. 마침 풀을 뜯던 소가 엉덩이 쪽으로 머리를 내두르다가 주인인 내 이마를 그만 뿔로 받고 말았습니다.

순간 눈앞이 캄캄해지고 별이 보이면서 넘어지고 말았는데 정신 차리고 일어나 보니 이마에 호두알 만한 혹이 붙어 있었습니다. 은혜도 모르는 이놈의 소를 내가 매일 뜯기고 있었다니 배신감과 분노로 눈이 뒤집힌 나는 이놈의 소를 동구 밖 커다란 느티나무로 끌고 가 나무 밑둥에 코가 닿도록 고삐를 바짝 매놓고는 "이놈의 소가! 이놈의 소가! 몽둥이로 사정없이 때려줬습니다. 그때 나는 보았습니다. 하염없이 흘러나오는 눈물 말입니다. 지나의 간절하고도 촉촉한 눈이 그때 그 소의 눈과 어써면 그렇게 닮았는지요. 그리고 내 좁은 소견도 어쩌면 그렇게 하나도 달라지지 않았는지요.

교사 자, 자습 시작 시간이다. 자리에 앉아. 그리고 자기소개서 내일까지 제출인 거 알지?

학생2 선생님, 쓰다 보니까 저랑 지나랑 겹치는 게 너무 많아요.

학생1 크크. 하긴 양식장에서 길러진 광어나 우럭에게 무슨 놈의 자기소개서가 있나요?

학생2 어디 비밀 하나 간직할 곳 있었나요?

학생3 헐, 쓰다 보니 자기소개서가 아니라 우리 소개서가 됐네요.

학생2 쌤! 제가 대표로 쓸 테니까 다른 친구들 고생 안 시키면 안되남요?

교사 개웃겨.

학생1 선생님 연세에 어떻게 그런 말 써요?

교사 헐, 니들한테 배웠다. 그리고 칠판에 낙서하지 말랬...? (무대 앞쪽 칠판의 낙서를 읽는다.) '순일이가 선풍기 물청소한다고 했어.'

학생1 순일이 역시 봉사왕이죠!

학생3 순일이 봉사상 한 번 더 주시죠?

학생2 (순일, 앞으로 나와 칠판을 지우며) 내가 언제 그랬냐?

교사 어이 순일이가 착한 줄은 알고 있었는데 이렇게까지 착한 줄 몰랐네. (사이) 셋이서 같이 해.

학생1,2,3(학생1,3 당황한 듯하나 웃고 순일이 둘을 향해 메롱 한 후 셋이 힘차게) 넵!!

학생들 일어나 청소 동작을 하며 '선풍기' '물청소'를 두 번 반복한다. 무대 어두워지면 학생3(수진) 무대 뒤쪽으로 이동한다. 무대가 밝아지면 무거운 음악이 흐르고, 학생 1과 2가 학생3의 험담을 한다. 학생3(수진)은 교실로 들어오다 공부하다가 아이들 말을 듣고, 이어폰을 끼며 모른 척한다.

학생2 복학한 수진이 언니 때문에 열받아.

학생1 맞아, 아니 자퇴를 했으면 검정고시를 보면 되잖아?

학생2 그리고 저 언니 남자친구가 한 트럭은 된대. 그래서 자퇴했던 거고...

학생1 그건 뭐 모르겠고 나 저 언니 때문에 1등급 2개나 놓칠 것 같아.

교사와 학생3, 상담하고 있다.

교사 수진아, 힘들지? 중간고사 애썼다. 힘든 건 없고?

학생3 알바 할 때보다 몸은 편한데... 후배도 어렵고 공부는 더 낯설어요.

교사 나는 네가 학교로 돌아와서 열심히 생활하는 게 정말 보기 좋아.

학생3 (일어서서 앞으로 나오며) 사실 지난 겨울, 앞날도 캄캄하고 살아 뭐하나 싶었어요. 강물이 참 맑고 예쁘더라고요. 저 강물 속 나라로 가고 싶어. 다리에서 뛰어내렸는데...요즘 패딩이 방수 너무 잘 된 걸 몰랐어요. 가라앉질 않았어요. (웃으며) 너무 웃기죠? 저도 구조되며 웃음이 나오더라고요. 금방 죽네사네 하던 제가 춥다, 따뜻한 거 마시고 싶다 그런 생각하는 게 너무 웃겼어요. 그리고 찬물에 정신이 들었는지 한번 해 보자, 이런 생각도 들었고요. (사이) 선생님, 그래도 꿈 찾을 수 있을까요?

교사 제주도 곶자왈에는 팻말이 서 있어. '곶자왈의 나무는 곶자왈에 있을 때 가장 아름답습니다'. 넌 먼 곳 다니다 돌아온 곶자왈 나무 같아.

아, 이번 체육대회 때 너랑 나랑 이인삼각 한 팀인 거 알지?

(교사 앞쪽으로 나와 학생3과 하이파이브를 하며) 잘 해보자!!

체육대회 날이다. 아이들의 응원소리가 들린다.

학생1 수진 언니랑 담임샘이 이번에 잘하면 우리 반 종합우승권이야.

학생2 (방송 안내 멘트) 오늘 체육 축제의 하이라이트, 사제경기 이인삼각이 곧 시작됩니다. 선수들 입장해 주세요.

학생3 팔을 끼면 안 되고요, 선생님께서 제 어깨를 안으셔야 돼요.

교사 묶인 발 먼저 나갈까?

학생3 풀린 발 먼저 나가요.

핵생2 준비 하시고 출발!

교사와 학생3 무대 앞쪽에서 제자리 뛰기로 맞춰 이인삼각 달리기를 한다. 학생1,2 응원한다. 절정의 순간에 학생3이 넘어질 뻔하는 걸 교사 잘 붙잡는다.

학생1 아, 아깝다. 우리 반 꼴찌네.

학생2 그래도 수진이 언니가 안 다쳐서 다행이야.

교사 얘들아.
발을 묶은 것은
빨리 가라는 것 아니고
함께 가라는 것이니
비록 우리가 꼴찌를 했을지라도
네 발 혼자 온 것 아니고
내 발 혼자 온 것 아니고
묶인 발 풀지 않고
네 발과 내 발 함께 왔으니
우린 성공하지 않았느냐
우린 승리하지 않았느냐

학생1 선생님, 우리 반 삼겹살 파티해요.
학생3 제가 음료수는 쏘겠습니다.
학생2 저는 사이다에 알콜 첨가!

아이들끼리 장난을 치며 삼겹살을 먹는다. 교사 그런 아이들을 모습을 보다가 이름(지나, 순일, 수진)을 한 명씩 불러가며, 아이들에게 음료를 따라준다. 아이들 음료 잔을 받은 채로 정지.

교사 하늘은 파랗고 바람은 맑았어
일찍 체육대회를 끝냈고
오늘 같은 날은
우승 같은 거야 남에게 줘도 괜찮았어

그저 친구만 곁에 있어도
좋아 죽을 우리들한테
삼겹살이 있다는 건
세상에 부러울 것이 없다는 것

불안한 내일도 알 수 없는 미래도
멀찌감치 밀어놓고

교사 빛나는 청춘, 오늘을 위하여
학생들건배!

학생들 건배한 채로 정지
전체조명이 꺼지고 교사에게만 조명 인

교사 그러나
여름 오기 전 벌써
내 논두렁은 무너지고
물도 다 새나가고 말았습니다
그리고는
벼와 사람은 어차피
다르다며 말도 안 되는 핑계로
내가 나를 위로하며
작년에 왔던
각설이가 되고 말았습니다

그러나

학생1 (무대 다시 밝아지며, 다시 건배) 그러나!

학생2 (교사를 바라보며) 그러나!

학생3 일어나!

교사 (학생들을 보고 미소 지으며 더 큰소리로) 일어나!!

전체 (김광석의 '일어나' 후렴구 배우들 합창, 또는 엔딩음악으로)
일어나 일어나 다시 한번 해 보는 거야 일어나 일어나 봄의 새 싹들처럼

무대 서서히 암전. 다시 밝아지면 배우들 인사한다.

■ 낭독극 <이인삼각> 원작시

각설이

평생 농사꾼으로 사신 아버지는
봄이 오면
벼농사의 시작으로 논두렁을 치셨다
삽으로 논흙을 떠 두렁에 바른 후
착착 소리를 내며 다지셨는데
솜씨가 어찌 좋은지
어린 내가 보기에도 눈이 부셨다 그리고
아버지의 솜씨에 갇힌 물은
한 방울도 새나가지 못하고
여름 내내 햇빛에 반짝거리며
아버지의 벼를 살찌게 길렀다

새 학기가 시작되던 지난봄
평생 선생으로 사는 나도
아버지의 마음으로 두렁을 쳤다

올해는 끝까지 가보리라
교육 일기장도 장만했다
함께 읽는 시도 준비했다
무슨 일 있어도 화내지 않으리라
공부 안해도 스트레스받지 않으리라
교재연구 게을리하지 않으리라
열심히 두렁을 친 후
마음의 물을 가뒀다

그러나
여름 오기 전 벌써
내 논두렁은 무너지고 말았다
물도 다 새나가고 말았다
그리고는
벼와 사람은 어차피
다르다며 말도 안 되는 핑계로
내가 나를 위로하며
작년에 왔던
각설이가 되고 말았다

등교

제주도 곶자왈에는 팻말이 서 있다

곶자왈의 나무는
곶자왈에 있을 때 가장 아름답습니다

사월을 자줏빛으로 물들이는 자운영은
논에서 아름답다
여름날을 하얗게 덮은 개망초는
길가에서 더욱 아름답다
산 위의 구름 숲 속의 새 강가의 버드나무도
또한 아름답다

학교 때려치고 일 년 동안 알바하다가
복학한 수진이
후배도 어렵고 공부는 더 낯설다

그래도 꿈 찾을 수 있을까
가방 메고 진입로 오르는 수진이
교복 위에 떨어지는 햇빛이 순하다
가만 보고 있으면
자운영 같기도 하고 개망초 같기도 한 수진이는
어디 알 수 없는
먼 곳 다니다 돌아온
곶자왈 나무다

삼겹살 데이

먼 훗날 우리가 만나면
어느 날부터 기억할까
목련이 지는 줄도 모르고
급식실로 달려가던 우리였으니까
아마 오늘부터 기억하리

하늘은 파랗고 바람은 맑았어
일찍 체육대회를 끝냈고
오늘 같은 날은
우승 같은 거야 남에게 줘도 괜찮았어

그저 친구만 곁에 있어도
좋아 죽을 우리들한테
삼겹살이 있다는 건
세상에 부러울 것이 없다는 것

불안한 내일도 알 수 없는 미래도
멀찌감치 밀어놓고
종이컵에 사이다 따라서
빛나는 청춘 오늘을 위하여 건배했어
그늘을 내주었던 고마운 나무들도
길게 손을 뻗어 건배에 동참했어
지나던 바람도 기웃거렸고
내리쬐는 햇살도 불판을 찔러댔어

오늘은 입에 대해 이율배반적이었어
음식을 남기는
짧은 입은 원망의 대상이었고
쉼 없이 수다를 풀어내는
누에 같은 입은 경탄의 대상이었어

하지만 눈만큼은 착실했어
날아가는 새와 지나가는 구름을
부러움 없이 쳐다봤어
우리들을 토해 놓고 멀뚱히 내려다보는
교실을 올려다볼 줄도 알았고
오늘따라 오지 않는 백구를 기다리며
자주 교문에 눈길을 주기도 했어

특별히 미워하는 애는 없었지만
특별히 좋아했던 우리들은
우정과 약속 그리고
오늘과 먼 훗날을 가슴에 담았고
새잎에 돋는 실핏줄 같은
은밀한 눈빛도 주고받았어
우리 다시 한번 건배해
오늘을 위하여
먼 훗날을 위하여
그리고
우리들의 은밀한 눈빛을 위하여

오해

초등학교 시절 집에 오면 소 뜯기러 나가는 게 하루의 일과였습니다 소가 풀 뜯을 때 나는 삘기도 뽑다가 찔레순도 꺾다가 물수제비도 뜨다가 소에 붙은 쇠파리도 쫓다가 진디도 잡아 주다가 하면서 무료함을 달랬습니다 하루는 소 눈등에 붙은 쇠파리 잡아주려고 고무신 벗어 알맞게 꺾어 쥐고 살금살금 다가갔습니다 (쇠파리 잡는 데는 고무신이 최곱니다) 마침 풀을 뜯던 소가 엉덩이 쪽으로 머리를 내두르다가 주인인 내 이마를 그만 뿔로 받고 말았습니다 엉덩이에도 쇠파리가 붙어서 그랬는지 눈등에 붙은 쇠파리 때문에 그랬는지 알 수 없지만 이놈의 소가 내가 매일 풀을 뜯겨 주는 이놈의 소가 주인인 내 이마를 뿔로 받고 말았습니다 순간 눈앞이 캄캄해지고 별이 보이면서 넘어지고 말았는데 정신 차리고 일어나 보니 이마에 호두알만한 혹이 붙어 있었습니다 은혜도 모르는 이놈의 소를 내가 매일 뜯기고 있었다니 배신감과 분노로 눈이 뒤집힌 나는 이놈의 소를 동구 밖 커다란 느티나무로 끌고 가 나무 밑둥에 코가 닿도록 고삐를 바짝 매놓고는 이놈의 소가 이놈의 소가 몽둥이로 사정없이 때려줬습니다 그때 나는 보았습니다 하염없이 흘러나오는 눈

물 말입니다

살짝 긴장한 채 앞에 서 있는 지나한테 자습 시간에 얼마든지 늦을 수는 있어 한껏 알량한 아량 베풀어 방심하게 합니다 그러고는 왜 두 번이나 전화를 받아서 끊고 받아서 끊고 그래 이 전화 발신번호 봐봐 했나 안했나 하고는 창으로 깊숙이 찌릅니다 엥 그게 무슨 말씀이세요 전화 안 왔어요 정말로 안 왔단 말예요 지나의 간절하고도 촉촉한 눈이 그때 그 소의 눈과 어쩌면 그렇게 닮았는지요

그리고 내 좁은 소견도 어쩌면 그렇게 하나도 달라지지 않았는지요

이인삼각

체육대회 날
학생과 교사가 한 조가 되어
이인삼각을 한다

팔을 끼면 안 되고요
선생님께서 제 어깨를 안으셔야 돼요
묶인 발 먼저 나갈까요
아니면 풀린 발 먼저 나갈까요

땅 하는 소리 들리고 다른 사람들
저만치 바람처럼 앞서 나간다
팔을 끼었는지 어깨를 안았는지
묶인 발이 먼저 나간 건지
풀린 발이 먼저 나간 건지

어쨌거나 바톤은 무사히 건넸는데

애야 혜림아
발을 묶은 것은
빨리 가라는 것 아니고
함께 가라는 것이니
비록 우리가 꼴찌를 했을지라도
네 발 혼자 온 것 아니고
내 발 혼자 온 것 아니고
묶인 발 풀지 않고
네 발과 내 발 함께 왔으니
우린 성공하지 않았느냐
우린 승리하지 않았느냐

우리소개서

1. 학습 경험과 느낀 점에 대해

수학요
오래만 붙잡고 있으면 되는 줄 알았지요
그런데 성적이 오르지 않는 거예요
누군가 개념과 원리를 잡아야 한다길래
그거 때려잡느라고 고생 좀 했지요
결국은 올랐어요 아니 안 올랐던가
잘 모르겠네요
다른 과목에도 이 방법을 적용했어요
그제야 개념 없는 놈이란 말뜻을 알겠더라구요
나중에 사회에 나가서도 이 방법을 적용해 볼 참예요
사랑할 때도 개념부터
취업할 때도 원리부터
확실히 때려잡고 볼 거예요

그러면 사랑도 취업도 실패하지 않겠지요

2. 본인이 의미를 둔 교내 활동에 대해

우리 또래 학생들 누구나 그렇듯
동아리 하나 조직했어요
회장은 남에게 양보하고
나는 부회장 했어요 동아리 활동을 하는 동안
어려운 일이 많았지만요
결국은 다 극복해 냈어요
그 과정에서 남의 말을 귀담아 들어야 한다는 것도
협력의 중요성도 깨달았어요
아마 우리 또래들 다 깨달았을 테니까
앞으로는 이 세상에
저 혼자만 잘났다고 떠드는 놈
저 혼자만 잘 살겠다는 싸가지 없는 놈
하나도 없을 거예요

3. 나눔 배려에 대해

복지원으로 봉사활동 다니면서
애들하고 놀아도 주고
할머니들의 말벗도 되어 드렸지요
진짜로 의미 있는 봉사활동이란

마음을 나누는 거라 생각해요
봉사활동 다니면서
나누는 삶
더불어 사는 삶의 의미를 깨달았어요
이다음에 보세요
우리 또래가 어른이 됐을 때는
못 사는 사람
소외된 사람 하나도 없을 거예요
필요 없게 되면 없어지는 다른 말들처럼
아마 소외니 나눔이니 더불어 사는 삶이니
하는 말들은 듣기 어렵게 될 거예요

근데요 양식장에서 길러진 광어나 우럭에게
무슨 놈의 자기소개서가 있나요
어디 비밀 하나 간직할 곳 있었나요
나 원 참 쓰다 보니 자기소개서가 아니라
우리소개서가 됐네요
내가 대표로 쓸 테니까
다른 친구들 고생 안시키면 안되남요

선생은

애비는 자식 놈 입에 밥 들어갈 때 기쁘고
농부는 마른갈이에 물 들어갈 때 기쁘다

자습 시간 교실에 들어갔더니
순일이가 선풍기 물청소한다고 했어
칠판에 써 있다 그리고
웃음기가 붙은
송민과 혜림이가
다른 친구들에게 또 나에게
따따따따 입으로도 전한다
금세 내 뒤를 따라 들어온 순일이는
내가 언제 그랬냐면서 칠판을 지운다
어이 순일이가 착한 줄은 알고 있었는데
이렇게까지 착한 줄 몰랐네
셋이서 같이 해 하니까

미리 약속이나 한 듯
한 입에서 나온 것처럼
밝고 크고 높고 씩씩한 소리로
예 하고 대답한다

그리고 며칠 후 더위가 오기 전
셋이서 교실 선풍기 네 대를 물청소했다
교실에서 밝고 크고 높고 씩씩한 빛이 났다

이만하면
아직은 해볼 만하지 않은가

혈

해 긴 여름날
소 뜯기고 들어와
저녁 기다리다 살풋 잠들었는데
얘 깨워 밥 먹여야지 하는 소리에
그냥 자게 둬
하는 말

식구들 모여
오징어 구워 먹는데
벌써 딱딱해진 다리를
내 쪽으로 밀어놓으며
아빠 다리 좋아하지
하는 말
선생이란 해가 갈수록
어린 세대 만나는 법인데

저희들한테서 맨날 듣는 그 말 배워서
개웃겨 한마디 하면
선생님 연세에 어떻게 그런 말 써요
하는 말

(연극인)

파장罷葬

김홍정

"예전 같으면 벌써 폐농하고 굶고 지내야 헐 판이여, 근디 더럽거나 말거나 강물을 끌어다가 남새밭이나 무논에다가 붜 대니 저리 퍼런 겨. 그려, 누가 뭐래두 강물이 시퍼렇게 넘치니 마음이 다 후련허구 걱정이 읎다야. 배 곪는다구 생각혀 봐라. 느덜 전화 받는 것도 부담스러울 뿐인디. … 근디 니 사업은 어쩌냐? 비가 안 오니께 공치는 날은 없을 겨. 공사는 여전허지?"

안부 전화랍시고 꿈에 떡 먹듯이 하던 장손이 서운하기도 하지만 소식조차 없는 장손 애비보다는 훨씬 고맙다. 장손은 아파트 공사 하도급으로 쉬지 않고 일을 해도 손에 잡히는 돈은 없다고 늘 투덜댔다. 여름으로 들어서자 장손의 전화질이 부쩍 늘었다. 속이야 뻔하다. 말이 좋아서 아파트 도급 공사를 맡은 건축업자지 장손은 그저 그런 노동일로 잔뼈가 굵은 미장공이다. 강 노인은 장손을 생각하면 마음이 짠하다.

먼 나라 페르시아 땅 뜨거운 모래밭에서 번 돈을 어린 시절 살림을 차린 여자가 들고 달아났다며, 금벽으로 돌아와 매일 강가에서 술로 지낸

적이 있었다. 비가 열흘이나 퍼붓던 여름, 황토물 속으로 마침내 뛰어들었다. 눈앞에서 강물에 쓸려가는 장손을 본 마을 사람들이 집으로 달려와 장손이 죽었을 것이라 전했을 때 눈앞이 캄캄했다. 이상스레 시신이나 건질 수 있을지 모르겠다는 사람들의 말이 밉상 맞지도 않았고, 오히려 매일 술병을 붙잡고 살다가 죽는 것보다 낫겠지 속으로 생각했다. 그 장손이 어둠이 내려서야 집으로 돌아왔다.

"어찌 살았더냐?"

"그냥 한참 누런 황토물만 퍼먹고 이젠 죽겠구나 허고 있다 보니께 건너편 저 아래 산기슭으로 떠내려간 거쥬. 강물이 불어 산기슭까지 물이 찼으니께유."

"죽을라구 환장했더냐? 젊은 것이……."

"죽을 팔자는 아닌개뷰. 물구신이 다리를 잡아댕기는디 문득 보니 강 건너 테미바위 위에서 아부지가 손짓을 허더란말유. 냅다 다리를 차고 앞으로 나갈려구 허다 보니께 몸이 저절로 그리루 갔다니께유."

"늬 애비가 나타났다구?"

"그랬다니께유. 아부지였슈."

"늬가 늬 애비 얼굴을 안단 말여?"

"몰류. 근디 아부지라구 생각혔다니께유. 사진에서 본 이가 틀림읎었다니께유. 하여튼 아부지가 내민 나뭇가지를 잡고 테미바위로 올라갔는디 근디 아부지는 읎었슈. 한참 지나 정신을 차리구 보니 강을 건넜더라구유. 그래 달리 방법도 읎구혀서 전막까지 걸어가서 소주 한잔 더 하구 오는규."

"동네 사람들은 니가 죽었을 거라 허더라. 매칼읎는 사람들 같으니. 애비가 너를 살렸구나. 명은 질겼다."

장손은 이튿날 금벽을 떠났다.

죽음을 견디어낸 운수 때문인지 빈손으로 아파트 공사장을 전전하다가 솜씨가 있는 미장이들 몇과 손잡고 차린 금벽건설이 제법 자리를 잡았다.

"그래, 몸은 성치? 어디 여자가 읎더냐?"

"여자유? 말두 마유."

"그래두 집에는 여자가 있어야 허는 겨. 잘 찾아봐라."

"수 일내 금벽으로 댕겨갈 것이구먼유."

"뭔 일 있더냐? 나두 인저 집에 읎어. 일 나가야 혀."

"뭔 일을유?"

"거 박 교수라구, 너도 알다시피 우리 동네에서 돌무더기 파내서 박사가 된 분인디, 요새 며칠 이 동네에서 풀방개처럼 드나들며 같이 일허자규 혀서. 모르긴 몰라두 담주부터는 집에 읎어야. 놀면 뭐허냐. 한 푼이라두 벌 수 있을 때 벌어야지."

장손을 만나고 싶지 않았다. 불안했다. 남은 논과 겨우 장만해 불려 논 집터, 과수원까지 눈독을 들이고 있는 것을 알고 있기 때문이다. 어차피 장손에게 내려갈 재산이다. 몽땅 처분해서 밑천으로 넘겨줄까 생각하기도 했지만, 이상스레 땅만은 손에 쥐고 있어야 할 것 같았다. 땅값이 뛸 것이란 소문이 무성하게 돌았다. 폐교된 초등학교를 생태 역사체험 빌리지로 개발하고 마을 전체를 선사 유물 전시마을로 개편한다는 소문이 돌았다. 몇 해 전 마을 사람들 땅을 문화재청에 무상으로 내놓고 선사유물전시관을 끌어왔던 오 사장이 퍼트리는 소문이라 믿지는 않았지만, 어쨌든 이번에는 땅을 뺏기지 않겠다고 다짐하던 터다. 한편으론 몰려드는 관광객들에게 친환경 고구마나 토마토만 팔아도 여윳돈을 살 수 있을 거로 생각했다. 강 노인은 통화를 끝내고 서둘러 회관으로 갔다. 회장 혼자 우두커니 상수리나무 그늘에 앉았다가 반갑게 강 노인을 맞았다. 아침저녁 만나는 사이지만 볼 때마다 반갑다.

"왜 인저 나오는 겨? 뭔 일 있나 그랬네. 하릴읎어서 집으로 갈 참이여."

"장손이 전화를 혔더라구. 그거 받느라고."

"장손이? 사업은 잘 된댜?"

"그렇지 뭐. 회장 말여. 우리 동네가 개발된다는디, 오 사장이 그랬다구 허데. 읍내에는 소문이 짝 돌아더라구."

"그이 말을 믿남? 전에도 그랬잖여. 솔직히 말혀서 요즘 시상에 제 땅을 무상으로 내 놀 인간이 워디 있담. 새마을운동 하던 때라면 모르지. 그 양반, 괜히 그런 거짓으로 사람들을 속이는 겨."

"허긴 그려. 새마을운동 할 때는 우덜이 앞장서서 땅을 내놨지. 핵교로 들어가는 길도 그때 넓혀놓은 것이지. 그 땅이 그이 오 사장네 땅이었지 아마…."

"오 사장이 내놨간디? 그이 할애비가 내놓은 거여. 입은 삐뚫어졌어도 말은 바루 혀야지. 오천명, 그분이야 더 할 것 읎는 으른이 아닌가베. 한학은 또 얼마나 바르고. 선비여. 해주 오씨 가문의 유일이셨지."

"근디 그 손자분께서는 워찌 그런지 모르겄네. 시 의원이나 바루 허지. 뭔 일을 그리 자꾸 일으키나 모르겄어."

강 노인은 슬그머니 일어나 구판장으로 가서 소주 댓병 한 병과 쥐포, 소금 한 종지를 가져왔다.

"영실네 집에 있던감?"

"읎어. 그냥 달구 가져왔지."

"영실네두 당체 실속이 읎어. 그냥 저리 열어두구 어딜 쏘댕기는지. 쩝."

"왜? 처조카 며느님 어디 잘못될까 그러시는가? 오 사장 보조 댕긴다구 허든디?"

"그게 잘못이지. 구판장이라구 거저 허는 장사는 아니지. 조신하게 점방을 지키구서니, 손님 한 분이라두 더 받으려구 허야지. 주막 읎애구 구판장 낼 때 헌 말을 생각허야지."

"회장두 참, 그때는 새마을운동 헐 때니까 그런 거구, 시방이야 돈이 돼야지. 점방이든, 구판장이든 지키지. 제우 동네 사람들이나 드나드는디 치부책이다가 적어놓으면 되는 일 아닌감."

"그건 그렇구 박 교수 따러댕기믄서 일 할라남? 박 교수 말이 자네 강구식이 아니면 그일 지대루 할 사람 읎다구 그러던디. 우리네는 그저 자네 보조 아닌가베. 일당이나 조금 만지면 될 성 싶구. 상구 으르신 말씀이 자네가 혼자 돈을 탐내서 그런다고 허기두 허더구먼, 자네가 어디 그럴 사람인가?"

"허허, 그 점잖으신 상구 으르신이 그런 말씀을 허셔? 노망드셨구먼. 나두 생각 중인디, 박 교수 일이라니 돕지 않을 수 읎는 일이지."

강 노인은 회장의 잔에 소주를 따랐다. 미지근해진 소주 냄새가 상수리나무 주위로 퍼졌다. 쥐포 냄새를 맡은 구판장 득구가 살랑살랑 꼬리를 치자 회장은 쥐포 한쪽을 떼어 멀리 던졌다. 득구는 앞발을 모아 뛰며 쥐포를 찾아 달렸다.

"가히놈헌티 자꾸 줘 버릇허믄 자꾸 달려들어서 귀찮여."

"흐흐, 그런가? 그런디 저놈도 얼마 안 남았구먼. 말복에 가마솥에 넣고 푹 삶아내야 겨울을 날 것 아닌감. 괜히 주는 게 아녀. 잘 멕이고 펄펄 뛰게 혀야 혀. 똥개는 그리 키우는 겨."

"회장두 일 따라 갈 터?"

"자네가 간다믄 나두 가야지. 왜 일 안 시킬 참이었남? 품이나 팔게 시켜 줘."

"그 일이 그렇다는구먼. 나랏돈도 아니구, 뜻 있는 사람들이 십시일반혀서 쬐금 돈을 맹글었댜. 그러니께 품삯이나 제대로 받겄어? 내가 망설이는 디는 다 까닭이 있다니께."

"나랏돈이 아니랴?"

"그렇다는구먼, 또 헐 일이라는 게 그려. 포클레인으로다가 듬성듬성 몇 삽씩 떠서 옮겨놓고 땅 냄새를 맡으면 우리네야 다 알지. 사람 손은 포클레인으로 정리한 뒤에 필요헐 거구먼. 미리 얘기해 두는 겨. 진짜 필요헌 것은, 만약에 말여, 만약에 송장이 무더기로 나온다면 말여, 그 뒤처리를 허는 거여. 자네 송장 수습하는 일을 혀 봤남? 제우 땅바닥 쓸어서 돌멩이나 몇 개 건진 것이 전부 아닌감. 아마 동네 사람들도 그런 일루다가 생각헐 틴디, 내가 볼 때는 그게 아녀. 나도 그거 허기 싫어서 이러구 있는 겨."

"그르키 사람들이 많이 죽었댜?"

"그건 모르지. 배운 사람들이 알지 우리네가 어찌 그 일을 안디야. 몰러, 아무도 모르는 일여. 그리구 뭐하러 그 일을 새삼 들추는 지도 모르겄어. 그게 더 숭악헌 일여. 들춰서 어쩔 것이냔 말여."

강 노인은 잔을 비우고 다시 한잔을 채워 홀짝 마셨다. 득구는 회장 곁에 얌전히 앉아 꼬리를 살랑거렸다. 한 떼거리 바람이 강을 건너와 상수리나무 가지를 흔들었다. 영글지 못하고 쭉정이가 된 상수리 낱알 몇 개가 바닥에 후드득 떨어지자 득구는 상수리들을 향해 이리저리 날뛰었다.

"여그서 당제 안 지낸 지 얼마나 되었는가?"

"스무 해는 더 지났지. 저 금벽핵교 세우고 허 교장 왔을 때, 애들 공부에 지장이 있다구 하두 성화를 해 대서 깃발을 내리고 당목에 둘렀던 띠를 풀었지 아마."

"당제라두 한번 지내구 싶은 마음인디, 마을 사람들이 어쩔라나 모르겄네. 금벽핵교도 폐교되었으니께, 그냥 마음이라두 편했으면 혀서."

"자네가 당제를 읎애는 것을 질 반대허더니 다시 세울라구 허는 겨? 나 회장 그만 두거들랑 혀. 일허는 거 싫어. 돈 생기는 것두 아니구, 당제할라믄 기금이 수월찮게 들 것인디."

"그런가? 돈만 생각해서는 안 되는 일두 있는 거여. 그런 일이 있어."

박 교수는 공주교도소 수감자 학살과 관련한 사진 몇 장을 찾아낸 손 기자를 만났다. 손 기자는 사진 속에 불안과 절망에 사로잡힌 눈을 지닌 청년들의 모습을 가리키며 이 사실을 입증해내야 하는 이유를 설명했다. 불법이었고, 학살이었다는 손 기자의 이야기를 들으며 박 교수는 불안하고 우울했다. 더구나 트럭에 실려 간 사람 중에 살아남은 사람도 없었고, 그들을 데려간 사람 중 누구도 증언에 나서는 이도 없었다. 더구나 당시 일을 지시한 경찰서장은 금강에서 물놀이를 하다가 물에 빠져 죽은 지 오래였다.

"귀신들이 경찰서장 놈을 끌어간 거요."

손 기자는 단호했다.

"본 사람이 있을 거요. 이 길로 차량이 이동했다니까요. 미군들이 이 길 초입 장깃대나루를 막고 모든 통행을 막았을 것이고, 강을 따라 창벽으로 간 트럭에 실린 사람들은 그 어디에서도 나타나지 않았단 말이오. 10대 넘는 차량 이동이었다니까요. 1950년 7월 9일 벌어진 일이지요. 이미 전날 미군 24사단이 천안전투에서 패하고 후퇴하여 금강 지역에 방어선을 구축한 날에 일어난 일로 보입니다. 24사단 34연대가 공주로 퇴각하여 들어오자, 인민군 4사단은 공주로, 인민군 3사단은 대평리로 몰려 대치했지요. 7월 14일 34연대는 공주를 내주고 논산으로 후퇴했단 말입니다. 대평리에는 미 19연대와 조치원에서 후퇴한 21연대가 집결 중이었고요. 게다가 분명한 것은 공주 곰나루 옆 정지산에는 옹진반도에서 퇴각한 한국군 17연대 2대대가 주둔하고 있었지요. 그들은 급했을 것입니다. 박 교수님 생각해 보세요. 2대대장은 여순반란을 진압한 대대장이고, 공주교도소에 수감된 희생자들은 상당수가 여순반란 건으로 수감된 자들이지요. 인민군들이 몰려오면 그들은 풀려나 다시 활동할 것이니, 교도소에 수감 중인 좌익 빨치산이나 적에게 동조할 것으로 보이는 보도 연맹원들을 죽이려 했을 것입니다. 그렇겠죠?"

박 교수는 고개를 끄덕였지만 말은 하지 않았다. 손 기자의 이야기 끝이 궁금했을 뿐이었다.

"아무리 전시의 위급한 상황이지만 여순반란 사건 당사자들은 겨우 2년이나 3년 형을 선고받고 복역 중인 죄수들이었단 말입니다. 더구나 보도 연맹원들은 죄인도 아니어요. 양민들이란 말이지요. 박 교수님, 어떻게든 찾아봅시다. 2만 년 전의 유물도 찾아낸 교수님께서 그깟 40년 지난 흔적을 찾지 못한다면 누가 믿겠습니까? 그것도 수백 명의 목숨이란 말이지요. 어딘가로 데려가 죽였을 겁니다. 파고 묻었겠지요. 땅이야 그들보고 파라고 했을지도, 하지만 죽이고 묻은 사람이 있을 터, 찾아낼 수 있겠지요. 밝혀야 합니다. 억울하게 죽은 영혼들이 울부짖고 있단 말입니다. 관에서는 모르는 척합니다. 오죽하면 몇 유가족과 시민단체가 나섰겠습니까? 박 교수님만 믿습니다. 고맙습니다."

손 기자는 이미 박 교수가 승낙한 것처럼 말했다. 박 교수는 황당했다.

그렇다고 장깃대 나루에서부터 미군들이 점령하고 있던 공암 일대의 야산을 다 헤집을 수는 없는 노릇이다. 더구나 마을이라고는 공암과 왕촌으로 들어가는 초입 몇 개가 전부였다. 발품을 팔아 질문을 던지면 마을 주민들은 하나같이 모르는 일이라 입을 닫을 것이 분명했다. 난감했다. 박 교수는 금벽에 사는 강 노인을 떠올렸다. 서둘러서 배를 타고 강을 건너 금벽 마을로 갔다.

"살아남은 이가 읎었어. 내 아들놈도 그때 사라졌는디, 혹시 몰라서 강 건너를 수도 읎이 헤집고 댕겼다니께. 금방 돌아올 것 같더라구. 근디 읍내사람들이 말을 안 혀. 내가 왜정 때 순사보조 노릇을 한 걸 그 사람들이 다 알지. 먹고 살기 위해 헌 일이지만 께름칙허기두 혔구 그건 지금도 마찬가지여. 해방하고 읍내에는 일절 발을 드밀지 않았거든. 맞아 죽을지 몰라 두려웠으니께. 그때만 해도 여긴 읍내 가려면 반 나절을 걸어야 갈 수 있었거든. 곧이곧대로 말헌다면 여긴 오지여. 비라두 오면 마을은 그냥 섬이 되는 거여. 산을 넘어 대교로 가는 길을 빼면 온통 물바다니께. 드나드는 사람이 읎어. 여기에 내 땅이 있었으니 그냥 들어와서는 땅만 쳐다보고 살았다니께. 그러니 읍내 일은 몰라."

"아드님은 돌아오지 않았어요?"

"몰라. 그놈 얼굴은 그날 이후 본 적이 읎다니께. 그날도 그려. 내가 말혔지. 여기서 농사나 짓고 살어라. 바뀐 세상에서 살라믄 숨을 죽이고 있으야 된다고 혔다니께. 근디 그놈이 그여 나간 거여. 즤네 중핵교 선생 하나가 좌익을 혔는디 그 선생을 찾아간다구 나갔다니께. 이쪽 세상에서는 살 수 읎으니께 저쪽으로 붙어야 된다고 허드라구. 그게 될 성싶은 말여? 이쪽은 뭐고 저쪽은 뭐여? 그리고 나이라고 겨우 열일곱 살 된 것이, 근디 참 별일이여, 나중에 말여. 대여섯 해가 지났는디, 웬 색씨가 아이를 디리구 이 금벽으로 왔다니께. 그 아이가 우리 장손이여. 나는 그놈이 어디서 숨어서라도 살구 있는 줄 알았지. 그 색씨가 말을 안 혀. 그려서 더는 안 물어봤어. 물어보면 뭐 혀, 말을 안 허려구 작정헌 사람헌티 묻는다구 이바구를 허겄어."

"그럼 아직까지 아들 소식은 모르셔요?"

"모르지."

금벽은 변한 것이 없었다. 강바람에 상수리나무가 흔들리고 주위에 늘어선 버드나무들이 춤을 추는 것도, 금벽 뒤로 둘러선 숲에 길쭉이 솟은 소나무들이나, 듬성듬성 보이는 바위틈에 삐쭉삐쭉 내민 관목들도 달라진 것이 없었다. 박 교수는 상수리나무를 둘러싼 시멘트 평상에 걸터앉아 담배를 꺼내 물었다.

"이게 누구시랴? 박 선생님 아니신가? 나여, 나 모르시겄는가? 하긴 그게 언제적 일이여. 강구식이라믄 모를까, 이 박상구를 알 수 있을라구. 그래두 우리가 종씨였는디. 서운허네."

"아, 예, 박상구 어르신이시구먼요. 너무 많이 변하셔서 당장에 몰라뵈었어요. 죄송합니다."

"죄송헐 것은 읎구. 내가 오래전에 풍을 맞았어, 많이 좋아져서 걷고 농사짓고 하는 거는 어려움이 읎어. 근디 어쩐 일이시랴? 또 발굴허시는가? 그러믄 나도 일을 시켜줘. 강구식 그 사람은 발굴 작업하러 다닐 때, 나는 거시기 뭐여, 몸이 션찮다구 빼놓더라구. 그런 일은 아직 나두 헐 수 있는디 말여."

"아, 예, 그 강귀식 어른을 만나러 왔어요."

"구식이를? 그 사람 곧 여기로 올 걸, 회장허구 저 산으로다가 물질 넘어간다구 보러 갔으니께. 별일이여. 읍내 사람들이 이 강물 안 먹구, 저기 워디라드라, 댐에서 넘어오는 물을 먹는다든가 허대. 이 물이 워쩌서 그런디야. 박 선생님두 아시잖남? 뭐라 했드라, 원시인? 아 원시인이 아니고, 그려 구석기, 구석기 사람들도 여기서 살믄서 이 물 먹었잖은감? 근디 저 산으로 물질을 내서 그 물을 다시 되받어서 먹는디야. 산으로다가 물이 다니는 질을 내면 그 땅이 워치기 되는 겨? 산이 물 텀벙이가 되믄 편히 누워지신 구신들을 들쑤셔 별일이 다 벌어진다니께. 회장이 정신이 나간 겨. 그걸 허락헌다구 저 지랄이라니께."

박 교수는 금벽 마을 뒷산을 뚫고 지나는 수로를 찾으려는 듯 한참이나 올려 보았다. 수로는 보이지 않았다.

"수로가 안 보이는데요?"

"수로? 땅속으로다가 지나 간댜. 땅 위로나 가면 괜찮지. 원래 물은 땅 위로 흐르는 벱이니께."

"아, 수로 터널을 뚫는 모양이군요."

"글씨, 난 모르겄는디 아마 그런다구 허대. 박 선생님이 시키는 일에 날 빼면 안 되어. 나두 얼마든지 헐 수 있다니께. 나는 박 선생님만 믿구 있을 겨. 그럼 일 보셔."

박 교수는 우두커니 금벽 앞을 흐르는 강물과 금벽 뒷산을 뚫고 지나는 수로를 생각했다. 박 교수는 스승 손보기 교수를 생각했다. 고고학에 뜻을 둔 대학원생 시절 우연히 금강으로 방학을 지내려 왔다가 강변에서 돌덩이 하나를 주웠다. 아무리 살펴봐도 그냥 돌덩이가 아니었다. 마음이 급해 달음질하여 민박집 강씨네로 돌아갔다.

"아저씨, 혹시 이런 돌덩이들을 보신 적이 있으세요?"

"이게 뭐라? 아, 이거, 박 선생 이거 강가에서 주우셨지? 이런 거? 거기 잘 찾아보면 여러 개 주울 걸. 우리도 가끔 짐치독 눌러놓으려고 주워다 놓은 게 있지. 저거랑 같지 않은감?"

박 선생은 자신의 눈을 의심했다. 뗀석기. 한반도에서는 나타난 적이 없는 구석기시대의 유물이다. 박 선생은 서둘러 대학으로 돌아갔다. 연락을 받고 연구실로 허겁지겁 돌아온 손 교수는 당장 짐을 싸고 택시를 불렀다. 손 교수의 얼굴은 이미 붉을 대로 붉어졌다.

"자네, 이게 뭔지 아는가? 이건 그냥 돌이 아니야. 이 한반도에 구석기가 있었다는 증거라고. 도대체 거기가 어딘가? 그게 어찌 자네의 손에 들어왔단 말인가?"

손 교수의 눈에서 금방 불덩이가 쏟아질 듯 붉어졌다. 행복했지만 자신이 최초의 발견자가 아닌 것을 후회했다. 여름 방학 종강 시간에, 홍수로 금강 지역 언덕이 드러나자 우연히 지역을 탐사했던 외국인들이 구석기 가능성에 대해 남긴 기록을 지나가는 말로 말한 적이 있었다. 놀이삼아 나선 대학원생의 눈에 걸려든 뗀석기(타제석기), 그건 분명 구석기 유물이었다.

석장리 강가에 고사상을 차리고 축문을 읽는 손 교수는 눈물을 줄줄 흘렸다. 손 교수의 지시를 받은 박 선생은 강씨와 친근하여 입을 무겁게 다물 줄 아는 몇 사람만을 불러 작업을 시작했다. 성과는 곧장 나타났다. 뗀석기뿐이 아니었다. 동굴 생활이 아닌 막집 흔적과 주먹도끼 등을 찾아내는 성과가 드러났다. 기자들이 몰려왔다. 보이지 않는 유물에 대해 손 교수는 기자들을 모아놓고 보고를 시작했다.

"지구의 역사를 현대까지 24시간이라면 구석기시대가 지난 시간은 23시간 56분입니다. 이 유물들이 우리 역사를 이제 그 23시간 56분 안으로 데려가는 성스런 실체입니다. 지금으로부터 2만 년 전에 이곳에 사람들이 살았던 흔적입니다."

그 후 박 교수를 따라 전국 구석기 유물을 찾아 나선 강귀석 씨를 사람들은 강구석 씨라고 불렀다. 회장과 강 노인은 한 시간이 더 지나서 내려왔다. 강 노인은 박 교수를 집으로 데려와 오랜만에 대작했다.

"영감님, 사실대로 말씀해 주셨으면 합니다. 강 건너에서 벌어진 일을 기억하시지요? 1950년 7월초 미군이 들어오고 인민군대가 대교리까지 진출했던 그때 말입니다."

"우리 동네에는 인민군이든 미군이든, 국군이든 들어온 적이 읎었시유. 전막으로 갔구, 고마나루 지나 디디울나루를 건너 인민군대가 들어왔다는 소문을 들었지유. 그리구 대평리에서 큰 싸움이 있었다구 들었지만 우리 동네는 그저 조용했슈."

"이 동네 말고 저 강 건너 마을에 무슨 일이 있었냐는 애깁니다."

강 노인의 얼굴이 붉어졌다. 입이 화근이었다. 박 교수는 돌덩어리 하나를 주워서 새 역사를 쓴 사람이다. 그 박 교수와 술자리에서 아들 얘기를 하다가 그만 강 건너를 수도 없이 헤맸다는 말을 박 교수는 고스란히 기억하고 있었다.

"그때 말입니다. 어디를 헤매고 다녔습니까? 거기가 어딘지만 가르쳐 주세요. 나도 굳이 이 일에 개입하고 싶지 않지만 그럴 수 없게 되었어요. 수백 명입니다. 이 사진 좀 보세요. 이 사람들 눈을 보세요. 이 젊은이들 말입니다."

강 노인은 박 교수가 내민 사진을 보았다. 흘깃 뒤를 돌아보는 이목구비가 뚜렷한 얼굴, 강 노인은 온몸에 힘이 쭉 풀렸다. 갑자기 눈앞에 깜깜해지고 지붕이 돌기 시작했다. 벽걸이에 걸린 옷들이 흔들거리며 옷장의 서랍들이 들썩거리기 시작했다. 그 서랍에는 아들의 물품이 들어 있었다. 박 교수는 강 노인의 얼굴이 노래졌다가 핏발이라고는 하나도 남지 않고 어디론지 사라진 허연 모습을 보았다. 그것은 오랫동안 땅속에 묻혀 있던 시신을 방금 꺼낸 모습이었다. 박 교수는 강 노인의 손을 잡았다. 손이 차가웠다. 이제 강 노인은 몸 전체가 시꺼멓게 변할 것이다. 강에서 몰아오는 바람이 강 노인의 몸을 싸고돌면 풍화로 흩어져 내리는 암석이나 화석화된 뼈처럼 푸석거리며 날릴 것은 날아가고 남을 것만 남게 될 것이다.

"강 영감님, 정신 차리세요. 왜 그러세요?"

박 교수는 강 노인을 자리에 눕히고 밖으로 나가 우물물을 한 바가지 담아와 입에 담았다가 푸우우, 푸우우 뿌렸다. 강 노인은 눈을 꾹 감고 입술을 악다물었다. 박 교수는 강 노인의 손과 발을 주무르다가 침을 꺼내 손톱과 발톱 밑의 자리에 사혈을 떴다. 검은 피가 솟아났다. 박 교수는 강 노인의 발바닥 한가운데 움푹 파인 용천혈에 침을 찔렀다. 강 노인의 몸이 움찔거리며 가쁘게 숨을 몰아쉬었다.

"영감님 왜 그러세요? 어디가 안 좋으세요?"

"아녀유. 그 아이를 보았슈. 그 아이가, 맑은 눈으로 살았던 그 아이가 삶을 포기한 눈으로 나를 보았단 말여유. 난 그 아이가 살아 있을 것으로 믿었는디, 그 아이는 벌써 지가 갈 곳으로 갔던 모양이라. 십여 년이나 되었을 것이지. 우리 장손이 즤 애비를 강 건너 테미바위에서 만났다고 합디다. 그때는 믿지 않았지유. 믿을 수가 읎었는디, 그 아이가 진짜 거기 있었던 모양입디다. 가 봅시다. 가서 내 눈으로 직접 보고 내 손으로 파 봐야 허겄슈. 그래야 애비라 헐 수 있지 않겄슈?"

강귀식은 종일 강 건너 총소리를 들었다. 동네 사람들은 방문을 걸어 닫고 출입하지 않았다. 난리에는 깊은 산속으로 스며 들어가 몸을 피하는 것이 상책이란 것을 모르는 사람들은 없었다. 하지만 강 노인은 그저 방안에 몸을 둘 수만은 없었다. 저쪽에 붙어야 한다고 나선 아들이 걱정되기 때문이었다. 강귀식은 왜놈 순사가 되려고 발악을 하며 먹고산 것을 후회했다. 아들이 저쪽을 택한 것이 그 순사질 때문이라고 생각했기 때문이다. 슬금슬금 벌건 흙탕물로 흐르는 강가로 나와 당산나무 굵은 둥치에 몸을 숨기고 강 건너 왕촌에서 계룡산으로 이어지는 살구쟁이 골짜기 안에서 울리는 총성을 들었다. 가끔씩 푸른빛이 도는 유탄이 살구쟁이 공중으로 튀었다. 종일 계속된 총소리는 금강 철교 너머로 붉은 노을이 내릴 때까지 이어지다가 고마나루 건너 연미산에 어둠이 내리자 그쳤다. 총소리가 그쳤어도 강귀식은 당산나무에 몸을 기대고 움직이지 않았다.

샛별이 벌써 공산성 성벽을 타고 봉황산으로 올랐을 때, 강 노인은 당산나무에서 나와 쇠바위 나루로 걸었다. 늘 매어 있던 나룻배가 없었다. 강 노인은 망설이다가 창벽나루까지 걷기로 했다. 느티나무 사이 어른거리며 뒤따르는 그림자들은 강 건너에서 총에 맞아 죽은 귀신들로 강 위를 함부로 넘나들고 있었다.

눈을 질끈 감았다. 어둠과 는개가 뒤범벅되어 사방 분간이 어려울 때 창벽에 도착했다. 강 노인은 나룻배를 풀러 배를 띄웠다. 밤새 불어난 황토물이 나룻배를 받자 웅웅거리며 짙은 는개 속으로 흐르기 시작했다. 더딘 걸음으로 밤새 걸었던 길을 나룻배는 가끔 여울이 합치는 곳에서 제자리걸음을 했어도 해가 오르기 전에 벌써 금벽 건너로 내려왔고, 왕촌 골짜기를 타고 내려온 여울 앞에서 다시 제자리걸음을 했다. 강귀식은 서둘러 배를 왕촌 여울 모래턱에 붙였다. 그는 총소리가 들리고 유탄이 튀던 살구쟁이 언덕을 기어올랐다. 싸리나무 숲 사이로 널찍하게 새로 생긴 길을 따라 달렸다. 수십 보는 족히 되는 길게 이어진 구덩이들과 파헤치고 서둘러 아무렇게나 흙을 덮은 흔적이 선명한 살구쟁이 언덕은 축축하게 물기를 물고 진흙탕을 이루었다. 겨우 목이 부러진 삽 하나를 챙겨 조금씩 파냈다. 대여섯 삽 흙을 떠내자 질척거리는 흙물 사이로 허연 등판이 드러났다. 철사로 동여맨 손이 등 뒤에서 꾸물꾸물대는 것처럼 보였다. 강귀식은 뒤로 벌렁 나자빠졌다. 그 사람, 틀림없이 아들이 따라가겠다던 중학교 노 선생이다. 누군가 자신의 목을 잡아채 내던진 것 같았다. 강귀식은 두려움에 휩싸여 싸리나무숲이 우거진 골짜기로 마구 달렸다. 왕촌 개울에 이르러 몸을 담그고 허겁지겁 물을 마셨다. 절대 본 적이 없는 것이라고 다짐했다. 하지만 그의 눈앞에는 줄지어 넘어진 시신들이 몸을 일으켜 자신에게 다가서는 것 같았다. 그의 아들은 그 시신들 속에 없으리라 열 번 스무 번 다짐을 두었다. 살아 있을 것이고 살아 있어야 했다. 그는 서둘러 살구쟁이를 떠났다. 그 후로 그는 왕촌 살구쟁이 앞으로 강을 건너지 않았다. 필요한 물건을 사러 갈 때도 산길을 걸어 닷새만에 서는 한다리 장으로 나갔고, 모래밭을 따라 전막으로 갔다. 여러 해가 지나는 동안 읍내로도 나가지 않았다. 그곳은 사람의 목숨을 하찮게 보는 마군魔軍들이 득실대는 유령골이었다. 해마다 칠월 칠일이 되면 당산나무에 새 금줄을 달고 제물을 차렸다. 수백 번 절을 했다. 으레 그 절의 끝은 아들의 귀환이었다.

혼자 당산제를 지내기 시작한 지 여섯 해가 되어 이른 새벽 한다리 장으로 나가 제수들을 샀다. 서둘러 돌아와 집안으로 들어서자 분 냄새가 그득한 낯선 여자가 어린아이를 데리고 마루에 앉아 있었다. 이미 마당 안에는 그녀의 분 냄새로 다른 집처럼 낯설었다. 정신이 흔들렸다.

"누구시더라?"

"순례라고 허는디유."

"순례가 누구여? 당산제 지낸다는 소릴 듣고 왔는가?"

"그건 아니구유. 지나다가."

순례는 고개를 숙이고 입을 닫았다.

"내가 시방 당산제를 지내야 허니 이따가 다시 보기로 허구, 내가 마음이 급혀."

벌써 해가 중천이다. 제수를 담아온 지게를 지고 당산나무로 갔다. 벌써 강을 건너온 귀신들이 우렁우렁 강물 소리에 온갖 하소연을 풀어내고 있었다. 당산나무 아래 자리를 펴고 가져온 제수들을 폈다. 낭패였다. 제주를 담은 함지박을 두고 온 탓이다. 젊은 여자와 얘기하다가 나오느라 정신줄을 놓은 것이 후회가 되었다.

"여기 술이 있구먼유."

"술을 놓고 가셨길래 늦게라도 따라나섰지유."

순례였다. 그녀의 뒤에는 어린아이가 술잔을 손에 들고 서 있었다. 어디선가 본 적이 있는 아이였다.

"그려, 고맙네. 저 아이는 아들인가?"

"예, 으르신의 손자이구먼유."

강귀식은 술을 받아 잔에 따르다가 그만 자리에 주저앉았다.

"뭐라고 혔나? 시방, 손자라고 혔는가?"

그녀는 다시 입을 닫았지만 고였던 눈물이 얼굴에 주룩 흘렀다.

"어서 절 올리셔유."

강귀식은 당산나무를 향해 돌아설 수 없었다. 강바람에 상수리나무가 거칠게 몸을 떨었다. 상수리 잎들이 바람에 날려 어린아이의 머리 위로 수북이 쏟아졌다.

"아야, 니 이름이 뭐냐?"

"장손, 강장손이쥬."

"핵교는 다니느냐?"

어린아이는 고개를 저었다. 장손. 누구네집 장손이란 말인지 이름이 장손인지 헷갈렸다.

"이 아이 이름이 장손인가?"

"애비가 이름을 남기지 않아서 그냥 장손이라고 불렀슈."

강귀식은 서둘러 절을 했다. 그가 절을 하는 동안 강바람은 멈추지 않고 불었고, 상수리나무 잎은 빗낱처럼 날렸다. 강귀식은 갑자기 상수리나무 잎을 타고 둥실 떠올라 강 건너 살구쟁이 언덕을 나는 것 같았다. 당제가 끝난 후 아이는 강귀식이 건넨 곶감을 달게 먹었다. 강귀식은 상수리나무 주위에 뿌리고 남은 술을 강물에 남김없이 뿌렸다. 그것으로 마음이 편해졌다.

순례는 강귀식의 집을 떠나지 않았다. 이른 새벽 일어나 아침을 준비했고, 인근 산과 들에서 나물을 캐고 말려 겨우살이를 준비했다. 산비탈을 일궈 텃밭으로 만들어 푸성귀를 걷어 밥상 위가 풍성해졌다. 장손은 강귀식이 가는 곳을 따라다녔다. 느닷없이 나타난 아이를 보고 마을 사람들이 궁금해하여 이름을 묻자 장손이라 일렀다. 장손이란 이름을 들은 동네 사람들은 더 이상 순례와 장손에 대해 묻질 않았다. 매서운 강바람이 울던 겨울이 지났다. 순례가 간단한 술상을 차려 강귀식의 방으로 들어왔다.

"저는 낼 이 금벽을 떠날 것이구먼유."

"갈 곳이 있는가?"

"이렇게 살 수는 읎구, 어디 가서 돈을 벌어야 나중에 장손이 사람 구실이라두 허겄지유."

다음날 이른 새벽 순례는 어린 장손의 얼굴도 보지 않고 집을 나섰다. 당산나무를 지날 때 강귀식이 기다리고 있었다. 강귀식은 종이로 둘둘 말은 돈을 내밀었다.

"이거라도 가지구 가. 변변치 않어 미안허네."

"안 주셔도 살 수 있는디, 우선을 달게 받고 연락드릴게유."

"그려, 잘 가게. 아이는 두고 갈라는 모양이네."

순례는 떠난 이후 매달 초하루 어김없이 돈을 보냈다. 강귀식은 그 돈을 모아 과수원을 샀다. 장손이 아무리 기다려도 순례는 금벽으로 돌아오지 않았다. 강귀식은 순례가 떠나기 전날 남긴 말을 그간 믿지 않았다.

『전쟁 나고 그이하고는 딱 열흘 동안 살았다니께요. 즈 아부지는 중핵교 선생님이셨지유. 지는 잘 모르지만 하여튼 왜놈들이 물러간 후 서울로 몇 번 올라다니셨는디 보도연맹의 지부장이 되신 거쥬. 새 세상이 되었으니께 달리 살아야허겄다고, 그이는 그때 아부지를 따라댕겼지유. 아부지 제자였으니께유. 근디 어쩐 일인지는 모르지만 아부지가 경찰서로 잡혀갔는디, 그이는 멀쩡히 집으로 돌아왔더라구유. 울 아부지는 어떻게 되었냐고 물었더니, 그이는 눈물만 뚝뚝 흘리며 반드시 살려서 모셔 오겄다고 했어유. 가만 살펴보니 그이 팔뚝에 두른 완장이 다르더란 말유. 그이 말로는 청년방위대라고 허더만유. 그 완장만이 아부지를 살려낼 수 있다고 혔슈. 그이가 헌 말을 믿었지유. 의지헐 사람이 그이밖에 읎었는디, 그이 만나고 열흘 지나 인민군대가 들었왔잖유. 그이는 인민군대가 들어오기 전에 읍내를 떠났어유. 다시 온다고 했는데 국군이 돌아왔어도 그이는 오지 않았어유. 걍 지둘렸는디 장손이가 생겨서 혼자 살었지유. 혼자유. 돌아온다구 혔으니. 떠나믄서 금벽에 아부지가 지시니까 찾아가라구 혀서 온 건디, 혼자 목심이니 살겄지유. 지가 자리를 잡는 대로 이 애를 디려갈 것이니께유.』

박 교수가 내민 사진에서 강귀식은 흰 이를 드러내고 웃고 있는 아들을 보았다. 아들은 몸에 잘 맞지도 않는 낡은 군복에 완장을 두르고 총을 메고 있었다. 그 총은 자신이 왜정 순사 때 쓰던 총신이 긴 장총이었다. 총신 끝에 매달아 놓은 칼날이 선명했다. 아들은 트럭 위에서 고개를 숙이고 있는 죄수들을 향해 무엇인가 말을 하며 웃고 있었다. 그 죄수들 중 머리를 삭발한 죄수는 다른 죄수들과는 달리 해맑은 미소를 짓고 있었다. 그는 아들의 중학교 선생이었다. 강귀식이 살구쟁이 언덕에서 처음 본 시신의 주인이었다. 그날 그 트럭에 실린 죄수들은 살구쟁이 희생자들이었다.

"어르신, 이 사진 속에 아는 사람이라도 있으신가요?"

"아니 꼭 그런 것은 아니지만 있을 수도……."

살구쟁이 발굴이 시작되었다. 포클레인 기사는 강 노인이 지목한 지역으로 길을 냈다. 서른 해가 지나도록 찾지 않은 살구쟁이 언덕길이 전혀 낯설었다. 하지만 눈을 감고 우두커니 서서 회상하면 선명하게 보였다. 강 노인은 성큼성큼 숲길을 걸어 들어갔다. 포클레인이 숲으로 들어가는 길을 넓혔다. 작은 관목들이 뽑히고 제법 자란 소나무들이 쿵쿵 넘어졌다. 강 노인은 나무들이 넘어지는 소릴 들으며 그간 숨죽이고 살았던 삶이 하나둘 사라지는 것을 느꼈다. 강 노인이 손가락으로 나지막한 언덕을 가리켰다. 싸리꽃, 철쭉, 진달래꽃들이 철마다 흐드러지게 피는 숲이었다.

"이곳을 파게."

그날 오후 손 기자로부터 소식을 듣고 몰려온 기자들이 몰려들었다. 의구심을 지녔던 유가족 중 몇이 목을 놓고 울다가 정신을 잃기도 했다. 차곡차곡 누워있는 시신들은 온통 뒤엉켜 있었다. 강 노인은 사람들 틈을 비집고 언덕을 내려왔다. 강둑에 앉아 담배를 피웠다. 담배 연기는 유령처럼 강을 건너려는 듯 사라졌다. 전화벨이 울렸다.

"할아버지 장손이여유. 워디 가셨대유. 금벽에 왔는디. 저 바빠서 내일 다시 올라가야 혀유. 새로 공사할 아파트 도급 계약건이 생겨서유. 꼭 뵙구 가야 쓰겄는디."

[공주 왕촌 살구쟁이 : 1950. 7월 공주교도소 수감 좌익사범과 보도연맹원을 처형했을 것으로 추정하여 2009년까지 발굴 과정을 거쳐 396명의 시신이 확인됨. 유가족과 공주시민단체들은 해마다 천여 명으로 추정되는 희생자들의 위령제를 지내고 있음.]

-《녹색평론》164호. 2019.1.2.

(소설가)

【초대작품】 광장의 풀꽃

조동길

"아버님, 오늘은 날씨도 쌀쌀한데 나가지 마세요."

"괜찮다. 날씨 좀 춥다고 그만둘 일도 아니고."

"아버님 건강이 안 좋으시니까 걱정돼서 드리는 말씀이죠."

"걱정해 주는 건 고맙다만 내 일은 내가 알아서 할 테니 신경 쓰지 말거라."

"참, 아버님 고집은 아무도 못 말린다니까. 대신 목도리하고 장갑 잘 챙기셨죠? 그리고 조금이라도 몸이 이상하게 느껴지시면 바로 택시 타고 들어오세요. 여기 용돈요."

"그래, 고맙다."

지명준 노인은 며느리가 겉옷 주머니에 넣어주는 용돈을 손으로 툭툭 쳐서 잘 받았다는 인사로 대신하고 집을 나섰다. 골목 아래서 올라온 차가운 바람 한 줄기가 코끝을 매섭게 할퀴곤 등 뒤로 사라졌다. 그는 목도리를 다시 한 번 고쳐 매어 뒤따라오는 바람을 막았다. 그리고 바지 뒷주머니에 넣어 두었던 장갑을 꺼내 손에 꼈다. 절기상으로는 봄이지만 아직은 겨울이 다 물러간 게 아니었다. 다만 이렇게 중무장을 할 정도까지의 추위는 아니었으나 두어 달 전쯤 의식을 잃고 쓰러진 일이 있었던 터라 미리 대비하지 않을 수 없었다.

마을버스를 탔다. 10분쯤 달린 버스가 멈췄다. 차에서 내리자마자 바로 지하철역 입구였다. 계단을 이용해 천천히 아래로 내려갔다. 경사가 급해 한걸음에 한 계단씩 내려가지 못하고, 한 발을 딛고 난 다음 다른 발을 내려 두 발로 딛고, 다시 한 발을 내딛기를 반복하는 걸음이었다. 자연스레 한 손으로는 가장자리 난간을 붙잡아야 했다. 그렇게 느릿느릿 내려가는 데도 숨이 약간 차 올라왔다. 젊은이들은 그와 엇갈려 한걸음에 두 계단씩 올라오기도 했다. 반대로 그의 옆을 스치며 재빠른 동작으로 계단을 하나씩 타닥타닥 뛰듯 내려가는 사람도 있었다. 그들이 일으키는 잔바람결이 코끝을 간지럽혔다. 하아, 나도 저런 때가 있었는데…. 그는 잠시 발을 멈추고 숨을 고르며 그들을 부러운 눈길로 바라보았다.

객차 안은 사람들로 가득했다. 퇴근 시각과 맞물려 더 그런 것 같았다. 그는 사람들에게 떠밀리다시피 객차 안으로 들어갔다. 발을 딛기 힘들 정도로 혼잡했다. 간신히 안으로 파고들어 힘겹게 허리를 세웠다. 바로 그의 앞에 앉았던 사람이 벌떡 일어나 손을 잡아끌었다. 버스에서 내려 열차를 타기까지 걸음을 서두른 탓인지 진땀이 좀 났다. 순간적으로 아찔하며 머릿속이 텅 비는 느낌도 들었다. 그래서 사양도 못하고 자리에 털썩 주저앉았다.

일단 자리에 앉아 숨을 좀 고르고 나자 안정이 되었다. 그제야 고개를 들어 앞뒤를 둘러보았다. 그의 눈길에 물설지 않은 것들이 들어왔다. 앉아 있거나 서 있는 대부분의 승객들 손엔 집회에 참여하기 위한 물건들이 들려 있었다. 양초와 종이컵, 형광색이 칠해진 전자 촛불, 알록달록한 색깔로 글자를 오려 붙인 작은 팻말, 바닥에 앉을 때 사용할 깔개 같은 것들이었다. 그러나 사람들의 표정은 어둡지 않았다. 무거워 보이지도 않았다. 손에 든 구호는 비장했으나 얼굴들은 오히려 밝았다. 즐거운 행사에 참석하러 가는 사람들처럼 뭔가 약간 들떠 있는 것 같기도 했고, 소풍이나 축제의 흥분과 기대에 흠뻑 젖은 아이들 같기도 했다.

광장 근처의 역에 열차가 멈추었다. 객차에 탔던 거의 모든 사람들이 풍선에서 바람 빠지듯 내렸다. 그도 사람들의 물결에 떠밀려 내렸다. 수많은 사람들이 한꺼번에 내려 이동을 하다 보니 넓은 공간이 금세 사람들로 가득 채워졌다. 같은 방향으로 움직이는 앞사람과 뒷사람 사이에 끼어 마치 벨트 위의 물건처럼 움직여야 했다. 혹시라도 실수를 할까 봐 신경을 곤두세웠지만, 그런 염려와 조심성은 이 거센 흐름 속에서 별 소용이 없었다. 한 가지 다행스러운 것은 모든 사람들이 서로 조심하고 배려하는 마음을 공유하고 있다는 사실이었다. 발이 밟혀도, 어깨를 부딪쳐도 평소처럼 짜증을 내거나 눈살을 찌푸리지 않았다. 젊은 여자들은 앞사람의 등이 가슴을 밀착하여 눌러 와도, 유쾌하지 않은 냄새를 풍기는 아저씨의 입김이 목에 닿아도, 비명을 지르거나 역정을 내지 않았다. 전혀 인연이 없는 처음 만나는 사이임에도 사람들은 동지적 유대감으로 하나가 되어 장마 때 홍수와 같은 거대한 물결을 이루며 흘러가고 있었다. 그것은 도저히 거스를 수 없는 도도한 흐름이자 또 하나의 꿈틀거리는 생명체와도 같았다.

광장으로 들어섰다. 입구에서 자원봉사자들이 빈손으로 온 사람들에게 종이컵에 든 촛불이나 손 팻말 등을 나눠주었다. 여러 번 참석하여 이제는 낯이 익은 큰 무대가 눈에 들어왔다. 무대를 중심으로 그 앞에 사람들이 줄지어 앉아 있었다. 그들의 손에는 따뜻한 촛불이 꽃이 핀 것처럼 하나씩 들려 있었다. 경찰과 주최 측이 추산하는 참가자 수는 달랐지만 자발적으로 수만, 수십만의 사람들이 주말마다 모인다는 건 정말 경이로운 일이었다. 그 많은 사람들이 모였는데도, 또 경찰이나 행사 요원들이 강제로 통제를 하지 않는데도, 사람들은 순서대로 자리를 찾아 모자이크를 맞추듯이 하나의 거대한 그림을 완성해 가고 있었다.

그도 사람들의 물결을 따라 걸음을 옮겨 자리에 앉았다. 바닥에서 찬 기운이 올라왔지만, 이미 몇 겹의 옷을 입어 대비하고 왔기에 거실인 양 편하게 앉아도 상관이 없었다. 자신의 의지와 관계없이 숨 가쁘게 흘러오느라 긴장했던 몸이 그제야 약간 풀어지는 느낌이 들었다. 다소 여유가 생겨 옆을 돌아보았다. 당연히 처음 보는 얼굴이었지만 옆에 앉은 사람이 오랜만에 만나는 조카나 고향 사람처럼 느껴지기도 했다. 아이와 함께 참석한 옆의 젊은 엄마도 동네 할아버지를 만난 것처럼 스스럼없이 눈인사를 건넸다. 반대편 옆의 중년 남자 또한 연세 드신 어르신까지 참석해 주셔서 감사하다며 이번 기회에 이 부끄러운 역사를 청산하고 꼭 바른 나라를 세우자고 손을 맞잡아 흔들었다.

무대 위로 조명이 밝혀지고, 사회자의 감격에 겨운 인사말에 이어 누군가 올라와 피를 토하는 것 같은 강한 목소리로 부정한 권력의 국정농단 사건을 질타하고, 선고를 앞둔 헌재의 탄핵 인용을 촉구했다. 사람들의 힘찬 박수와 환호가 뒤따랐다. 그의 구호 선창에 따라 사람들의 울분 섞인 목소리가 하늘과 땅을 울렸다. 분노와 한을 털어내듯 힘을 다해 외치는 함성이 귀를 먹먹하게 했다. 이어 어떤 가수가 올라와 노래를 불렀다. 애절하면서도 그 뒤에 묵직한 힘이 배어 있는 노래는 사람들의 가슴으로 파고들었다. 가수의 손짓에 따라 수많은 사람들이 손을 좌우로 흔들며 같은 동작을 연출해 냈다. 장엄하고 눈물겨운 장면이었다. 시간이 지나면서 분위기는 점점 고조되었고, 사방에서 모여드는 인파는 끝이 잘 보이지 않을 정도로 늘어났다.

어느 정도 시간이 지나자 그는 좀 답답해졌다. 마음대로 움직일 수 없는 좁은 공간에 같은 자세로 오래 앉아 있어서 그런 것 같았다. 더구나 귀를 따갑게 하는 큰 음향과, 환하고 어지러운 조명은 여러 번 경험한 것임에도 적응하기가 어려웠다. 귀가 먹먹해졌다. 머리도 띵했다. 이러다가 내가 또 어떻게 되는 거 아닌가. 불안이 엄습해 왔다. 그는 그 불안을 떨치기 위해 천천히 심호흡을 했다. 그리고 어지러움을 진정하기 위해 잠시 눈을 감았다.

작년 가을 그가 처음 집회에 참석하게 된 계기는 아무 직책도 없는 한 여자가 최고 권력자 옆에서 나라를 좌지우지하고 있다는 해괴망측한 보도 때문이었다. 말도 안 되는 그 행패와 난륜의 실상이 하나씩 밝혀지며 사람들은 한없는 자괴감에 빠졌다. 명색이 법치 국가요 민주 국가에서 어찌 그런 일이 버젓이 자행될 수 있단 말인가. 사람들의 분노와 한탄이 폭발하듯 이어졌다. 그러나 그 울분을 풀 마땅한 기회도, 방도도 없었다. 그러던 중 누군가 촛불집회를 제안했다. 인터넷을 통해 그 소문은 삽시간에 퍼졌다. 사람들이 하나둘 뜻을 모으기 시작했다. 비록 미미하고 가망성 없는 일일지라도 모여서 하고 싶은 말이라도 실컷 하고 싶은 사람들이 구르는 눈덩이처럼 불어났다.

처음 집회에 참석했을 때는 이 얼마 안 되는 사람들의 작은 목소리가 도대체 무엇을 바꿀 수 있을 것인가, 하는 회의적인 생각만 들었었다. 그렇다고 절망만 곱씹고 앉아 있을 수는 없었다. 그래서는 아무것도 달라지지 않을 게 뻔했다. 뭐라도 해야 했다. 어떤 정치인 말씀대로 하다못해 벽을 보고 욕이라도 해야 했다.

그래서 그는 자신의 작은 힘이나마 보태고자 거의 매일 집회가 있는 곳을 찾아 참여했다. 호주머니에 있는 용돈을 탈탈 털어 기꺼이 집회에 필요한 성금 모금에 보태기도 했다. 무슨 대가를 바라는 것도 아니고, 누가 시키는 일도 아니었다. 평소 사회와 시대에 대해 가지고 있던 그의 생각을 실천하는 일상일 따름이었다. 그의 삶이 원래 그랬다.

그는 교원을 양성하는 지방 국립대학을 졸업한 후 고향의 교육청으로 발령을 받아 교사가 되고, 힘든 경쟁 끝에 교감 승진을 했고, 교직 말년에는 교장으로 근무하다가 정년퇴임을 했다. 자식들 교육은 모두 아내에게 맡기다시피 하고, 직장 일에만 모든 것을 쏟아 부었는데도 아이들 둘 다 명문대학을 졸업하고 젊은이들이 선호하는 직장에 취업했다. 또 그들은 서로 마음에 맞는 배우자를 만나 적당한 시기에 결혼도 했고, 귀엽고 예쁜 손주들도 셋이나 안겨 주었다. 다만 안타까운 것은 그렇게 남편과 아이들만을 위해 헌신하던 아내가 좋은 시간을 오래 누리지 못하고 먼저 세상을 떠난 일이었다. 고생만 하다가 살 만하면 헤어지게 한다는 속설처럼 그 야속한 운명에 목이 메고 가슴이 아팠지만, 사람의 힘으로는 어찌할 수 없는 일이었다.

주변에서 재혼 얘기도 더러 있었지만, 그는 단호히 거부하고 혼자 살아가는 법을 익혀갔다. 그러나 세상은 조용히 홀로 여생을 보내려 하는 그의 마음대로 움직이거나 흘러가게 놔두지 않았다. 아들이 갑자기 잘 다니던 직장을 그만두고 사업을 시작한다고 했을 때 그는 적극 반대했지만, 그건 이미 아버지인 자신과 상의하는 게 아니라 기정사실의 통보나 마찬가지였다. 퇴직금은 물론 집을 담보로 잡히고 대출받은 자금으로 시작한 아들의 사업은 워낙 꼼꼼하게 사전 조사를 하고 치밀하게 계획을 했기에 예상보다 빠르게 자리를 잡아 궤도에 올랐다. 하지만 발목을 잡은 건 내부적 요인이 아니었다. 아들과 회사 직원들이 모든 것을 쏟아 부으며, 밤잠을 설치면서 매달리고 버텼으나 결국은 2차 외환 위기라는 외부적 요인에 의해 회사는 파산하고 말았다. 그리고 그 피해의 파장은 감당하기 힘들 정도로 컸다. 아들의 집과 재산은 물론 그가 살던 아파트, 여동생의 재산까지 피해를 비켜갈 수 없었다.

자식들에게 폐를 끼치기 싫어 혼자 살기를 고집했던 그는 어쩔 수 없이 거리에 나앉게 된 아들네와 살림을 합칠 수밖에 없었다. 자신의 노후를 염두에 두고 위기 대비용으로 비축해 놓았던 비상금으로 겨우 전셋집을 구했다. 그리고 그의 연금으로 다섯 식구가 살아야 하는 고된 생활이 시작되었다. 다행히 그동안 아들은 법적인 책임을 다 채우고, 모질게 마음먹고 밑바닥부터 다시 시작해서 어느 정도까지는 회복을 시켜 놓았다. 그런데도 그는 선뜻 다시 아들과 갈라서 나올 수가 없었다. 십여 년 동안 같이 살면서 그 생활에 몸과 마음이 젖어 버렸고, 또 나이가 들어 혼자 살아갈 자신감도 많이 줄었기 때문이었다.

그는 40년 가까이 교직 생활을 하면서 그 나이 또래의 동료들과는 생각이 많이 달라 소위 왕따를 당하기도 하고, 눈에 띄는 차별도 적잖게 받았다. 그런데 그건 돌출적인 게 아니었다. 다분히 꼿꼿했던 선친의 영향을 받은 집안 내력이랄 수 있었다. 자연히 그는 승진에 매달리며 상사에 충성하는 동료들과는 거리를 두었고, 교감이나 교장으로 근무할 때도 내심으로는 전교조 교사들의 입장을 두둔하는 쪽이었다. 그러다 보니 그에게는 전문직의 좀 좋은 자리 같은 데로 갈 기회가 주어지지 않았다. 하지만 그는 그런 자리에 있는 사람들을 한 번도 부러워해 본 적이 없었고, 한적한 시골 작은 학교만 맴돌다가 정년을 맞은 자신을 결코 부끄러워하거나 후회해 본 적도 없었다.

그런데, 시민들의 그런 열화와 같은 분노와 함성이 메아리쳐도 장작 그 당사자들은 눈 하나 꿈적도 하지 않았다. 기자들 질문도 안 받는 면피용 회견을 하거나 자신들 입맛에 맞는 방송 진행자와의 대담방송을 통해 자기 입장 변호에만 급급했다.

정치권에서는 법에 따라 탄핵을 추진했다. 하지만 야당 국회의원만으로는 의결정족수에 턱없이 미달했다. 여당 국회의원의 협조가 없으면 가결은 불가능에 가까웠다. 여당 정치인들의 입장을 바뀌게 할 수 있는 유일한 수단은 많은 시민들의 합치된 압박뿐이었다. 그런 이심전심의 마음으로 촛불을 들고 집회에 참석하는 사람들의 숫자가 폭발적으로 불어나기 시작했다. 천행이랄까, 핍박을 받고 있다고 주장하는 일부 여당 국회의원들의 탄핵안 동조가 조심스럽게 거론되기 시작했다. 이에 가장 빠른 반응을 보인 것은 일부 보수 언론이었다. 보수 동맹을 맺고 맹목적으로 권력을 옹호하며 이권을 나눠 먹던 일부 언론들이 표변하여 탄핵안을 달구기 시작했다. 도저히 거스를 수 없는 시대적 변화의 추이를 재빨리 감지한 약삭빠른 변신이랄까.

드디어 탄핵안이 발의되었고, 그 표결을 앞둔 마지막 주말, 상상하기 어려운 숫자의 시민들이 광장으로 모여들었다. 통상적으로 일컫는 광장은 물론 그 주변 도로, 그리고 행진이 예고된 연결 지역까지 홍수에 물이 불어난 저수지처럼 발 디딜 틈도 없이 사람들이 가득 차고 넘쳤다. 노인과 젊은이, 어린이와 여성, 회사원과 노동자, 성직자와 노숙인, 버스를 전세 내어 올라온 지방사람, 심지어는 소수이긴 하지만 이주 외국인들까지 다양한 시민들이 어깨를 나란히 했다. 그리고 한 목소리로 대통령 퇴진을 외쳤다. 경찰에서는 참석자 수를 축소하기 바빴지만 주최 측에서는 이 날 집회에 참석한 인원이 2백만 명을 넘었다고 발표했다.

그날 당연히 그도 그 현장에 있었다. 그 도도한 인파의 일치된 함성과 움직임, 그렇게 많은 사람들이 모였는데도 물 흐르듯 질서가 유지되고 있는 감격스러움, 차가운 추위를 아랑곳 않고 서로를 배려하는 따뜻한 마음, 작은 것도 서로 양보하는 겸손한 아름다움, 그는 그런 광경들을 목도하며 감격에 겨워 눈시울을 붉혔다. 뜨거운 눈물이 저절로 흘러내렸다. 이렇게도 고운 심성의 우리 국민이 왜 저런 비참한 치욕을 당해야 하는가. 도대체 다른 나라 사람들에게 차마 얼굴을 들 수 없는 이런 수치를 왜 겪어야 한단 말인가. 그는 거대한 한 송이 꽃과 같은 촛불들의 아우성 속에서 수없이 이런 질문들을 곱씹고 되새겼다.

어떻게 시간이 흘러갔는지도 모르게 집회 마무리 시간이 다가왔다. 주최 측에서는 시민들의 결집된 의사를 전달하기 위해 참가자들의 행진을 계획했으나 워낙 많은 사람들이 모여 정상적으로 진행할 수 있을지 염려스러울 지경이었다. 이미 나이 많은 분들이나 몸이 약한 사람들은 행진에 참여하기 어렵다는 것을 알고 행사장을 빠져나가기도 했다.

그는 망설였다. 마음 같아서는 끝까지 남아 행진에 참여하고 싶었다. 그렇게 해서 도움이 된다면 좀 무리가 가더라도 자신의 작은 힘이나마 보태고 싶었다. 그래서 고개를 돌려 집회 내내 옆자리에 앉아 정겹게 말을 건네던 여인을 어쩌면 좋으냐는 투로 돌아보았다. 여인은 오랜 시간 동안 한데 앉아서 버틴 그의 몸 상태를 걱정하며 인제 그만 집으로 가시는 게 좋겠다고 말했다. 그렇게 다정하게 염려해 주는 여인의 표정이 어린 시절 어머니와 같이 앉아 있던 안방의 창호지에 비치는 등불 빛처럼 온화했다. 처음 보는 여인이고 그 이름이나 나이, 사는 곳조차 알 수 없는 남남이었지만 왠지 오래 만난 사람처럼 서먹함이 전혀 없는 건 무슨 까닭일까. 그 온화함과 다사로움 때문일까. 아쉬웠지만 그는 행진 출발까지만 같이하고 집으로 돌아가기로 마음먹었다.

진행자의 구호와 자원봉사자들의 안내에 따라 거대한 인파가 서서히 움직이기 시작했다. 마치 화산이 분출하기 직전 끓어오르는 용암처럼, 움직이고 있는 사람 하나하나가 모두 뜨거운 분화구였다. 천천히 움직여나가는 그들의 발걸음 하나하나는 지진으로 일어난 산더미 같은 바닷물의 물결이었다. 그 어떤 것도 막아설 수 없는 장대한 힘이자 모든 것을 쓸어 삼키는 거대한 괴수의 아가리 같기도 했다. 그는 낯모르는 사람들과 어깨를 나란히 하고, 옆 사람과 손을 껴잡고, 한 걸음씩 서서히 발걸음을 떼기 시작했다. 그의 곁에는 당연히 그 여인이 바짝 붙어 있었다.

그런데 여남은 걸음 걷고 나서 그가 비틀거리기 시작했다. 옆 사람이 힘을 주어 그의 몸을 추켜 주었으나 아무 소용이 없었다. 머릿속이 아득해지며 그는 끝 모를 바닥으로 추락하고 있다는 걸 아련히 느낀 후 곧 미미하게 연결되던 생각조차 끊어지고 말았다. 그 여인과 옆 사람이 깜짝 놀라, 환자 발생! 환자 발생! 소리를 연신 지르며 그를 행진 인파에서 떼어냈다. 그리고 서둘러 그를 자원봉사 의료진이 있는 텐트로 옮겼다. 의사가 급히 플래시 불빛으로 그의 눈동자를 살피고, 청진기로 심장 박동을 확인하는 등 응급조치를 취했으나 그의 상태는 정상으로 돌아오지 않았다. 잠시 후 의사는 인근 병원 응급실로 옮기는 게 좋겠다고 결정했고, 곧 대기하고 있던 앰뷸런스가 출동하여 그를 옮겨 실었다.

차가 출발하기 직전 구급대원이 보호자를 찾았으나 그건 응당 형식적이고 의례적인 절차일 수밖에 없었다. 어떻게 거기 보호자가 있을 리 있겠는가. 그런데 옆에 있던 여인이 갑자기 자기가 보호자라고 자처하고 나섰다. 그 상황에서 정말 보호자가 맞는가를 확인하는 건 별 의미가 없는 일이었다. 구급차 대원은 아무 이의 없이 여인을 차에 타게 했고, 그 여인은 노인의 옆에 앉아 보호자 신분으로 병원까지 동행했다.

응급실에 도착하여 진료를 받기 위해서는 최소한의 신분 확인이 필요했다. 의사들이 진료 준비를 서두르는 동안 여인은 그의 몸에서 벗겨낸 옷의 주머니를 뒤져 지갑과 휴대폰을 찾아냈다. 그리고 긴급 연락처 우선순위 첫 번째일 단축번호 1번을 한 번 눌러 보았다. 다행히 발신이 되었는데 그건 그의 집 전화번호였다. 전화를 받은 건 그의 며느리였다. 그러지 않아도 걱정하고 있었다며 누군지도 모르는 여인에게 연신 고맙다는 인사를 눈에 보이는 듯 거듭했다. 여인은 혹시라도 나중에 필요할지 모른다는 생각에 노인의 지갑에서 꺼낸 명함 한 장을 핸드백에 넣고 기다리다가 노인의 아들과 며느리가 도착하자 조용히 응급실을 나왔다. 그의 갑작스러운 졸도에 깜짝 놀란 아들 부부는 그의 침대 옆에서 허둥지둥하느라 여인에게 변변히 감사 인사도 하지 못했다. 당연히 그 연락처나 이름도 물어보지 못했다.

그는 전문의들의 응급 처치 후 안정을 취한 끝에 다음날 아침이 되어서야 의식을 회복했다. 의식 회복 이후 첨단 장치를 이용한 여러 가지 촬영과 검사를 했지만, 다행스럽게도 큰 이상은 없는 것으로 판명되었다. 아마도 차가운 날씨 속에 오래 불편한 자세로 노출되어 발생한 일시적인 쇼크인 것 같은데, 앞으로 더 세심하게 조심하고 유의해서 관찰할 필요가 있다는 의사의 소견이었다. 그래서 담당 의사의 권유대로 당분간 입원을 해서 증세의 변화를 살펴보기로 했다.

그가 입원 치료를 받는 동안 탄핵안은 여당 국회의원 일부의 찬성으로 의결 정족수를 넉넉히 넘겨 국회를 통과했다. 곧 대통령 직무가 정지되고, 탄핵안은 헌법재판소로 넘어가 심리를 받게 되었다. 그 후 광장에 모이는 사람들의 숫자는 좀 줄었지만 싸늘한 날씨 속에서도 주말이면 사람들이 모여 탄핵의 정당성을 외치며 헌재의 재판관들에게 응원을 보냈다. 그는 입원실에 누워 그런 뉴스를 보며 감회가 남달랐다. 자신의 보잘것없고 작은 힘이 역사를 바꾸고 잘못된 현실을 바로잡는 데 쓰였다는 게 자긍심으로 다가오기도 했다.

그러다가 문득 여기 병원으로 실려 오던 날의 정황이 떠올랐다. 그날 과연 무슨 일이 있었던 걸까. 아무리 기억을 되살려 봐도 행진을 시작하기 위해 옆 사람과 어깨를 겯고 걸음을 막 떼놓기 시작하던 그때 이후는 아무 것도 떠오르지가 않았다. 그의 의식 속에 전혀 저장되지 않았던 그 시간, 그것은 어쩌면 죽음과 맞닿아 있는 암흑의 세계인지도 몰랐다. 눈앞에 눈부신 빛의 터널이 길게 이어지고 있었던 것 같기도 하고, 몸이 한없이 가볍게 공중을 떠다니는듯하기도 했던 희미한 기억만이 아물아물 아지랑이처럼 아른거렸다. 캄캄한 빈 공간, 막 잠에 들어가려는 자몽自懜한 의식의 언저리, 그런 것 외엔 아무 것도 존재하지 않았던 그 위험한 시간, 그리고 그 암흑의 세계를 용케 뛰어넘어 지금 자신이 존재하고 있었다.

그런데 그 아득하고 아련한 암흑의 세계 어귀에 우련한 얼굴 하나가 덩그렇게 떠 있었다. 그래, 그 여자. 내 의식이 떠나기 직전까지 내 곁에 있던 그 여인. 왜일까. 어째서 그 여인은 일면식도 없는 생면부지의 내 곁을 지켰을까. 그러나 기억의 갈피 하나하나 샅샅이 뒤적이며 작은 실마리 한 오라기라도 찾으려 아무리 애를 써 봐도 그건 헛일이었다. 몸은 점차 원래대로 회복되어 가는데, 마음속에 걸린 그 궁금증은 점점 여름날 호박순처럼 자라나서 시나브로 병이 되어 가고 있었다.

그러던 어느 날, 무심히 텔레비전 화면을 바라보다가 문뜩 한 장면에 눈길이 멈췄다. 재방송, 재재방송을 반복하는 케이블 텔레비전의 화면에 60년대를 배경으로 한 옛날 영화가 방영되고 있었는데, 그 영화가

까마득하게 잊고 살았던 예전 기억을 퍼뜩 불러일으켰다. 딸기, 자두, 복숭아 등을 재배하는 도시 근교의 작은 농원과 거기 찾아오는 손님을 위해 지어 놓은 원두막, 그 위에 둘러앉아 서툴게 청춘의 정열을 쏟아내는 젊은이들. 그걸 보며 불현듯 한 생각이 그의 머리를 세차게 두드렸다. 그래, 바로 그 사람이야. 그 얼굴이야. 어쩜 내가 그리 아둔할 수가 있지. 그 사람 생각을 하지 못하다니. 그 일을 잊고 살다니. 사람이란 게 이리도 민춤한 존재이던가.

그가 대학에 입학한 것은 4월 혁명의 결과로 들어선 정부를 쿠데타로 무너뜨린 사람들이 혁명, 반공, 민생고 해결을 외치며 공포정치를 하고 있을 때였다. 대학을 비롯한 사회 곳곳에 군대식 체제와 문화가 일상화되었고, 두려움과 불안이 암운처럼 떠돌았다.

당시 그는 대학 4학년이었다. 이런 혼란스러운 시기에 대학생 신분으로 살아간다는 것 자체가 또 다른 고뇌였다. 그때는 전국의 대학생 수가 기십만 명에 불과했고, 따라서 대학에 다니는 학생이라는 이유만으로 사회에서는 꽤 특별한 대우를 해 주었다. 그만한 대우를 받는다면 마땅히 그만한 책임도 따르를 터였다. 잘못된 시대와 사회에 대해 모른 척하는 것은 그 책임을 다하지 못하는 일이었다. 그러나 책임을 다하기 위해서는 그에 따른 희생을 각오해야 했다.

그는 고등학교 때부터 소설 습작을 해 왔고, 대학에 들어와서는 문학회 활동을 하면서 신춘문예 응모, 문학잡지 추천 투고 등을 하며 예비작가로서 학내에 이름을 떨치고 있었다. 졸업 후의 진로는 이미 공립학교 교사 4년 의무 근무로 결정되어 있었기에 학과 수업은 내남없이 그다지 신경을 쓰지 않았다. 다만 소설을 열심히 쓸 것인가, 잘못된 현실에 뛰어들어 행동으로 실천할 것인가, 그게 눈앞에 닥친 고민이었다. 그는 번민 끝에 현실에 참여하는 저항적 문학을 그 타협책으로 받아들였다. 그래서 더 열심히 그 방면 책을 읽고 소설 습작하는 시간을 늘려 나갔다.

신입생이 입학하는 봄이면 각 서클에서는 신입 회원 모집에 열을 올렸다. 문학회도 마찬가지였다. 게시판에 신입회원 모집이라는 광고를 붙이는 것만으로는 모자랐다. 회원이 될 만한 후배들을 찾아 밥이나 막걸리를 사 주며 의사 타진을 해 보고, 작품을 받아 검증해 본 후 입회를 권유하는 게 보통이었다. 그도 문학회 고참 회원으로서 책임 수행 격으로 신입생 한 명을 만났다. 같은 학과에 단 두 명 입학한 여학생 중의 하나였다. 아담한 용모에 참한 성품이 아직은 연애를 사치라고 생각하는 그의 마음을 살짝 흔들었다.

"그래, 문학의 어떤 장르에 관심이 있나?"

"저는 시를 좋아해요."

"시를 많이 써 봤나?"

"많이 쓰지는 못했고요, 백일장에서 상은 몇 번 받았어요."

"백일장에서 억지로 쓰는 시는 진정한 시라고 보기 어렵지. 상을 받고 못 받고도 좋은 시를 가르는 기준이 될 수는 없는 일이고. 그럼, 책은 얼마나 읽었나?"

"입시 공부 때문에 많이 읽지는 못했어요."

"작품 쓴 거 가지고 오라 했지? 가져왔으면 한 번 보여주지."

여학생은 수줍게 가방에서 시 원고를 꺼내 건넸다. 그런데 그 시를 훑어보던 그의 눈이 커졌다. 고등학교를 갓 졸업한 학생이 쓴 거라곤 믿기 어려울 정도로 언어가 절제되고, 구성이 탄탄했다. 대학생들도 이런 작품을 쓰기는 쉽지 않을 것 같았다.

"이거 직접 쓴 거 맞지? 혹시 어디서 베낀 건 아니지?"

"선배님, 그렇게 말씀하시면 정말 섭섭합니다."

"아, 미안, 미안, 시가 너무 좋아서 내가 잠깐 실수를 했어."

정색을 한 여학생에게 그는 정중하게 사과를 했다. 그리고 더 이상 볼 것 없이 회원으로 받아들여야겠다고 마음을 먹었다. 이만한 실력과 그의 추천이라면 누구도 반대를 하지 않을 터였다.

그렇게 해서 인옥은 문학회 회원이 되었다. 호남 지역 명문 여고 출신 인옥은 성격도 사근사근하고 붙임성이 좋아 선배들과도 스스럼없이 잘 어울렸다. 특히 문학회 가입을 주선한 그에게는 유독 살가운 편이었다. 그래서 매주 작품 합평회가 있을 때는 물론 시간 여유가 있을 때면 가끔씩 따로 만나기도 했다.

때론 학교 앞 강변의 모래밭에 앉아 수면 위로 번지는 저녁노을을 바라보기도 하고, 둑길에 늘어선 키 큰 미루나무 아래를 바람결을 즐기며 걷기도 했다. 특히 자주 갔던 곳은 학교 앞 언덕에 있는 농원의 원두막이었다. 농원에서는 봄엔 딸기, 여름엔 자두, 복숭아, 가을엔 사과와 배 등 과일을 팔았다. 또 막걸리와 음료수, 차도 팔았다. 주인은 학생들을 위해 그 농원 한쪽에 건물을 지어 놓았는데, 밭에서 사다리를 타고 올라가야 하는 구조는 같았으나 시골 참외밭 가에 있는 원두막과는 달리 꽤 큰 규모의 가건물이었다. 학내에 변변한 휴게실이 없어서 강의 없는 시간을 거기서 보내는 학생들도 많았다.

그렇게 자주 만났음에도 그들은 남자와 여자로서가 아니라 여전히 선배와 후배로서의 관계였다. 어쩌다 봉긋이 솟은 그녀의 가슴을 경이로운 눈으로 바라본 적이 있었는데, 이내 솜털이 보송보송한 앳된 얼굴에

죄책감 같은 걸 느끼며 고개를 내젓기도 했다. 따라서 둘 사이의 대화는 학교생활에 대한 조언도 더러 있기는 했지만 주로 문학에 관한 것이 대부분이었다.

"선배님은 언제부터 소설을 쓰기 시작했어요?"

"고등학교 때도 습작을 하기는 했지만, 대학에 들어와서 본격적으로 시작했지."

"주로 어떤 내용의 작품을 쓰세요?"

"이것저것 관심이야 많지만, 요즘엔 주로 우리 현실에 관한 고민을 많이 하고 있어."

"현실이 곧바로 문학이 될 수 있나요?"

"혹시 앙가주망이라는 말 알아? 원래 사르트르의 철학 용어인데, 문학에서는 현실 참여적인 문학을 가리키지. 문학은 순수하고 아름다운 걸 추구해야 한다는 우리 문단의 주류 세력에 맞서 우리 문학이 현실을 개선하고 변혁하는 힘을 가진 방향으로 나아가야 한다는 게 내 생각이야."

"좀 어렵고 혼란스러워요."

"그럴 거야. 근데, 이 문제는 원래 골치 아픈 논쟁거리야. 나중에 차츰 공부하기로 하고, 다른 얘기나 하지."

"좋아요. 전 선배님에 대해 궁금한 게 많거든요?"

"그래? 이거 무슨 심문 받는 기분인데?"

"제가 선배님을 좋아하고 존경하다 보니까 아주 사소한 것까지 궁금해져요. 전 지금까지 선배님처럼 제가 묻는 것에 대해 시원하게 답변해주는 사람을 한 번도 만나보지 못했거든요."

"아이구, 이거 비행기 태워 줘서 고마운데?"

"농담 아니에요. 정말 존경스러워요."

"쑥스럽고 만망하게 자꾸 그러지 말라고."

그를 존경하고 좋아한다는 인옥의 말이 얼마나 진심인지 그 속내를 알 수는 없었으나 일단 기분은 좋았다. 그게 선배에 대한 의례적인 예의 표시라 해도 내심 호감을 갖고 있는 여자가 먼저 그런 말을 해 주는데 어찌 무심할 수 있겠는가. 그러나 지금껏 지내온 관계 때문에 그런 마음을 곧장 드러낼 수는 없었다. 아니 드러내서도 안 되었다. 일순 어색한 침묵이 둘 사이를 채웠다. 자칫 이상해질 수도 있는 분위기를 인옥이 재치 있는 질문으로 돌렸다.

"선배님, 가장 좋아하는 작가와 작품에 대해 말해 주세요."

"신임 국어 교사로 발령 받아 가면 학생들이 첫사랑 얘기와 함께 제일 많이 물어오는 질문이 그거라던데, 그게 왜 궁금할까?"

"비밀 공유와, 으음, 관심의 표현 아닐까요? 관심은 곧 좋아한다는 감정의 출발이니까요."

그리 말해 놓고 인옥은 혼자만 간직했던 비밀을 들킨 사람처럼 얼굴을 발개졌다. 슬쩍 고개를 들어 그를 바라보는 인옥의 눈이 말갛게 빛났다. 그 눈동자에 살랑거리는 잔물결이 실바람처럼 지나갔다. 그는 이 순간이 무척 당혹스러웠다. 그래서 일부러 목소리를 한 톤 높여 대답했다.

"비밀과 관심의 공유라, 생각해 보니 그럴 수도 있겠네."

"저는 선배님이 좋아하시는 건 무조건 다 좋아할 것 같아요."

얼굴을 발그레 물들인 여자가 배시시 웃으며 수줍게 말했다. 그건 그를 좋아한다는 고백일 수도 있었다. 그렇다고 덥석 반응을 보일 수는 없었다. 그는 무심한 척 대범하게 말을 이어갔다.

"비밀을 털리는 것 같아 쑥스럽지만 물었으니 대답을 해야겠네. 내가 가장 좋아하는 작가는 최인훈이야. 그리고 제일 좋아하는 작품은 그의 장편소설 『광장』이지."

"저는 잘 모르는 분인데요?"

"그렇겠지, 아주 젊은 작가이고 이 소설도 나온 지 얼마 안 되니까."

"작품 내용이 어떻게 돼요?"

"한 대학생이 서울에서 살다가 그 부친이 북한 방송에 나왔다는 이유로 경찰에 잡혀가 온갖 곤욕을 치르고, 몰래 출국을 주선하는 사람을 만나 스스로 북한으로 넘어가지. 그러나 북한 또한 그가 상상하고 기대했던 그런 나라가 아니었어. 기자 생활을 하며 실망하고 있던 차에 6·25전쟁이 일어나고 그는 군인 신분으로 남한으로 내려와. 낙동강 전투에서 연합군에게 잡혀 포로가 되고, 휴전 협정 조인 후 포로 교환 협상 때 남과 북의 끈질긴 회유에도 불구하고 남쪽도 북쪽도 아닌 제3국을 선택하지. 하얀색의 배 타골 호를 타고 제3국으로 향하던 중 그는 배 안에서 실종돼. 배를 따라오던 갈매기들에게 미안해했기에 스스로 바다에 투신한 것으로 상징적 처리가 되었지."

"언제 이 작품을 처음 읽으셨어요?"

"고3 때 헌 책방에서 이 책을 사 가지고 그 날 바로 다 읽었지. 그 문체와 구성이 너무 마음에 들어서 그 뒤로 수도 없이 반복해 읽었어. 어떤 장면은 하도 여러 번 읽어서 문장을 줄줄 외울 수도 있지. 내가 지금껏 쓴 소설도 상당 부분 이 작품에서 영향을 받았다고 볼 수 있어."

"이 작품엔 어떤 가치가 있다고 봐야 해요?"

"평론가들의 의견은 찬반으로 갈리지만 우리 민족의 분단 문제를 최초로 객관적 관점에서 다루었다는 점은 똑같이 인정하고 있어."

"그게 무슨 의미예요?"

"쉽게 말하면 사람 사는 이 세상엔 수많은 형태의 광장과 밀실이 있어. 작가에 의하면 그 광장과 밀실은 대중과 개인에 대응이 돼. 즉 밀실은 개인의 광장이고 광장은 대중의 밀실인 것이지. 그런데 분단된 우리 민족을 보면 남쪽은 밀실이, 북쪽은 광장이 대세를 잡고 있는 게 현실이야. 밀실은 자유를, 광장은 평등을 상징한다고도 볼 수 있지. 이 둘을 억지로 어느 한쪽에 가둬버리면 폭동이 일어나고 광란이 일어날 수밖에 없어. 밀실에서 탈출하여 광장으로 나가든, 광장에서 패퇴하여 밀실로 물러나든 그게 중요한 게 아니라 얼마나 열심히 살았는가가 중요하다고 작가는 말하고 있어. 그게 이 소설의 핵심이야."

"어려워서 잘 이해하지 못하겠지만, 열심히 읽고 공부해 볼 게요. 그런데요, 주인공이 갈매기들 때문에 바다에 투신했다고 했잖아요? 그 갈매기의 상징은 무어라고 봐야 해요?"

"아주 중요한 질문이야. 이 작품엔 두 명의 여자가 나와. 남쪽에서 살 때의 윤애와 북쪽에서 만난 은혜지. 자신은 남도 북도 아닌 제3국으로 떠나는데, 그 실망스럽던 남과 북이 그를 여전히 꽉 붙들고 있는 거야. 놔 주지를 않는 거지. 갈매기는 두 여자일 수도 있고, 조국일 수도 있어."

"선배님은 두 여자 중에 누가 더 좋아요?"

"엄마와 아빠 중에 누가 더 좋으냐는 질문과 같네. 그러나 굳이 하나를 고른다면 나는 은혜 쪽이야."

"아직 읽어 보지는 못했지만 선배님이 좋다고 하시니 저도 은혜가 좋아요. 일단 이름이 윤애보다 더 예쁘잖아요?"

"그런가? 나는 낙동강 전선에까지 그를 찾아가는 그 용기가 더 좋은데?"

"전 나중에 시집가서 딸을 낳으면 이름을 꼭 은혜라고 지을래요."

"허허, 그 마음 변치 마시길…."

둘이 만나는 횟수가 늘어나면서 주변에 연애를 한다는 소문이 나기도 했다. 그러나 어디까지가 연애이고 어디까지는 연애가 아닌지 분명하게 선을 그을 수는 없는 것이니, 긍정할 수도 부정할 수도 없는 일이었다. 다시 말해 그들은 연애를 하는 것도 아니고, 그렇다고 안 하는 것도 아닌 그런 관계였다.

1학기가 끝나고 긴긴 여름방학이 시작되었다. 각자 고향으로 돌아간 그들은 직접 만나지 못하는 아쉬움을 긴 편지로 달래곤 했다. 달콤한 연애편지가 아니라, 읽은 책 얘기를 비롯해서 궁금한 것을 질문하고, 그에 답변하는 그런 편지가 여러 번 오갔다. 그 편지의 곳곳에 보석처럼 숨겨져 있는 서로에 대한 애틋한 감정을 확인하는 건 가슴 설레는 일이었다. 그 중에서도 직설적이 아닌 은근한 비유로 전하는 마음은 그들의 사이를 더욱 가깝게 만드는 힘이 되었다.

4학년 마지막 학기는 수강 학점도 적을 뿐 아니라 휴강을 많이 해서 시간 여유가 많았다. 그는 학교 공부는 제쳐두고 신춘문예에 응모할 작품을 쓰는 데 몰두하고 있었다. 그러나 하늘을 찌를 것 같은 의욕에 비해 마음에 드는 작품은 쉽게 나오지 않았다. 시간이 지날수록 초조함은 더해갔다.

10월 하순이 되었다. 이뤄진 것은 아무것도 없었다. 이래선 안 되겠다고 결심한 그는 가방에 국어사전과 원고지 몇 권을 꾸려 넣고 무작정 버스를 타고 떠났다. 대구에 도착하여 여인숙 방을 하나 잡은 후 문을 걸어 잠그고 소설 쓰기에 집중했다. 떠날 때 같이 가면 안 되겠냐고 붙잡는 여자를 떼어놓고 온 게 마음에 좀 걸렸지만, 소설에 대한 그의 의욕과 투지로 충분히 견딜만했다.

꼬박 일주일을 애면글면 애쓴 끝에 소설 한 편을 완성했다. 몇 번의 퇴고를 거듭하고, 정성 들여 정서한 원고를 등기 우편으로 발송했다. 그렇게 온 힘을 쏟아 매달리던 일이 일단락되고 나니 시원함보다는 허전함이 앞섰다. 정력을 다 소진한 뒤의 허탈감, 팽팽했던 긴장감이 사라진 공허함이 그를 무기력증에 빠뜨렸다. 밥맛도 없고, 무얼 하고 싶은 의욕도 저하되었다. 겉으론 태연한 척 했지만 솔직히 운이 더 작용한다는 경쟁에서 이길 자신감도 별로 없었다. 그냥 결과를 기다릴 수밖에. 기다림은 초조와의 싸움이었다.

불안과 초조, 허탈한 마음을 달래기 위해서는 따스한 위로가 필요했다. 누군가 가만히 안아 주기만 해도 훨씬 마음이 편해질 것 같았다. 그래서 그는 여자에게 바람을 쐬고 오자고 제안했다. 대구에 갈 때 같이 가고 싶다는 걸 매몰차게 거절했던 미안한 마음, 또 좋아하는 사람에게 위로받고 싶다는 희망이 더해진 제의였다. 여자는 흔쾌히 승낙했고 수업 부담이 적은 주말에 둘은 버스에 올랐다.

목적지는 거리가 좀 떨어진 속리산이었다. 거기에 가자면 버스를 몇 번 갈아타야 했다. 버스 시간을 기다리며 보내는 시간이 많았고, 또 낡은 차에 도로 사정까지 안 좋아 운행 시간도 꽤 소요되었다. 게다가 좀 느긋하게 출발한 탓에 도착했을 때는 이미 늦은 오후 시간이었다.

우선 오리숲길을 걸어 절로 올라갔다. 경내를 천천히 돌아보며 팔상전, 쌍사자석등, 마애여래상, 미륵대불 등을 구경하고, 또 법당에 들어가 경건하게 삼배를 올리기도 했다. 절에서 내려오는 도중 슬금슬금 내려온 어둠이 그들의 어깨에 눈처럼 쌓이고 있었다.

다시 상가 쪽으로 내려와 식당에서 저녁을 먹고 났을 때는 이미 막차가 떠난 후였다. 일부러 의도한 건 아니었지만 일이 마치 꾸며낸 음흉한

계략처럼 되어 버렸다. 아무도 아는 사람 없는 곳에 청춘남녀만 남았으니 무인고도에 갇힌 것과 마찬가지였다. 그들은 겉으로 애써 침착함을 가장하고 있었지만, 마음속에선 오늘 밤 둘 사이에 벌어질 일에 대한 기대와 불안이 어지럽게 뒤섞이고 엉키어 혼란스럽기만 했다.

찻집에서 커피를 한 잔 마시고, 인적 드문 길을 좀 같이 걷고, 그러는 사이 짙은 어둠이 산속 동네를 바로 덮어버렸다. 하늘엔 총총한 별들이 탱글탱글 빛났다. 깊은 산속 어디로부터인가 음충맞은 짐승의 소리가 들려오기도 했다.

한데서 밤을 보낼 수는 없으니 숙소를 잡아야 했다. 정갈해 보이는 여관으로 들어갔다. 여관에 젊은 남녀 둘이 들어가는 것은 쌔고 쌘 풍경이었지만 그들에게는 두렵고 설레는 첫 경험이었다. 그런 티를 내지 않으려고 익숙한 척하는 게 종업원에겐 오히려 더 재미있는 구경거리였다.

종업원이 안내하는 방에 들어가니 방바닥에 요가 깔려 있고 그 위로 이불이 펼쳐 있었다. 요 위에 놓인 베개 두 개가 묘한 상상을 불러일으켰다. 이제 무엇을 해야 하나. 또 어떻게 해야 하나. 아직 동정童貞인 그는 이런 공간에서 여자와 시간을 보낸다는 게 두렵기만 했다. 선배인 자기가 모든 걸 다 알아서 해야 한다는 것도 크게 부담스러운 일이었다. 과연 처음 하는 일을 무사히 해낼 수 있을까란 불안에 가슴이 막막하고 머리가 어질어질했다. 여자 또한 불안하기는 마찬가지였다. 어떤 질문에도 막힘없이 답변해 주는 박학과 자상하고 듬쑥한 성격에 반해 존경심과 함께 이미 그를 남자로서 받아들인 지 오래였다. 자신이 가진 모든 것, 가장 소중한 것을 주어도 하나도 아깝지 않을 것 같았다. 그러나 아직 어설프게 손을 잡은 게 둘의 가장 가까운 접촉이었다. 여기로 올 때 진작 마음의 각오는 하고 있었지만, 자신의 몸을 처음 허락한다는 건 두렵고 겁나는 일이 아닐 수 없었다.

겉으로 표현은 안 했지만 둘은 똑같은 불안과 두려움에 잠긴 채 꽤 시간이 흘러갔다. 남녀관계란 누가 가르쳐 주지 않아도 저절로 알게 되는 거라 하지만, 그 상대가 소중하게 아끼고 사랑하는 사람이라면 사정이 달라진다. 아마 돈을 주고 부른 여자였다면 어떻게든 해 보았을 것이다. 또 자기보다 나이가 많거나 비슷한 여자였다면 솔직히 고백하고 사정을 해서라도 욕망을 처리했을 것이다. 그러나 어린 여자, 자신의 분신처럼 좋아하는 여자에겐 차마 그럴 수가 없었다. 또 여자에게 민망하고 서툰 모습을 보여주기도 싫었다.

깊은 고민 끝에 결국 그는 여자에게 방을 하나 더 얻는 게 어떻겠냐는 자신의 생각을 말했다. 내심 실망스러웠지만 싫다고 하면 자기를 이상한 사람으로 생각할 것 같아 여자는 어쩔 수 없이 동의했다. 종업원은 별 이상한 사람 다 보았다는 눈초리로 옆방 열쇠를 건네주었다. 그나 여자나 서로를 원하고 있으면서 따로 있어야 하는 게 너무 아쉽고 또 안타까웠다. 그는 그날따라 유독 여자가 필요한 욕망에 시달리느라 거의 잠을 자지 못했다.

그 여행 이후 둘 사이에 미묘한 변화가 일어났다. 그는 여자를 옆방에 두고 따로 잠을 잔 것을 여자에 대한 지극한 사랑 때문이라고 여겼다. 반면 여자는 그가 자신을 좋아하기는 하지만 책임은 지기 어렵다는 뜻으로 받아들였다. 그것은 일방적인 착각일 수도 있고, 근거 없는 오해일 수도 있었으나 결과적으로 둘 사이의 견고한 믿음에 미세한 틈을 만드는 계기가 되었다. 그러나 둘은 여전히 아무 일도 없었단 듯이 종전처럼 만나 밥도 먹고, 차도 마시고, 대화도 나누었다. 다만 둘 사이에 뭔가 모를 버성김이 장마철의 버섯처럼 자라고 있어서, 남자와 여자로 만나는 게 아니라 점차 선배와 후배의 만남으로 되돌아가고 있었다.

남들의 부러움을 샀던 그들의 사랑은 탐스러운 봉오리는 맺었으나 그런 착각과 의심 때문에 화려하고 예쁜 꽃으로 피지는 못했다. 그렇지만 둘은 그 시절, 그 사랑을 가장 소중한 추억으로 간직하고 사는 걸 서로 알 수도 없었고, 또 알지도 못했다.

다사로운 햇볕이 광장에 내려 그 엄혹했던 겨울을 잘 견딘 사물들을 어루만지고 있었다. 그 수많은 사람들의 함성과 발자국 소리, 한 목소리로 통합되었던 절절한 외침들, 모든 차이를 뛰어넘은 한 마음, 한 세상, 한과 울분과 분노와 질타, 그런 것들을 하나로 엮어 장엄한 화엄 세계를 연출해 냈던 현장. 그는 참석할 때마다 굳이 고집했던 자신의 자리, 그곳에 가만히 앉아 보았다. 눈을 감았다. 귓가에 우렁찬 함성이 쟁쟁하게 울리고, 수많은 사람들의 열기가 뜨겁게 느껴졌다.

발이 조금씩 저려왔다. 발을 주무르며 눈을 떠 아래를 내려다보았다. 바닥을 덮은 돌의 틈새로 겨우내 잘 견뎌낸 풀이 싹을 틔워 뾰족이 얼굴을 내밀고 있었다. 이 귀하고도 끈질긴 생명, 광장에 모였던 그 수많은 사람들의 혼과 힘이 이 작은 풀로 환생한 건 아닐까.

그때 주머니 속의 전화기가 울렸다. 전화기를 들고 다니기는 하지만 며칠을 가도 전화를 걸어오는 사람도 걸 사람도 없는 비상용이었다. 벨이 울리는 것만으로도 반가웠기에 낯선 번호임에도 그는 망설이지 않고 받았다. 그는 상대방이 그 반가움을 눈치 채면 안 된다는 듯이 천천히 통화 버튼을 눌렀다.

"여보세요. 누구신가요?"

"저, 혹시 지명준 선생님 핸드폰 아닌가요?"

"네, 맞소만, 제가 지명준입니다. 누구신지?"

"아, 안녕하세요? 저를 잘 기억하실지 모르겠네요. 작년 집회 때 뵀었는데, 선생님께서 쓰러져서 병원에 가시던 날, 그 옆에 있었던 사람 생각나세요?"

순간 뭔가에 맞아 번쩍 정신이 들 듯 머릿속이 확 밝아왔다. 기억하고 말고. 그렇게도 만나고 싶었던 사람 아닌가. 그래서 병원에서 퇴원한 후 집회 때마다 가족들의 만류에도 불구하고 꼭꼭 나갔던 것 아닌가. 경황 중에 이름도, 주소도 물어보지 않고 보낸 걸 얼마나 후회했던가. 그 고마운 사람을 그냥 보낸 아들 부부가 얼마나 야속했던가. 다시 만날 수 있을지 모른다는 막연한 기대로 추위 속에 참석했던 집회. 그리고 실망만 가득 안고 돌아오던 쓸쓸한 귀갓길. 그런 생각들이 어지럽게 머릿속에서 얽혔다.

"아, 반갑소, 내가 얼마나 찾았는지, 고맙다는 인사도 못하고, 사람 노릇도 못해서 미안하오."

"아니에요. 제가 연락을 드렸어야 하는데, 좀 그럴만한 사정이 있었어요."

"왜, 혹시 무슨 안 좋은 일이라도 있으셨소?"

"예. 제가 모시고 살던 엄마가 지난 연말에 입원하셔서 제가 간병하느라 죽 그 옆을 지켜야 했어요. 그런데 엄마가 일어나지 못하시고 한 보름 전에 돌아가셨어요. 장례 모시고 뒷정리를 하느라 정신이 없었어요."

"아, 그랬군요. 거 참, 뭐라 위로의 말씀을 드려야 할지…."

"그런데, 제가 이렇게 연락을 드린 건 엄마의 유품을 정리하다가 대학 다니실 때 노트 몇 권을 발견했는데요, 일부러 버리지 않으신 것인지, 미처 버리지 못하신 건지 잘 모르겠지만, 거기서 엄마의 시 원고와 함께 선생님의 성함이 들어있는 기록물을 발견했기 때문이에요. 어쩐지 낯설지 않은 이름이라 생각하다가 갑자기 선생님의 명함이 생각났어요. 가방 속을 뒤져 찾아보니 맞더라고요. 그래서 전화를 드리는 거예요."

"뭐라고요? 내 이름이 왜 거기에?"

"엄마는 선생님이 졸업하신 그 국립대학을 다니셨어요."

"혹시 그러면 모친의 성함이 홍, 이인, 오옥…?"

"네, 맞아요. 홍인옥, 제 엄마 이름이에요."

"그러면 댁의 이름은 혹시 은혜 아니신가?"

"어머, 어떻게 제 이름을 아세요?"

그가 귀에 대고 있는 전화기에서 뜨거운 기운이 훅훅 배어나오는 것 같았다. 아, 어찌 이런 기적 같은 일이 일어날 수 있단 말인가. 처음 얼굴을 마주했을 때 어딘가 낯설지 않다는 느낌을 받긴 했으나, 설마 그게 50여 년 전의 까마득한 과거와 맞닿아 있을 줄을 어찌 땅띔이나 할 수 있었단 말인가. 순간 강렬한 불빛을 비춘 것처럼 눈앞이 하얘졌다. 아무것도 보이지 않았다. 그렇게 한참이 지났다. 그리고 조금씩 시야가 트여왔다. 그와 함께 오래 먹먹했던 가슴 속이 환해졌다. 그는 한층 밝아진 눈과 가벼워진 몸으로 자리에서 조용히 일어섰다.

발아래 풀에서 피어난 조그마한 꽃이 살랑살랑 가녀린 몸짓을 하며 손을 흔들고 있었다.

(소설가, 모교 국어교사, 공주대학교 명예교수)

동기 저서 목록

권덕하, 평론집 『문학의 이름』, 솔, 2014

권덕하, 시집 『생강 발가락』, 애지, 2011

권덕하, 시집 『오래』, 솔, 2018

권덕하, 시집, 『귀를 꽃이라 부르는 저녁』, 실천문학, 2020

김홍정, 『다시 바다 보기』, 오늘의문학사, 2007

김홍정, 『그 겨울의 외출』, 오늘의문학사, 2014

김홍정, 『창천 이야기』, 솔, 2017

김홍정, 『이제는 금강이다』, 솔, 2017

김홍정, 『의자왕 살해사건』, 솔, 2018

김홍정, 『호서극장』, 솔, 2020

김홍정, 『금강』 1-10, 솔, 2020

김홍정 『린도스 성의 올리브나무』, 2021

유원준 외, 『고등교육 패러다임 대전환을 위한 대학법 체제정비』, 내일의나, 2021

윤효녕, 『바이런의 유물론적 시학』, 단국대학교출판부, 1999

이은모, 『우리 도의 희귀·유용 토종도감』, 삼성디자인기획, 2000년.

이은모, 『가지 재배기술』, 삼미기획, 2002

이은모, 『백합 영농활용집』, 학예사, 2004
이은모, 『수출상품 생산기술 매뉴얼-토마토』, 예당기획, 2016
이은모, 『생명산업의 희망을 노래하라』, 디자인나무, 2017
이은택, 시집 『벚꽃은 왜 빨리 지는가』, 삶창, 2018
이인호, 『얘들아, 연극하자』, 우리교육, 2002
이인호, 『우리 연극해요1, 2』, 작은숲,2016
이인호, 『소설, 연극을 만나다』, 작은숲,2017
이인호, 『학교야 학교야 뭐하니 연극한다!』, 학교도서관저널, 2019
이인호, 『학교에서 낭독극 하기』,학교도서관저널, 2021
전병식 외, 『한국 교육의 리모델링』, 교육과학사, 2008
전종호, 시집 『가벼운 풀씨가 되어도 좋겠습니다』, 어른의시간, 2019
전종호, 시집 『꽃 핀 자리에 햇살 같은 탄성이』, 작은숲, 2021
전종호 외, 『합동시집』, 작은숲, 2022
전종호, 『혁신교육 너머 시민교육』, 중앙서적, 2021
전종호, 『학교 한번 해 보실래요?』, 창조와지식, 2021
전종호, 『그래도, 교육이 희망이다』, 북만손, 2021
전종호 외, 『혁신학교 교장의 탄생』, 학이시습, 2021
정환영 역, 『현대 도시 지역론』, 공주대학교출판부, 2006
최귀선 외, 『공공기관 채용과 면접기술』 브레인플랫폼, 2022
최귀선 외, 『N잡러 시대, N잡러 무작정 따라하기』 브레인플랫폼, 2021
최귀선 외, 『기업가정신과 창업가정신 그리고 창직가정신』 브레인플랫폼, 2021
최귀선 외, 『그래서 성공이다』 가나북스, 2015
최복주, 시집 『직선 안에서 산다』, 국보, 2017

최복주, 수필집 『물의 빛살』, 글나무, 2018
최현희, 시집 『님과 함께 걷는 길,』 밥북, 2018
최현희, 『벼랑 끝에서 임을 만나다』, 성바오로출판사, 2012
최현희, 『수첩에 적어 두고 천국 가서 얘기해 줘야지』, 나이테 미디어, 2015
현자 외, 시집 『화요일 오후』, 대교출판사, 1988
현자, 시집 『그래도 풀씨를 날리며』, 대교출판사, 1995
현자, 시집 『그리운 저녁밥상』, 시와표현, 2020